長谷川伸傑作選

股旅新八景

長谷川伸

国書刊行会

股旅新八景　目次

股旅新八景

装幀　吉田篤弘・吉田浩美

股旅新八景

長谷川伸傑作選

股旅新八景

八丁浜太郎

背中討ち

背後にヒヤリとしたものを感じた八丁《はっちょう》の浜太郎《はまたろう》は、永年の鍛練で、気がついたときはからだをかわすとき、かわしたときは腰の長脇差《ながわきざし》がものをいう時だった。いまもその例にもれず、二間幅《けんはば》の細い道に、轍《わだち》が幾条《いくすじ》も溝《どぶ》をつくっている両側は、真ッ黒土の麦畑。そこで、さッとかわした浜太郎の顔の色が少し青味がかり、穂ののびた麦の下にねじった踵《かかと》のあとをつけた。

浜太郎の手で鞘走《さやばし》った無銘物の人斬り道具が、キラリと鳴るように光って、すわ、一瞬のうちに人を斬った。

「だあ！」

二十七、八の熊みたいなばくち打《うち》が、皮肉を裂かれ骨を削《そ》がれ、肩を竦《すく》めて両踵をあげた。

「出し抜けに背中討ちとはとんでもねえ」

と浜太郎の引導がわりの叱言《こごと》のうちに、手からとり落した抜刀《ぬきみ》を追いかけるよう、俯向《うつむ》けに轍の上に、その男は、気力を失った顔をべったりおしつけて眼を瞑《と》じた。

「こんなことをさせるのはどこのだれだ、おらあここらの者に怨みもつらみも買っちゃあいねえ」

という声の向けどころは、半分あの世へ行った足もとの熊男ではなかった。中空たかくさえずる雲雀《ひばり》の下で、足もとを青い麦葉にうずめたよう、突ッ立って腕を組み、額《ひたい》越しに睨む眼も恰好が、さながら豹のような四十がらみ、ここらでは飛ぶ鳥落す親分らしい、がッちりみごとな大男。

浜太郎は血ぶるいした刀に、ふところ紙を出してしごき取りに血を取った。

「そこのお人、うかがいますぜ」

敵意をふくめた慇懃《いんぎん》さで、浜太郎がかけた言葉が真ッ四角だった。

「なんだ！」

親分風の男は組んだ腕を解いた。

「この、足もとにいるこの男、ただいま娑婆《しゃば》から旅立ったのは、ご覧のとおりの一埒《いちらつ》で」

浜太郎は血を拭った刀を鞘に、納めの鍔音《つばおと》を高くたてた。

「いかにも。ふびんやちッと九蔵《きゅうぞう》が脆《もろ》すぎた」

「子分衆？　でございますか」

「子飼い同然だった、葬《とむら》いは立派に出してやる」

「杯《さかずき》親子《おやこ》であってみればそのはずだ、そこで」

「待った旅人《たびにん》。名をきこう。おれは半塚《はんづか》の妙太郎《みょうたろう》、このあたり七里十里じゃあ、どこへ行っても些《いささ》か響いている名の主だ」

「生れは武州《ぶしゅう》、名は浜太郎、年は二十五、とだけで、仁義を切るのは略しますぜ」

「よかろう、確かに相違ねえてめえだった」

「何がね」

「沓田《くつだ》の兄貴の極楽院《ごくらくいん》で、賭場《ちょうば》に嵐をかけたろうが」

「ああ」

「ああとはいままで忘れていたという思い入れか。賭場荒しの私刑《しおき》は重えと知ってるだろう。九蔵がかけた抜討を、とんでもねえとは言わせねえ」

「極楽院に違えねえ、やらずブッたくりのイカサマ勝負の地獄の盆茣蓙《ぼんござ》、ひッた切って荒してくれたに相違ねえ」

「その上、私刑《しおき》ッ人《て》をスパリとやった、堪忍ならねえッ」

「待った半塚の妙太さん」

「さんだと。さんづけに呼ばれるような貫禄不足じゃねえ」

「どうでもいいやな、そんなことは枝葉だろう。おいらが言おうというのは妙太さん」

「親分とつけやがれッ」

というを耳にもいれず、風に波立つ麦の穂をへだてにして、浜太郎は長脇差の鯉口《こいぐち》をプツリと切った。

「正賽勝負《しらざいしょうぶ》は運を賭けるが、イカサマ賽は手品《てづま》仕かけで底がある。欲と娯《たのし》み両股《りょうまた》かけた盆の上の勝負でも、卑怯は渡世で忌《い》みものだ。おいらは吹けばとぶような旅渡りの三下奴《さんしたやっこ》だが、酔《す》ッぺえ沢庵《たくあん》と間男と、イカサマ賽のお働きは大嫌えだ」

「そういうてめえが、下手なイカサマ賽をつかやがって、たったひと目で見破られたろうが」

「いかにもつかった、おまけに拙《まず》い」

「そうれみろ、他人《ひと》のことがいえるか野郎ッ」

「拙いがかえって自慢にならあ、イカサマ上手は盗ッ人の高慢同様、見ても聞いても憎くならあな」

「野郎ッ口幅《くちはば》ッたいぞ」

「舌合戦はもうこのぐらいでいいだろう、あとは一盆《ひとぼん》、真剣白刃どりとおいでなさるか」

「なにをッ」

「それともまた、この盆は後日にお預けか」

「なに！」

「ただいまさあこいと刀尖《きつさき》をつき合わそう、とくれば、受け目はじゅうぶんおいらにある」

「…………」

「妙太さんはたッた一人、おいらもやッぱり一人だが、同じ一人でも一人が違う」

「…………」

「どうなさいますね半塚の妙太さん」

にがりきって、顔に悩みと危惧が出ていた妙太郎は、なにを思いついたか眼にまず活気が立ってきた。

「男らしくやってこい。川ッぷちが勝負の場所だ」

と、太い指を一本出し、川の方角に向けて見せた。

「川ッぷちへか、考えたね妙太さん」

「時刻は暮れ六ッ、忘れるな、てめえも男だ」

「笑談《じようだん》だろう」

「なんだとッ、いやとぬかすか」

「ぬかしたらこの場で丁《ちよう》と斬ってくるか、半《はん》と斬り返してみせてやる」

「時刻は暮れ六ツ、場所は川ッぷち、腐れ舟が腹を出してるのが場所の目印だ、必ずこい」

「とッと待ってくれ。おいらはお目通《めどお》り仕ったごとく、振分け荷物はさておいて、風除け合羽がわりの糸経《いとだて》一枚もたねえ旅人だ、風に吹かれてとぶ脛《すね》が一刻経てば五里さきだ。仰せどおりに待合わせては、脛の毛の何百本があくびと背イのびをして仕様がねえ」

「そいつあ卑怯だ、てめえ自分でいまいったぞ、卑怯は渡世の忌みものだと」

「そうわかっていたらたッたいま勝負とこい、大の男が双方一人、イカサマなしの正賽勝負だ、運が強けりゃ強いが勝ちだ」

「………」

「黙っているのはこの場の勝負、いやなのか」

「………」

「返辞がねえからそうきめるぜ」

「………」

「じゃあ、これまで、さようなら」

ず、ずッとうしろ下りに退《しりぞ》いて、七歩のところで踵を返し、妙太郎に背中を向けたぎりで、浜太郎は、八ツさがりの日の下《もと》を、麦に波打つ野良《のら》の風に、鬢《びん》を吹かせて去って行った。

(野郎――憎い振舞いだ。あんな奴はおれの持ち場から出るときは、ちんばか片手《てんぼう》か眼ッかちにしなくちゃあ、腹の虫がおさまらねえ)

　空中《なかぞら》の雲雀はさっきそれて、どこかの雲間に消え入っていた。

汗だらけの馬

毛深くってからだじゅうが髭かとみえる馬もあれば、腹なりが恐しく太鼓型《たいこなり》で肢《あし》が太い瘦せ馬もありで、不揃いながら鹿毛《かげ》、青《あお》、栗毛《くりげ》で、六頭、六人ともに乗り鞍《くら》はなく、莚《むしろ》一枚引ッかけたのはただ青が一頭だけ、あとは裸馬に手綱は農家お手製のねばりだった。

「急げッ、急げッ」

と青の背で、鞭代りの木の枝を振っているのは、真ッ赤な顔に汗が光っている半塚の妙太郎、あとの五騎はみるみる先《はな》を切り、中でも伯楽《ばくろう》の伜に生れた町蔵《まちぞう》と行者《ぎょうじゃ》くずれの雁九郎《がんくろう》は、親分はもとより草角力《くさずもう》くずれの飛び石《といし》、雲助あがりの石州《せきしゅう》、前身不明の舟松《ふなまつ》をはるかに抜き、旋《ま》き立《た》つ土煙りを残し、残し、たちまちのうちに見えなくなった。

「親分、町蔵あにいと雁行者が、ハナを切ってすッとんで行った、ご覧でございますか」

からだが大きいことよりも、乗り下手には馬の迷惑ひととおりでなく、追い追い置き去りをくわされた飛び石が、一番遅れていた妙太郎と同列になった。

土煙りに眉毛を白くした妙太郎は、歯の根にたまった小砂《こいし》を吐き吐き、馬を躍らせている心算《つもり》で、小枝の鞭を尻にあてているが、打っているのは宙《ちゅう》ばかりだった。

「急げッお角力《すもう》！」

「合ッ点だッ」

どうやらこうやら飛び石は、妙太郎の馬の尻に馬を駆けさせた。この二騎より先に二騎、それより先の二騎は御法《ぎょほう》の心得が相当あるだけ、農家から無断で引ッぱり出すきわに、やはりいいのを選んで乗っていた、それだけにずッと快速だった。

「しめしめ、あいつだッ行者」

と町蔵が歯を剝いた猿みたいにいった。

「親分たちが着くころにゃ、おしまいにしておいて、あッと、なあ町蔵、あッといわせてみよう」

しめしめあわせて、駆けさせる、二頭の馬は汗みどろだった。

「おッあぶない」

避けるとて転んだ老婆や女子供に、一瞥《いちべつ》だにくれればこそ、踏み殺しかねる形相で、町蔵も雁行者も、馬を邪慳《じゃけん》に叩きたてた。

「どう。どうどう、畜生どうだッ」

口かいどに白泡を食《は》んでいる二頭の馬から、すべるように下った町蔵と雁行者は、そうとは知らぬ八丁の浜太郎より十四、五間《けん》も先に立って待ちかまえた。

「行者。あいつに違えねえ」

「おれにまかせとけ、おれが聞いてみるから。聞いてるうちに、スパッと初太刀《しょたち》を入れろ、おれもすぐ突ッこむから、そうすりゃあ万に一ッはずれねえ」

「いいとも」

と相談している二人の眼のつけどころに気がついて、旅修業の積んだ浜太郎は、さてはと覚《さと》って片頰に出てくる笑みをそのまま、なにげない素振りで近く行った。

「もし、間違いましたらご免ください、浜太郎さんでございますか」

と行者が小腰をかがめてもみ手をするのを、笑ったような眼でながめた浜太郎は、軽くうなずいて意地悪く、行者の眼の玉をぐッとみつめた。

「おいら浜太郎ですが、なにかくれますかい」

「うむ。やる！」

気の短い町蔵が、斜めうしろに廻りかけて廻りきれず、ただ一刀《いっとう》と斬りつけるを、体《たい》を引いてかわした浜太郎の素早さに、おもわくがはずれて刀の刃先が、避け損じた行者の眉の上をかすめた。

「あッ、間抜けッ」

行者は疵をおさえて退《しりぞ》きながら腹を立てた。

「てめえのおかげで行者が怪我した」

と町蔵が火のような怒りを向けてきたのを、浜太郎はセセラ笑った。

「うぬが同士討ちをやりやがって、尻をおれに持ってくる奴があるか」

「なにをッ」

我武者羅《がむしゃら》に斬ってかかる町蔵の利き腕を押さえ、機《はず》みをつけて腰車にかけ投げつけた。

「ぐう――」

あとはなにもいわなくなった。

「おう、行者とかいうんだなおめえは。眉毛の上に手拭をかけろ、血が眼へ入《へえ》るぜ、なんだ、もうへえっちゃっているのか。それじゃ手出しもできなかろうから、ゆッくりして帰《けえ》って行け、妙太郎においらがよろしく言ったと伝言《ことづけ》ろよ」

「待て」

「待たねえ、美《い》い女でもあるなら待とうが、額《ひたい》が禿げあがっている大きな野郎ではな、眼の正月にもならねえよ」

「卑怯だぞ」

「なんていうとおめえ、おいらに斬られちゃうぜ」

と、いい捨てに浜太郎は行ってしまった。

そのあとで石州に舟松、つづいて妙太郎もようやく来た。飛び石だけはまだ途中で、馬に乗せてもらってヨチヨチ急いでいた。

「そうか――よしッ、おれも半塚の妙太郎だ、このままにしておいては顔がつぶれて渡世がならねえ。てめえたちもそうだろう、九蔵をやられた上に行者は怪我、町蔵は絶気《ぜっき》ときては、どの面《つら》さげて沓田の衆に顔が合わせられるのだ」

そういううちに町蔵が、石州の介抱で息を戻し、青い顔をしかめて加わった。

「野郎を追いこんで行って首にして」

と妙太郎が切歯《はぎしり》した。

が、一刻《いっとき》経てば五里先だと、啖呵《たんか》を切った浜太郎のゆくえは、いまからでは追いつけもしなかろう。

原ッぱ勝負

稲妻の天の柱を真ッ黒な雲のなかに見た浜太郎は、さっきからの土砂降りで、頭からずぶ濡れ、息をつく隙《いとま》もなく、いい、はためく雷鳴《かみなり》に弱っていた。

（どこを見ても人家はなし、あったところでわかりッこねえや。なんとまあまだ昼のうちだというのに暗いのだろう。いけねえまた稲光だ！）

自分の手足が青く染まって輝くほど、稲妻は豪雨まで光らせた。

（一体ぜんたい、ここはどこなんだ？）

道を誤って迷いこんだに違いがないと浜太郎は、たった一本あった立木《たちき》の下で、自暴《やけ》も手伝って、濡れ放題の雨叩きになった。

やがて、稲妻が間遠い光となり、雨も小降り、雷鳴も西に去って遠音になった。黒い雲が切れぎれに駛《はし》る上から、さらりと青空がのぞきはじめた。

（うッぷ！　なんてまあ酷《ひど》い目にあうもんだろう。川の中へほうりこまれたようなものだ。おやおや、胴巻に水がたまってやがらあ）

どうで質屋が見つかるまでの辛抱だ、絞るにも及ばないと、旅渡りの身では時稀《ときたま》出会うことだけに、身ぶるいを二ッ三ッして浜太郎は、洪水《でみず》のような原の細みちを、案外のん気に歩き出した。

消魂《けたたま》しい人の叫びが横で起って、ぎょッとさせた。

浜太郎は楽旅仁義《らくたびじんぎ》をこの半歳ばかり切ったことがない、どこでする仮寝にも長脇差は抱いて寝る身になりはなったが、いままで流させてきた血潮のぬしに、ただの一人も堅気《かたぎ》がないのが、血みどろのいがみあいに終始してきたきょうまでで、ひとツの気安さだった。が、こんなところで不意の叫びは、さっきの続きがここではじまるものと、気のつき方も早いが、命を投げ出す態度のきまりも、迅速だった。

浜太郎は雨に洗われて鮮かに青い、丈《たけ》なす草と灌木の茂みを見回し油断がなかった。

「だれだそこにいるのは。もしおいらに用があるのなら顔を見せてくれ！」

その声に狙いをつけ、投げ槍が一本蝮《まむし》のように飛んできた。

「危ねえッ」

狙いがそれて九尺も向うで、鑢《やすり》型の短柄《みじかえ》の槍が、溜り水の底へさかさに突ッ立った。

「来たな野郎どもッ」

立木が二株近くにあった、浜太郎はそこへ駆けこみ、長脇差を抜いて身構えたが、濡れた袂《たもと》がどうにも邪魔だった、といって、相手の知れないこの場合は、左封じの喧嘩状をつけられ、正面切っての勝負のように、支度も覚悟もするに隙《いとま》がすこしもなかった。

「面をみせろ、どこのどいつだか名を名乗れ。勝ち負けは運次第、首になっても未練の眼を剝くおいらじゃねえが、何の何兵衛、何右衛門だか相手知れずはいやなこッた、名乗れ、面を出せッ」

さっきの稲光が染めつけたのか、浜太郎の声が青白く輝いた。

雲の流れは奔《はし》るがごとく、南の空では薄日の幕が宙《ちゅう》にななめに照っていた。

「極楽院のイカサマ賽の胴元《どうもと》だろう、出ろッ、面を出すにはちょうどいい、雨上りで日がカンカンとは照っていねえ、きまりを悪がらず出せ面を！」

目の前七、八尺の草むらがそよいでいて、潜伏している人の数を、ごくあらましに語っていたが、声に応じて、名乗って出るもの一人もなかった。

「それとも半塚の妙太郎か」

「なにをッ」

短気な町蔵が草むらを割って出た、顔中が光る眼と開いた口だけに化けた形相だ。

「てめえさっき浜街道の根戸《ねど》とかいう田圃《たんぼ》ぎわで、目を回した奴だったな」

「浜太郎、逃げるな」

と町蔵は七、八間の距離を保って、抜いて持った刀をふった。

「逃げるなじゃねえ、早桶《はやおけ》の仕度はしてきたか」

「なにをッ」

「てめえがへえって帰る早桶だ。こっちへこい、一番はてめえにきめた、今度はあの世へ行きッきりだからそう思ってアンヨしてこっちへこい」

「なにをッ」

「いちいちなにをなにをといっていると日が暮れる、おいらは構わねえが、てめえたちは多勢《おおぜい》だ、腹がへッてくると弁当の数がいるぞ」

「なにをッ」

「またなにをいってやがる、てめえのアンヨは釘付けか」

「歩けらあい、馬鹿にしやがって」

「ほかの奴らも歩けるか」

「あんなことをいやがる」

舌合戦では町蔵形《かた》なしにやられた。

と、見えたのが策戦で、囮《おとり》につかった町蔵に浜太郎の注意をひきつけさせ、その隙《すき》にうしろへ深く回って背後に近づき、先手の一本、竹槍をふるう役は妙太郎自身が引受け、兄分の沓田への面目、子分九蔵への追善、同業の外聞に見栄を張る、三つを兼ねてあっぱれしとげる気で、息をつめて忍び寄った。

囮の町蔵は、ここをせんどと勇気を出して喋《しゃべ》り出した。

「やい旅人、てめえこそ歩けめえ、そこにそうして二、三日いろ」

「てめえたちがつきあうなら二、三日といわず一月《ひとつき》ばかりいてやらあ」

「ここをどこだと思やがる」

「知っているかてめえ」

「知らねえでよ、天下の御用牧場だ」

「ほい、小金ケ原《こがねがはら》か」

と、はじめて土地の名を知って、あらましの方角に見当がついた浜太郎のうしろでは、大事をとった妙太郎が、汗びッしょりの顔を光らせ、竹槍を構えて固唾《かたず》をのんでうかがい寄った。

むン――下ッ腹に力を入れ、若いころの無法乱暴の経験を、ここ一番に賭けた妙太郎の竹槍が、浜太郎の濡れた背中を狙いの的にするりと行った。

「はいッ」

体《たい》を旋《めぐら》して浜太郎が、待っていたように出す手といっしょに、竹槍をつかんで引いて手放した。妙太郎の方でも竹槍を手放せば、手放しかげんの巧拙で、有利はたちまち浜太郎と入れかわるのだが、引かれた槍から手が放れず、妙太郎は前のめりに、一ッ二ッ泳いで背中がすこし丸くなった。

「あッ」

「危ねえ」

と町蔵もわれを忘れて手をあげたが、後見役《あとみやく》についていた雁行者も飛び石も、肝を冷やして喚《わめ》きたてた。

「来たかッ」

無免許の体験剣法、浜太郎は自得《じとく》の手法で、一刀あびせ、木の下に仁王だち。

「だッ――だッ――だッ」

と、水溜りに顔半分おしつけ、手足を突ッぱる妙太郎に眼もくれず、雁行者、飛び石、町蔵と、いまの勝負に驚愕して、潜伏をやめて起った石州、舟松と五人の顔をズラリと見回し、

「お次の番だ。出ろッ」

と浜太郎が一喝《いっかつ》した。

勝敗はそれでもう段落がついた、気の短いはずの町蔵も、腕力のすぐれている飛び石も、茫然《ぼんやり》として起ちつくすだけだった。

「やいよく憶えとけ、ことのはじまりは沓田の衆がイカサマで、お素人衆のふところを根こそぎフン奪《だく》ろうとしたのが癪で賭場を蹴ッくり返してやったからだ、と、知っているなあ。その次は、沓田へ義理か自分の見栄か、通りがかりのうしろから九蔵という男に、背中討ちをかけさせた妙太郎の卑怯が癇癪玉《かんしゃくだま》をぱちンといわせたんだ。見やがれ野郎ども、貫禄の重さ軽さは知らねえが人にたてられる坐り場所をもっている男が、案山子《かかし》をつかって背中から不意を討とうとはこぎたねえぞ。おい、武州生れ八丁浜太郎、昨今駈出しの青二才だが、胸三寸に彫りつけて、忘れてならねえ文句がある、おいらは男だということよ。てめえたちは甘えものに寄りたかる蟻《いい》だから相手にしねえが、妙太郎に子でもあって、おいらに文句があったら捜してみろ、返討ちかも知れねえが相手にはなってやるからのう」

血を拭った刀に鍔音《つばおと》を高くさせ、胸をそらして行く浜太郎の鬢の濡れ毛が、べとりと頬に張りついているのが、いまの場合では凄味《すごみ》になった。

呆気《あっけ》にとられて五人の子分は、薄日がさして来た下で立ちつくしていた。

十年後の噂

八丁の浜太郎はどこにも寸尺の収入《みいり》の土地を持たず、気の向くままでもあり気に入らぬ世の風にさからうためでもあり、旅から旅を束の間とくらして三十五歳、北下総《きたしもうさ》の小金ケ原つづきで、血気任せに切った大見得の、その若さは俤《おもかげ》にたくさんはもう残っていなかった。

「そうかいおやじどん、いまはこの界隈に親分はねえのか、ふうン」

老い松の下に小さな茅葺《かやぶ》きの家は、通りがかりの人に売る、鼻紙、草鞋《わらじ》、火うち道具、火縄、糸経《いとだて》、菅の笠、それから古床几《ふるしょうぎ》に腰をおろせば渋茶をのませ、頼めば地酒に有合いの、唐辛味噌《とうがらしみそ》ぐらいは出してくれた。

旅の風雨に染めつけられ、危ない橋の往来の都度《つど》、目にみえずふえた老《ふ》けようを、気にかけたことのない浜太郎は、古床几に片足をあげて渋茶をガブガブ続けて三杯、その四杯目をいれてきた亭主にまた訊いた。

「もっともなあ、好《い》い人ならいたがいい、悪い奴なら土地のできものだ。なあおやじさん」

浜太郎の口のきき方が、十年前とはだいぶ違って、落着きと世才を持っていた。

「まったく、お客さんの前じゃが、好い人ならいてくれたに越したことがないが、悪い人なら難渋《なんじゅう》をするばかりじゃ、この辺にも昔はいい人がおりましてな」

「ふうむ、いい人って何というのだ」

「妙太郎さんといいましてね、いい人でしたが、惜しいことに、殺されましてな」

「ふうむ、いつのことだいその話は」

「ひと昔になりますわい」

「十年前か――ふうむ」

なにがあんな奴いい人だものかと、浜太郎は腹の中で嗤《わら》った。

「その後では行者あがりの雁九郎さんというのが、しばらくこの辺で羽振りをきかせていましたが、お代官所の元締様《もとじめさま》に反抗《たてつ》いて、八州方《はっしゅうがた》の手で縛られ、ただいまでは佐渡へやられて水汲み人足じゃ、もう死んでしもうたかも知れませぬわい」

「佐渡へやられちゃ敵《かな》わねえ、昔、日蓮さまだって佐渡じゃ参ったというからな」

という浜太郎は、妙太郎の好評をひやかす気持がはいっていた。

「お客さんは、半塚の妙太郎さんの話を聞いたことがないとみえるが」

「ねえよ、半塚にも丁塚にも、いまが初耳さ。その妙太郎って人はどんなにいい男だったね」

「情深くって、目下のものをよくいたわってやったものだ」

「じゃあ土地の人がいまでもお墓に線香をあげてでもいるってわけか」

「それはどうだか、だが、評判がよかったものじゃ」

「死んでから悪くいわれるより良くいわれる方がいいかも知れねえ」

「ああいう人が、殺されるにもことによれ、泥棒に殺されるとは、前世の業因《ごういん》というものかも知れませぬわい」

「妙太郎って人を殺したのは泥棒だと」

「はい」

と亭主は浜太郎の険《けわ》しくなった形相に、びくりとなって口籠《くちごも》った。

「そうかい泥棒かい、へええ、泥棒か」

おかしくなって浜太郎は、思わず笑った。

「はい泥棒じゃ、佐渡へやられた雁九郎さんもそう言った、その時に雁九郎さんは、泥棒に左の眉毛を斬られて後々《のちのち》まで疵《きず》がのこっていましたわい、そいつ強い泥棒で、以前は武士《さむらい》だったという話で」

「武士あがりの泥棒か、ふうむ」

と浜太郎はまた感心して笑いかけた。十年前の旅人が、土地の伝説では泥棒にされたり、武士あがりにされたり、噂の煙の立ちどころに浜太郎には、思いあたる火の種がまるでなかった。

「で、おやじどん、泥棒の武士あがりは、妙太郎って人を殺してそれなり晁《けり》か」

「どういたしまして、敵討が一度はありましてなあ」

「敵討が一度とは、変ないい方だぜ」

「二度目の敵討が、やがてあるだろうといいますわい、と申すのが、最初の敵討は、イカサマだという噂でなあ」

「いくら渡世人のことでも、敵討にイカサマとは、面白《おもしれ》えねこの話は。それでどうなのだ」

「こういうわけで。さっき申した雁九郎が、妙太郎さんの追善に敵討をするといって土地をとび出し、一年近くたつと帰ってきて、敵討の証拠に、髪の毛だの爪だのを見せましたのじゃ、そのころはそれが評判で、雁九郎さんは評判男になり、とうとう親分株になってしまったのじゃ」

「その敵討はどこでやったのだい」

「奥州《おうしゆう》松島《まつしま》の瑞巌寺《ずいがんじ》門前だそうで、瑞巌寺の判の押《お》さった紙に、敵討のわけを坊さまが書いてくだすったのも持って帰ってなあ」

「ご念がへえってやがるなあ、それで」

「四年前までは、雁九郎さんの敵討は、化《ばけ》の皮が剝がれずにいたが」

「すると、討った奴は雁九郎、討たれた奴は?」

「武州生れの無宿者、浜太郎といって、その時年は二十六だったといいますわい」

「ふうむ」

二十六のとき浜太郎は、中仙道《なかせんどう》本庄宿に半年あまりあと半年近くは、甲斐《かい》の青柳《あおやぎ》と相模《さがみ》の松木《まつき》でくらしていて、奥州松島どころでなかった。

「化の皮が剝がれたのは、御代官様お手つきお手代の馬場兵三郎《ばばひょうざぶろう》様が、仙台様ご藩中にご親類がおありなされまして、御本にお書きなされるとて、お聞き合わせになりましたところ、跡方もなき嘘とわかりましたでな、雁九郎の評判がいっぺんに悪くなりましたわい。それから間もなく八州の旦那が古ケ崎《こがさき》といって雁九郎がおりましたところへ見え、フン縛ってつれて行きました」

「で、佐渡送りか」

「はい。敵討が嘘とわかると、妙太郎さんに子がひとりありますわい、和助《わすけ》といってな。その子が、大きくなって、敵討をするというのじゃ」

「ふうむ、だがその敵はどうしている?」

「さがすのですわい」

「十年前《めえ》の相手をね」

「はい、お客さん、曾我兄弟は十八年目に敵を討ったというから、まだ八年かかってもよかろうと」

「卜者《うらないしゃ》でもいったか」

「お坊さまがおっしゃりましたわい。それに一昨年《おととし》の秋、旅から帰った町蔵さんというのが、一所懸命じゃ」

「町蔵?――知らねえね」

あの時の一人に相違なしと、浜太郎は記憶をさぐったが、どれが町蔵だったか判然しなかった。

「お客さん、噂をすれば影といいますわい、あれ、あすこに和助さんと町蔵さんが来ますわい」

「どれ?――あ、あの男が町蔵で、子供あがりのが和助というのか」

どこへ参詣の帰り道か、年をとって俤が、以前に変る町蔵が、十五、六の和助と笑い興じて近づいた。

手の汗玉

「おれも貰おうか」

と和助もはいってきた。

「じいさん、咽喉《のど》がかわいた、水一杯くんな」

と、なにげなくはいってきた町蔵は、四十を越して老いの影が、ちらりとさした顔になっていた。

「はいはい、さあいくらでも飲んでくだされじゃ、和助さんこのごろは滅法《めっぽう》強くなったとな、評判じゃ、ハハハ」

「じいさん、鎌谷《かまや》の先生のお話では、この人は筋がいいとよ。いまのところでもおとッさん妙太郎親分よりは強かろう」

「ほう、それはたいしたものじゃ」

「じいさん、あの客は、知っている人か」

「いいえ、通りがかりのお方じゃ、いまおまえさん方の話をしてあげたところ、ひどく感心して聞いておいでのところじゃ」

「じいさん」

「えッ、なんだなそんな顔を急にして」

亭主は町蔵の顔色が一変したのを見て後へ退り、訊き返した。声が顫《ふる》えて、何をいうのかわからなかった。

町蔵は和助の手をとり、血相とともに声まで変った。

「和助さん、こいつだ、確かにこいつだ！」

独り合点の町蔵の顔を見あげて和助は、古床几に腰を落着けている浜太郎の顔に眼を向けた。

「なにがよ?」

「仕度《したく》だ仕度だ、敵討の仕度だ」

「げッ」

「十年前の浜太郎はこいつだ。やい浜太郎、逃げ隠れをするな、尋常に勝負しろ、てめえを討つ人はこの和助さん、妙太郎親分の息子さんだ」

と聞いて表へ亭主は、いまにもはじまる斬りあいの傍杖《そばづえ》食う怖さに駈け出した。

「町蔵小父《おじ》さん、確かだね」

年に似合わず、和助は落着いていた。

「確かな証拠をただいま突きとめるから、油断しねえでいるがいい。おう浜太郎」

と呼びかけられて浜太郎は、古床几にあげた片足を、やっとおろしながら、吸い飽きた煙草道具を片づけた。

「なんだ、町蔵、久敷《ひさし》かったなあ」

「和助さん、それこのとおり、敵に違えねえ」

という町蔵の脇へ進み出た和助は、さすがに顔の色が土気色《つちけ》に変って、血走って眼が瑪瑙《めのう》のように赤くなった。

「やいッ」

「なんだ。和助とやら、そんな大きな声を一息に出しちゃ後がいえねえ。こういう時は、いくら低い声でも悪かあねえのだ。なんだッ和助！」

「親仁《おやじ》の妙太郎の敵討だ、尋常に討たれてしまえ」

「そういおうとて稽古しておいたのか、うまく言ったぞ。さて和助、町蔵」

「落着くな、外へ出ろ！」

「泡食うな相手は八丁浜太郎だ、胸三寸に彫りつけて忘れねえといった文句はいまでも同じことで、おれは男だ。敵討、いかにも合ッ点、お好みの場所で十年目の勝負やらかそう、だがちょいと待て、聞けばおいらは武士あがりの泥棒にされているようだが、ご判形《はんぎょう》の裏はくぐるが盗みはしねえ」

「そんなことはどうでもいい」

「よくねえッ。盗ッ人とばくち打ちは雪と泥だ」

「出ろ外へッ」

「十年たっても修業の功のねえ男だ、町蔵もうちッと落着けねえのか。和助さん、おいらはいかにも妙太郎って人を斬ったに相違ねえ」

というを外で聞き噛《かじ》った亭主が、いまさらびッくり二足三足逃げかかった。

「斬りは斬ったが卑怯じゃねえ、背中討ちが癪で九蔵を斬り、二度目は雨上りの原ッぱで、同じく背中を目がけて不意を突く、妙太郎を叩ッ斬った。斬ったは斬ったが、堅気《かたぎ》じゃ通らねえが、この道では筋の立った斬り方だと、口幅ッたくいって通れる斬り方だ」

といい終って浜太郎は、腰をあげた。

「そうはいうが、ここで勝負がいやとはいわねえ、生れ在所に後足で砂をかけた浜太郎は、三界に家なしの万年旅人、どこで行きづいても同じ値打の旅の鳥だ。やい町蔵、しッかり後見《こうけん》をしてやれ、うっかりするとてめえもともに冥途《めいど》行きだぞ。さあ出ろ表へッ」

どちらが討つ人かわからない権幕だ。

外は人通りが杜切《とぎ》れていて、松の根方《ねかた》に縮んでいる亭主のほかに見物はなく、日は高く、空は晴れて、大地は煙っぽく乾いていた。

「覚悟しやがれッ」

と和助がとび出る鼻の先へ、浜太郎は長脇差を抜いて突きつけ、にッこり笑って腮《あご》をふった。

「往来中で勝負はお上へ遠慮をしろ、足場のいい、あすこへこい」

「なにをッ」

「町蔵、てめえのなにをッを十年ぶりでまた聞いたのう」

段違いの相手だとは亭主が一番早く覚った、それだけに、斬りあいになる以前から、手に握った汗がねとねとして、見に近づく足もとがひょろついた。

道いっぱいの姿

忌《い》み地でもあるのか、三間四方ばかり草地になっていた。浜太郎が足を入れると、このごろ穴を出たらしい蛇がのろのろ、短い草を割って逃げて行った。

「町蔵、和助さんと相談しろ、どっちへ向って位取《くらいど》りをするか」

「そんなことはいらねえやい」

「わからずやめ、うぬに訊いても無駄だ、よそう、和助さん、お天道様は真上よりは少し東寄りだ、どっちへおめえ立ちてえね」

「このままだッ」

「そいつあいけねえ。浜太郎は外聞を気にかけてこんなことをいうのじゃねえ、自分の心でそういうのだ、日の廻り方で位をとるのが勝負の心得。悪いことはいわねえ、東からこっちへ少し寄って立向いな」

「いらねえッ」

「いやか、ならよせッ。仕度はいいか」

「さあこいッ」

「駄目だそんなじゃ、すぐおいらに斬られてしまわあ」

と浜太郎が眉を寄せると、苛立《いらだ》って見ていた町蔵は、

「和助さん、構うことはねえ、叩ッ斬れ。町蔵がついているッ」

「うん！」

和助が血気まかせに斬ってかかる、刃《やいば》をかわして浜太郎は、ただひと打ち、刀の峰をヒラ叩きにかけて叩いた。

「おッ」

和助の手から刀が落ちた。

浜太郎はさッと退き、仄《そく》に突ッ立って、町蔵の顔を眺めた。

「見ろい町蔵。おいらでなかったら、和助さんの首が、ポロリと前に落ちてるぞ」

いわれるまでもなく町蔵に、それがよく見えていたので、舌を縮めて口がきけなかった。

和助は土気色になった手をのばし、刀を拾って起ち直ったが頭が重たくなったらしく、足もとに力が抜けていた。

「もう一度やって見るか和助さん」

「くそッ」

今度は遮二《しゃに》無二《むに》、刀をふって、破れかぶれの突ッかかり方だ、浜太郎は避ける一方で、携《ひっさ》げた刀にものをいわせる気がなく、右に左にと、荒れ狂う和助の刃をかわしながら、いい頃合いにとびこんで、ただ一刎《ひとはね》に、刀をはねあげた。

和助の刀が宙へとんだ。

「ほッ」

息を引いて亭主が、向う側の松の下まで逃げて行った。

落ちてきた刀は、草地の端に突き刺さった。

「たいてい手並は知れたろうが、念のためにもう一度、和助さんやってみるか」

和助は口がきけなくなっていた、この分では何度くり返しても同じことだった。

「どうするね和助さん」

うながせど和助は黙って、頬に涙を流していた。

「おいらは卑怯が嫌いだから、討てば討てるおめえを討たずにいる、といって、恩に着せるわけじゃねえ。イカサマ賽のいざこざから飛び火を背負って出てきたのが妙太郎さんの不運さ、おいらは悪くねえといまでも思っているから、夜うなされたこともねえ」

鍔音たかく浜太郎は、刀を納めた。

「十年たってもまだ旅人、一刻たてば五里七里もとんでしまう浜太郎だ。縁次第、因縁《いんねん》ずく、また会ったらその時の拍子まかせだ。行くぜ」

つかつかと街道へ出た浜太郎は、草をなびかす勢いだった。

和助は泣き入っていた。町蔵は眼のやりどころのない苦しさで、からだばかり動かせていた。

浜太郎は茅《かや》の軒下へとって返し、置いてあった菅の笠を手にとって、片手で盆に小銭をバラリと投げた。

「おやじどン、お世話様。茶代に少々、話の聞かせ賃もへえっているよ」

「ヘッ」

とばかりで亭主は、外の松の根方で首を縮めた。

「さようならッ」

胸をそらして行く浜太郎のうしろ姿が、亭主の眼には、道幅いっぱいに拡《ひろ》がって見えた。

敵の影響

古ケ崎をあとに松戸《まつど》へ出た和助は、そこで剣術を一心不乱に学んだ。町蔵もいっしょになって、骨が硬くなっていて、上達の望みは薄いといわれたが、熱心だけは人後に落ちず膏汗《あぶらあせ》で手拭を毎朝ねとねとさせた。

和助はもう二十三、親の遺した田畑もあり、善《い》い心の叔父があるので、食うに困ったことは一度もなかった。

叔父は小根本《こねもと》の豪農だった。

「町蔵の奴にも困ったものだ、年中そばについていて和助を焚《た》きつけたのでは、いつになっても、敵討なんて馬鹿なことを思い切ることはないだろう」

と叔父は和助の念願を、町蔵の煽動からと考えていた。

それとは逆なことが起っていた。

「ねえ和助さん、叔母さんからこの間も話があったんだ、どうか敵討をやめさせてくれろとね」

町蔵は和助の叔母に口説かれて、仕方なしに勧告をしてみた。

「おまえまでがそんなことをいっては困る」

剣もホロロに和助は、はねつけた。

「困ったなあ、小根本の家じゃ、おれが食い扶持稼《ぶちかせ》ぎに和助さんを煽《おだ》てていると思っているのだから、やりきれねえんだ」

「なあに、叔父さんたちだって、おれが浜太郎を仕とめたら、ころがって喜んでくれるにきまっている」

「そうは思うが、いつそうなるかわからねえ。浜太郎のいい草じゃねえが、一刻経てば五里も七里も先へとぶという代物《しろもの》だ、一日十二刻に六十里か百里かとぶとすると、だんだん手の届かねえ遠くに行ってしまやがるなあ」

「そんな勘定があるものか、どんな足だって一日に三十里そこそこだ。たとえ遠くなっても、日本は島国だというから、突当れば引返すにきまってらあ、空を飛ぶ身は持つまい、いまにきっとあいつを仕とめてくれるから見ていな」

剣術修行に出精《しゅつせい》した和助も、男の花の若い盛り、想いをはせる女があった。

「和助さん、おぶんちゃんが好きなら、貰うように話そうか」

「えッ。だれに話すのだ」

「小根本の叔父さん叔母さんにだ」

「そんなことをしてみろ、困らあ」

「それはねえ、おれからそれとなく下話だけはもうしてあるのだ」

「余計なことをする奴だ」

「そうでねえさ。人の目につく娘盛りだ、想ってるのは和助さんだけじゃねえから、茫然《ぼんやり》しているとだれかに貰われちゃうぜ」

「………」

「敵討がすんでからにする気だろうが、そいつぁいつすむかわからねえ、そのうちにおぶんちゃんが、他家《よそ》へ行ったらどうするんだ」

「そんな約束じゃねえ」

「おやッ」

「おぶんちゃんとは誓文《せいもん》のやり取りがしてあるんだ」

「へえ、こいつぁ驚いた。だが、悪いことはいわねえ、早く夫婦になっておいたらどうだ。相手はああいう変に強《きつ》い妙な奴だ、一度は助けたが二度は助けねえと、万々が一にでも和助さんが斬られたら」

「そのために毎日汗水たらしているんだ」

「それはそうだが、もし怪我でもあったら」

「びくびくして勝負ができるものか」

「そうじゃねえ、いまのうちに夫婦になっておけば、夫婦の情というもので、たとえ怪我をどんなにしたところで、おぶんちゃんの心変りはありッこねえ。他人でおいたのでは、心配だ」

「そんな娘と違うんだ」

「そうかなあ、だが、どうでなるものなら一日も早く夫婦になるがいい」

た。


「よせ町蔵。敵討を仕損じたら、おれの方から身を引く気だ」

「えッ」

「敵《かたき》ながら浜太郎の根性ッ骨は見あげたものだ。だからよ、おれだけ勝手に都合よく考えて、いま夫婦になってみろ。おれの心に挫《くじ》けが出ねえものでもねえ、また、もしものことがあってみろ、おぶんちゃんは後家だ、いまどき後家の亭主は三貫値が廉《やす》いとよ」


浜太郎の影響が、和助にあったのにいま気がついて町蔵は、自分の顔を撫ぜ回して黙ってしまった。


その年の秋。

和助を訪ねて二代目沓田の峰《みね》五郎《ごろう》から使者がきた。

「町蔵さんはおいでですか。おう町蔵さん、五日市の二代目から急の使いだ。和助さんは?」

「だれかと思ったら沓田の大次《だいじ》さんか。和助さんはヤットウの先生のところへ行っているが、急用とは何だね」

「上州《じょうしゅう》邑楽郡《おうらごおり》利根川近くにて浜太郎が嬶《かかあ》をもらっていやがるのを突きとめた」

「しめたッ、敵討だッ」

「五日市から三人出します、こっちは和助さんと町蔵さんと二人、あわせて五人で、黄泉《よみじ》を引いて勝負と一盆やるがいい、とこう伝言《ことづて》ですぜ」

「そいつぁありがてえ」

永い間、往来の絶えていた沓田からの知らせは、旧誼《きゅうぎ》を思い出しての好意だろうと、町蔵は躍りあがって喜んだ。

もとより和助は待ちに待った敵討だ。浜太郎の首をあげて帰ってくる日を幻に描いて、想いあっているおぶんに別れをつげたのはその翌日、霧のような雨が降っている日だった。

田植の音頭

上州邑楽郡を流れている利根川のうち、高瀬舟の本元高瀬平八《ほんもとたかせへいはち》が諸人交通利便のために、官に乞うてひらいた大久保の渡しに、きのうからきょうにかけ、様子のおかしい旅の男が二、三人あったのを、舟渡しに働いている者が目をつけた。

青い空と白い雲が、逝《ゆ》く水に映って美しく、どこを見ても清々《すがすが》しい秋だった。

いまも対岸を出た渡し舟に、眼つきの強い男が二人、ここらでもよく見かける旅の博徒《ばくと》という風態で、ひそひそ話の間々に、横眼の視線を、ギロリとくれる様子は、だれが気がついても怪しいと思う。

その船には高瀬の旦那平八が、艫《とも》の方に乗っていた。乗合いは地の者旅の者とで、ほかに七人。

一人が袂《たもと》をひいたが、振払って一人が渡し守に訊いた。

「船頭さん、この辺に武州生れの浜太郎さんという人が住んでいるのを知らないか」

「知ってるよう」

「たいそう評判がいいとな、本当かい」

「この二日というもの、渡しへ乗る人がよく浜太郎さんのことを訊くだ、おまえ方で三人目だ。浜太郎さんがどうかしたかねい」

「なんの、他土地で評判を聞いて来たんだ、情深い人だとなあ」

「おまえ方おらに尋ねるより、そこにござる方に訊くが早いによウ」

と船頭が指さしたのは高瀬平八、この界隈切っての豪家で、気骨のある人物だった。

平八は二人の旅ばくち打ちを見て、柔和に笑っただけで何もいわなかった。

「浜太郎さんをご存じだそうで」

一人がまた引く袂を払って、人の肩を跨いで平八に近づいて訊いたのは、沓田の二代目峰五郎が差し向けた鉄五郎《てつごろう》という命知らずだった。

「はい、浜太郎ならよく存じています」

「その浜太郎さんは」

「待った旅のお方。おまえさん方はこの村へ騒動起しにやって来なされたか、いや隠してもわかる、証拠はおまえさんの顔だ」

「えッ」

「驚いて手で触ったとて、白粉や鍋墨がついているのとはわけが違う。心が外に出るものが顔の色、眼の色だ。村で騒動することはならん！」

最後の一句が、ぴりッときいた。

「何をしに来たかわかりもしねえのに、てっぺんからきめつけるおめえは何者だッ」

鉄五郎が歯をむいた。

「高瀬平八というものだ」

「平八さんはおめえだったか。そうかい」

話はそれッきりで鉄五郎は元の座へ引返し、連れの男に、こそこそ話をつづけていた。

平八はにこりと笑って、鉄五郎がつかう横眼の視線に、視線を向けて煙草にした。

舟が着くと平八は一番後でおりた。真ッ先に人を掻きのけて下りた鉄五郎は、平八を振返って肩を揺すった。その二人が堤《どて》を左へあがって行くうしろ姿を見送った平八は、クスクス笑いながら村へはいって行った。

平八がやがて抜け道を通って、立ったところは八丁浜太郎が、女が賭けた命の達引《たてひき》に、旅人の足を洗って松杉植える気で持った所帯の前だった。

「浜太郎いるかい、おや、お客さんか」

遠慮なく通って濡れ縁先に回った平八は、浜太郎の前に三人、旅の男のうしろ姿をみた。

日があたっている縁の外は、秋草の花の乱れ咲きで、のどかに長《た》けた風景だった。

「いらッしゃいまし旦那」

いつもなら縁側へきて両手をつく浜太郎が、にこりとはしたが、座を起たなかった。

「ははあ、お客さんと話が混み入っているか、ではまた来る。お才《さい》はどうした」

「へい。旦那のお屋敷へ行ってろと申し聞けましたが、お客さん方に茶でもいれるとて、ここにおります」

「そうか。どうだひと雨くるか」

「え」

「雨さ、ざッとひと降りくるか、どうだ」

「来たところで夕立です。後は晴れます」

「稲光に雷の音か、ハハハ、あとから二ッばかり鳴ってきそうだ」

「なあに、大丈夫でございます」

「では、さようならだ」

平八は三人の客が、何の用向きか覚っていて、にこにこしながら帰りかけた。

「旦那」

「おうお才か。洗濯物を濡らすな、きょうは不意に夕立がきそうだ。ハハハ」

「せいぜい気をつけます」

「うむ。さようなら」

と平八は出て行った。

三人の客とは、和助に町蔵、いまでは沓田の家に身を寄せている、大きな柄がしい、しなびてきた飛石だった。

「浜太郎、二度の勝負だ、いまさら、いやとはいうまいな」

という和助は、少年のころと違って、筋骨が発達していた。

「もう少々待ってくれ」

「なにをッ」

昔もいまも癖は同じで町蔵がいった。

「まあ茶がいまはいる、飲んでからでも遅かあねえ、おめえ方の連れがまだ二人くるはずだろう」

「えッ。どうしてわかった」

ぎょッとして飛び石が口をあいた。

「しめて五人か。お才、茶はまだか」

「ただいま」

浜太郎の女房お才は、さすがに手先がふるえていて、茶碗の中に漣《さざなみ》をたてた。

「一ッ土瓶の番茶だから、毒味をおいらがしたらお飲みなさい、だが、怪しいと思ったらよしたがいい」

浜太郎は茶を飲んで舌鼓《したつづみ》をうったが、和助もほかの二人も、そんな余裕を持てなかった。

「そこで三人の衆、いままでも話したとおり、妙太郎さんを討ったのは、わが一身を護るため、だれがおめえ、自分の命を狙われて、無事を願わねえものはねえ」

「その話はよせ、俺は討った討たれたの理窟を糺《ただ》しにきやしねえ。討たれた親の仇討を、一人ッ子がやりに来ただけだ」

「和助さんは、そうすると、ことの理否はどうでもいいというのか」

「敵討が眼目だ。四の五のと話をしていては永びくばかりだ。浜太郎、仕度しろ」

「おいらは仕度はしねえ」

「卑怯だぞッ」

と町蔵が突ッ起ちあがったのに誘われ、遅れじと飛び石が飛び起った。

和助は刀を引きつけ、浜太郎の瞳に見入った。

「勝負を逃げてえのか」

「そうだとも」

「未練だッ」

刀に手をかける和助を眺めて浜太郎は、あのころからみると老けた顔に、もの驚きをしない沈着さが、いと平然と出てきていた。

「おいらもいまは一人じゃねえ。なんだこいつら騒ぐねえ。お才、旦那のいった夕立が、稲妻を立ててやって来そうだ、見物具合のいいところで気を鎮めて眺めていろ。三人の衆。女房持ちの浜太郎とはご存じどおりだ。やい待て、急《せ》くないッ。夫婦は一心同体だ、いいかのろけじゃねえが浜太郎、永い間の旅人ぐらしで、女の数は知っているが、お才ぐれえの女ははじめて。やい、少しばかりの文句が聞いていられねえほど気が急くか、そんなじゃ三人とも、どこへ行ってもたちまち首が落ちるぞ」

和助は、膝を立てただけで、まだ起ちあがってはいなかった。

「聞いてやる、後をいえ」

「若えが修業ができたぜ和助さん。いまもいった夫婦の話だ。永えことゆえ成立ち一条は略しまして、お才とおいらが夫婦になり、ここに所帯をもつまでには、命と命がカチ合って、火も出たし水もあふれて風も吹いた。早くいえば命を賭けた丁半の、盆の数を重ねた上での亭主女房だ」

「筋道はいらねえ、とどのつまりをいってみろ」

「よく訊いた和助さん。おいらは女房持ちになってから、旅人癖を洗いすてた」

「だから」

「女房のために亭主は生きるということだ」

「そっちは女房のために生きるがいい、こっちは死んだ親の回向《えこう》の勝負だ。おめえとおれでは立つ瀬が違う。話はそれまで、後は勝負だ」

「勝負となれば勝ち目はおいらだ」

「どうだか先に判るものか。浜太郎、やろうッ」

「どうでも勝負か」

「知れたことだッ」

ぱッと起ちあがる和助の横から、町蔵が気早に断って出る出鼻《でばな》に、ぽこと投げつけた煙草盆の火入れ、ぱッと立つ灰の雲の中から町蔵が消魂《けたたま》しく叫びたてた。

「あちッちッ」

眼鼻に灰がはいったより、とても堪らないのは炭火が一ツ、ふところへ飛びこんで、臍《へそ》のあたりを焦がす熱さだ。

「おのれッ」

斬ってかかる和助に茶碗のつぶて、かわして踏込む鼻の先へ、浜太郎は抜刀《ぬきみ》を突きつけた。

「和助さん。剣術を習ったらこれがわかるだろう、さんざん馬鹿をして歩いた浜太郎が、一つおぼえたが堅気《かたぎ》になれば無用の技だが——」

いわれるまでもなく和助は、隙《すき》のない浜太郎の構えに圧倒されて汗が出ていた。

そんなことのわからない飛び石が、横から斬ってかかりかけたが、

「石ッよせッ」

必死のうなりが和助の口から吐き出された。

「えらい和助さん、横からかけるチョッカイを、制してとめたは大できだ。かかってきてみろ、角力上《すもうあが》りの図体《ずうたい》が二ツに割れてその上に、和助さんにも変事が起らあ」

といわれて飛び石は眼をまるくした。

町蔵はやッとのことで、ふところから炭火を出し、和助の傍《そば》へ寄ってきたが、肝を潰して立ちすくんだ、和助の顔は冷汗で光っていた。

「どうだ三人の衆、寝首を掻きにきたらば知らず、このままでは、気で負かされて、和助さんがブッ倒れるが」

「浜太郎、残念ながら、きょうは引こう」

「技を磨いてまたくる気か和助さん」

「何度でもやってくる」

二人は、いまの様子をみて、不承知をいう気力がなかった。

「町蔵、石、引上げだ」

「よかろう」


北下総葛飾郡《きたしもうさかつしかごおり》の古ケ崎の豪農、宇津和助夫婦は、田植唄の音頭を代りがわりきょうもとっていた。

晴れた空に鳥が舞っていた、どこやらで牛がのどかにないていた。

和助は三十七、女房おぶんは三十二になって、二人の子持ちだった。

その日一日中、道傍《みちばた》の立木の下に旅僧が一人、休んだまま動かずにいた。

夕鴉《ゆうがらす》が啼くころに、きょうの田植の終った和助夫婦は、三十余人、笑いさざめく男女をつれて、屋敷へ向った。

旅僧が、そのあとについてきた。


夕月の下で和助は旅僧に声をかけられてぎょっとした。

「えッ、浜太郎だと? どうれ――」

「そうだ和助さん、わしも年をとった、ハハハ」

「おうなるほど、そういえば見おぼえがある」

「その後どうして来なかった?」

「ハハハ」

和助は晴れやかに笑った。

「お百姓になったからのう」

「それもあるが、それより先には女房持ったからだ。亭主は女房子のために生きるものだと気がついてな」

「なるほど」

「浜太郎さんは、どうして坊さんになった」

「女房お才がこの春、大往生をとげたのでな」

「ほう」

「迂闊《うかつ》と坊主にはなったが、思い出したのは和助さんだ。来るというたが、永い間こぬから、わしの方からやって来たが田植をする姿に、わしゃ、合掌した。生臭《なまぐさ》のできたて坊主でも、称名《しょうみょう》と合掌することだけは知っている」

「よく来てくだされた浜太郎さん、今夜は宿をしましょうか」

「地獄から極楽へ一足飛びじゃ、それは有難いな、ハハハ」

はじめて浜太郎が哄笑《たかわら》いした。

「家の者には昔のことはいわぬがいい、あの衆たちも、知らずにいる方が気が楽じゃわい」

「ほう、なるほど。して、町蔵さんはな」

「中気《ちゅうき》が出て、ものがわからぬが、家に遊んでいますわい。飛び石は喧嘩で死んだ、死んだといえば鉄五郎ともう一人名を忘れたが、沓田の者が二人、あれッきり帰ってこぬが、知らぬか浜太郎さん」

「はあ知っている。和助さん耳を貸してくれまいか――あのな、あの日の、夜中に、やって来た泥棒が二人あったが、逃げずにわしを斬ろうとするゆえ叩きのめしたが、その翌日の朝二人で河原の草の中で刺し違えて死んでいた――それがその鉄五郎とやらいう人たちに違いないが、はてなあ、そんな死方で人間いいものかなあ。なあ和助さん、わしゃ振返ってみてゾッとする。旅人でとび歩いたころがな、えらい年月を損したと気がついた、されば、女房持ったは仏が心に宿ったと同じことじゃ」

「そりゃわしも同じだ」

「ほう、和助さんも女房阿弥陀仏《あみだぶつ》かな」

「そうともな、ハハハ」

村では子供が夕日を讃美して、手をとりあっていたいけに唄っていた。

「宇津の小父《おじ》さん今晩は、旅の坊さま今晩は」

子供たちは、それも唄にして節をつけた。

頼まれ多九蔵

喧嘩旅

黒塚《くろづか》の多九蔵《たくぞう》は、旅から旅、いたるところで、といってもいいほど、喧嘩の相手をこしらえた。

「黒塚の」

と、旅友だちが顔をしかめてあるときいった。

「なんでえ」

というかりそめの返辞までが、多九蔵のは喧嘩を売る気かと怪しむばかり、語気が荒い上に声高で、口を尖らした上に、眼が光るのがいつでもだった。

「黒塚のみてえに、六十余州を股にかけてとび歩くものが、そうそう遺恨《いこん》の相手をこしらえていたら、いまにどこかの盛り場で、多勢《おおぜい》の人出の中で、顔をずっと見渡したら、どの顔もどの顔も、おめえの喧嘩相手だってことになってしまうぜ」

「そうなりゃなお面白え」

腮《あご》を逆撫《さかな》でして多九蔵は、そんな時は空嘯《そらうそぶ》いた。

「悪いことはいわねえ、おめえのようになんでもかんでも喧嘩にしたがっては、一生に食う飯の数より、喧嘩遺恨の数が多くなるぜ」

「面白えだろうじゃねえか」

「身の不為《ふため》だということだ」

「なにをぬかしやがる！」

「それまた喧嘩にしたがる」

「したがっているとわかったら、手間かけさせずに裏へ出ろッ」

「それが黒塚の、おめえの悪い虫だ」

「悪い虫か良い虫か、裏へ出てこい、見せてやる」

かりそめの意見でも多九蔵は、こんなふうにとって、ツイ喧嘩の種にして暴れたがった。

多九蔵の気象《きしよう》を知って、そういう無法をさせないように、外からそッと扱えるのは、旅で出会った多くの命知らずの中に、そうそうはいなかった、十人いれば四、五人は、多九蔵の喧嘩調子に乗って、

「ふざけやがるなッ、さあ出ろッ」

と外へとび出して相手になった。

「野郎ッ、さあおぼえとけ！」

十たびの喧嘩に勝利が十たび、そういう結果の一つずつが、多九蔵の心胆に、異常な強さをもたらせた。

「わッ」

負けたものが、死んだように青くふるえるのを見て、多九蔵は、唇をそらせて笑った。

「死ぬほど斬りやしねえ、浅く一寸か一寸五分だ、したみ酒をフッかけて煙草の灰でもつけておけ、

三日もすれば、楽にならあ」

喧嘩はそれまでと、刀を引くが早いか引返して行き、ろくに顔色ひとつ変えるでもなく、馬鹿話の中に胡坐《あぐら》を組む、こんなふうな多九蔵だった。

「多九蔵の奴は、人を斬って来やがってすぐ煙草をくらって、味がわかるんだから凄《すげ》え」

こう信じられていた。

その多九蔵でも苦手はあった。

「あの野郎にゃ参った、俺は野郎を斬ったんだが、野郎め俺を斬りやがった、あんな奴はねえ」

その話になると多九蔵は眼の色に殺気が出た、語調にいつもより熱がこもった。

「だれもその野郎の名なんか聞くな、言ったってだれも知らねえ奴だ——だが、その野郎は、俺と五分五分の野郎だ。ちえッ、いまいましい野郎だ」

いつどこででも多九蔵は、五分五分の喧嘩相手の名の和泉《いずみ》の直八《なおはち》をいわなかった。言わなければ聞きたくなる人ごころで、うるさく訊くものがあると多九蔵は、眼をむいて怒った。

「聞くなというのに聞きたがりやがる。よしッ、外へ出ろ、俺が負けたら聞かせてやる、遠慮なく、さあ出ろ!」

と、もうすぐ喧嘩だ。

「黒塚の、おめえ、その男のほかに五分五分の相手にぶッかったことはねえか」

「心当りがある」

「心当りとは変だな」

「変なものかい。そいつとはまだやりあったことがねえんだ」

「へええ、黒塚のおめえでも、こいつと目指していながら、手合わせをしねえこともあるのかい」

「ベラ棒め、黒塚の多九蔵は馬鹿狂人《きちげえ》ではねえ、そうそう喧嘩ができるか」

聞いているものにはおかしいが、言っているものは大真面目《まじめ》だった。いかに多九蔵でも、はずみがついて、やむにやまれない気持から『外へ出ろ！』と喧嘩になるので、喧嘩を作為《さくい》してやるのではなかった。

多九蔵が心中で、『この野郎』と眼をつけていたのは、下総香取《しもうさかとり》辺《へん》の生れで羽斗《はばかり》の紋次郎《もんじろう》、通称を羽斗紋次とも、ハバの紋次ともいった旅人《たびにん》だった。

上州で一度、信州で二度、野州で一度、多九蔵は紋次に出会ったが、紋次の方でそれてしまうので、いつも多九蔵は喧嘩の空手ばかり握っていた。

「野郎め。妙に俺を逃げやがる」

それも気に入らなかったが、青い顔をして悲しそうな眼つき、陰気な口のきき方、歩き方までが、どこか陰気なのが気に入らなかった。そのくせ、時として紋次の眼が、磨《と》ぎすました剃刀《かみそり》に日が宿ったよう、ものすごくぴかりと光ることがあるのを、多九蔵は見て知って、いよいよもって気に入らなかった。

「いやな野郎だ」

こう思っている多九蔵を、羽斗の紋次の方でも、

「多九蔵とかいう奴は厭味《いやみ》な奴だ。あいつの旅歩きをみていると、気に入らねえことがあったら俺にいってくれと、看板をかけねえばかりの歩き方だ、あんな奴にいい男があるものか、イケ好かねえ方で図抜けた奴だ」

そういう二人だから、野州矢板《やしゆうやいた》の高柳《たかやぎ》の斉造《せいぞう》という親分の家の前で、右からきた多九蔵と、左からきた紋次とが、往来の真ン中でぶつかった時、睨みあった眼と眼とが、火花を散らしそうに激し

く光った。

化ける晩

辻堂の中で、ごろりと寝ていた多九蔵は、長い習慣で、旅の道づれ、長脇差を抱いていた。ケン、ケンと消魂《けたたま》しく響く狐の声が耳について、とろとろしたところでまた眼がさめた多九蔵は、辻堂の外に人の気配を感じて息をのんだ。外は闇が深かった。

耳をすます多九蔵が、いま聞えた音で、辻堂の外の者が、縁側に横になったのを知った。コッンといったのは刀の鐺《こじり》が、どこかの板へ当った音らしかった。

「おい」

多九蔵が内から声をかけた。外ではぱッとはね起きた音がした。しばらくしてから返辞があった。

「お堂の中には先客がいると知って、わざと縁のところに遠慮したんだ」

外の声は悪口をいっている調子だった。

「そういう声は、もしや、下総の紋次じゃねえか」

「だれだおめえは」

「おめえが日ッ本中で一番イヶ好かねえ男さ」

「黒塚の多九蔵か」

「ちャンと知ってやがらあ。いかにもその多九蔵様だ」

「そうか、芋虫みてえにころがっている姿はみたが、多九蔵とは知らなかった」

「芋虫とはなんだ、俺がいつ芋虫に化けた」

横になったままだった多九蔵が、むッとして、起き直った。

「夜目遠目《よめとおめ》傘のうちといって、すべた女も美《よ》くみえることがあるとよ、こんな晩には狐が若衆に見えたり、狸が花嫁に見えたりすらあ、人間だって芋虫に見えねえものでもねえ」

「そうか、大の男が芋虫にみえるのか、どれ」

壊れた狐格子《きつねごうし》に顔を押しつけ、縁をのぞいた多九蔵は、大きな声で笑っていった。

「なるほど、てめえのいうとおりだ。下総の紋次だか芋虫だかわからねえ、芋虫ころころ、動いてやがらあ」

カラカラと景気よく笑ったつもりだが、面白くって笑うのではないので、多九蔵の笑い声はひどくつまらなそうだった。

「どれ」

紋次は多九蔵に構っていず、縁にごろりと横になった。どうせ相手が多九蔵では、夜露のあたる縁外より、床からかび臭く夜風が吹きあげても、堂の内がいくらかよかろう、こっちへ入って夜明けを待てと、いうはずのないのがわかっていたので、長脇差の柄《つか》を胯《また》に預け、片手は鐺にあてて片手は枕、ひと寝入りする気になった。

「やい芋虫、寝るのか」

「うむ」

「迷い子になったのか、間抜けだなあ」

多九蔵は、自分が道を踏み迷い、こんなところで衝《つ》き当り、よんどころなしの辻堂泊りと、観念したことを忘れていた。

「俺は迷い子になったのよ、間抜けでも仕様がねえ、おめえはまたこんなところが性にあっていると見え、わざわざ来てお泊りとみえる、結構な風流振りだ」

陰気ないい方だが紋次の舌には、辛辣《しんらつ》ないい回しがはいっていた。

「ベラ棒め、だれが風流でこんな辻堂へ泊るものか」

「俺と同じく、おめえも迷い子になったのか」

「当り前だ」

「じゃ、間抜けはおたがい様だ」

「なんだとッ」

口合戦では陰気が勝って陽気が負けた。

「この野郎はまあ、つくづくいやな野郎だ」

と多九蔵は、負けたばかりの舌をふるって毒づいたが、紋次はそれに答えなかった。

ぐウ――ぐウ、ぐッ。

狸寝入りの鼾《いびき》が、多九蔵への返辞だった。

「やいやい。ぐウぐウぐウという返辞があるか」

ぐウぐウ――ぐウ。

「馬鹿にしてやがる。蹴殺《けころ》すぞ」

ぐウぐウ――ぐウ。

「いまいましい野郎だ。やい、この間、野州矢板で会ったとき、てめえ、俺の面を見て長いこと黙って立ってやがったが、何とかいうだろうと待っていたが、とうとう何もいやがらねえで、ツイと踵《かかと》をぐるッと向け返えて行っちまやがった。なんの怨みで、てめえあんな芸当を俺にみせやがるのだ」

ぐウぐウ――ぐウ。

「畜生、まだ狸寝入りをやってやがる。勝手にしやがれ」

足音荒く多九蔵は、狭い堂内の片隅へ引返し、腹立ちまぎれにどたりと寝た、そのとたんに、腐れて性の抜けた板が、ぽきりと老衰した音をたてた。

「多九蔵。床板を剝がして食おうというのか、歯が折れるぞ」

鼾の代りに紋次の冷評《ひやかし》が、外から内へ、闇の中で、礫《つぶて》のごとく飛んできた。

「なにをッ。子《ね》の年の生れじゃねえ、床板を咬《かじ》るかッ」

「そうか、咬るのじゃなくって、持って行って結飯《むすび》と取代えてでももらうのか」

「いやな野郎だ」

むッくと多九蔵が起きあがると、直ぐさま聞えるものは紋次の鼾だった。

「やい紋次」

ぐウぐウ――ぐウ。

「また、狸をやってやがる。いやな野郎だ。やい紋次」

ぐウ――ぐウぐウ。

「どうもてめえが俺は気に入らねえ、いつか一度は叩きあってみてえと思っていたが、妙にてめえとは喧嘩にならねえ。今夜はちょうど幸いだ、今夜いまここで一盆おこしてみようか、どうだ！」

ぐウぐウ――ぐウ。

なんと挑戦しても、紋次の答は鼾だった。

「この野郎め、俺がこれほど言っているのに、鼾ばかりで返答してやがる。ようしッ、てめえがそんなことしやがりゃ、俺は俺で勝手にするぞ」

狐格子を手荒く開けた多九蔵が、外の夜風の秋の冷たさを、真正面からうけたすぐ傍で、紋次が長脇差を手にとり直していた。

「野郎。起きあがったな。さすが、四の五のいわねえでも物わかりのいい奴だ。どっちが強えか一盆こいッ」

多九蔵は縁から下へ、勢いこんでとびおりた。

「なにを慌ててやがるんでえ多九蔵。あすこを見ろ」

「あすこもここもあるか、相手はてめえだ」

「七、八人の同勢で、こっちへくるのが見えねえか」

「なんだとッ」

「てめえがここにいるのを知って、徒党を組んでくるような、身におぼえがあるのじゃねえか」

「そんなことはわかるものか」

「俺に怨みのある奴は、この界隈五里十里にはいねえはずだ。おやッ七、八人だと思ったら、十二、三人の同勢だ」

「どれどれ——おおう、来やがった来やがった。だが、何だろう」

「暗くっていっこうわからねえが、多分、多九蔵を狙って来たんだろう」

と、紋次は陰気ないい方だが、含んでいるものは多分な揶揄《やゆ》だった。

「俺はずいぶんと喧嘩をやってきたんだから、こんなところにも遺恨をもった奴がいるかも知れねえ」

多九蔵は揶揄を真面目にとり、闇にうごめく人の姿を睨んで、当の相手が、自分ときまったがごとき意気込みになった。

喧嘩条件

「みんなッ、みんなッ、いやがったッ」
十二、三人の同勢の先頭の一人が、消魂しく声を立てた。
「えッ」

と、ことの意外に愕《おどろ》いたらしい声々が、十余人の口からいっせいに出た。その同勢は、急に立ちどまったので、からだとからだと触れあって、長脇差や竹槍や、雑多なもの音が一度に聞えた。

多九蔵は息を詰めて見た。

「畜生、多勢でやって来やがってからに、太い奴らだ」

おろしてあった裾をとりあげ、袂《たもと》の中にかねて用意の鹿革襷《しかがわたすき》をつかみ出した。その脇の縁の上に、蹲踞《うずくま》ってじっとしているのは、紋次だ。

「多九蔵。てめえ、身におぼえがあるのか」

「なにをッ。あってもなくても、降ってくるドス竹槍に、ご免なさいといえるかッ」

「そうじゃねえ。相手が何者だか、てめえにまだわかってはいなかろう」

「俺のことを、いやがったと吐《ぬか》すからには、言わずと知れた俺が相手だ」

「馬鹿な野郎だ」

「なんだとッ」

紋次と違って多九蔵の声は高い、ことにいまの『なんだとッ』は、闇夜を貫いて遠く聞えた。

「悪いことはいわねえ。名乗りあげて聞いてみな、それからだって打ちあいは遅くねえ」

「きいたふうなことをいうねえ」

「だから馬鹿だといったんだ」

「馬鹿とはこの野郎め。紋次、あいつらをかたづけたら、その後はてめえだ、それまで待っていろ、逃げると、どこまでも追ッかけて行くぞ」

「始末の悪い没分暁漢《わからずや》だ」

「黙ってそこで見ていろ直《じ》きに順番をてめえに回してやるから」

「ふ、ふふ」

紋次は低い声を内へ引いて笑った。
十二、三人の連中は、依然一ッところで立ちどまっていたが、やがて相談ができたとみえ、前へ進んできた五人の姿が、暗い中でも人型に黒くみえてきた。
「そこにいるのは、だれだッ」

一人が顫《ふる》え調子で訊いた。

「狐じゃねえ」

多九蔵は場数を踏んできているので、こんな時の応答は、ふだんの声より力がはいって、明瞭だった。

「狐でなけりゃ何だッ」

声が代って訊いた、今度の男はすこしは経験を積んだものと見え、最初の者ほど顫え声ではなかった。

「人間様だ」

「人間はわかっている、敵か味方か」

「いってえ、てめえたちが敵か味方か」

「だから訊いているんだ、敵か味方か、はっきり言ってみろ」

多九蔵を相手に、こういう訊き方をする未熟者揃いでは、いつまで経っても、敵味方が判然しそうもなかった。

黙っていた紋次が、そのときぬッと起ちあがった。

「おい、多勢の衆、おめえさん方はだれを相手にする気なのだか知らねえが、ここにいる男ってのは、黒塚の多九蔵という旅人だ、このあたりの親分さんの家へ、手拭を持って行ったことがまだねえんだ」

「紋次、余計なことをいうねえ。おう、そこにいる野郎たち、いま喋舌《しゃべ》った男は羽斗の紋次といって旅人だ、迷い子になりやがって、仕様ことなく、この辻堂で夜の明けるのを待っている奴だ」

「いまの声が黒塚の多九蔵で、口をきいているのは羽斗の紋次郎だ。こっちは名前を名乗ったが、さてそっちはどういう人たちだ」

前に出ている五人が、コソコソ何かいっていたが、顫えのない声の男がいった。

「木連《きづれ》の杢左衛門《もくざえもん》を知ってなさるか」

言下に多九蔵が答えた。

「そんな人は知らねえ」

再びコソコソ相談がはじまって、間もなく五人が引返し、多勢いっしょになると直ぐ、ガヤガヤいって足早に、闇の中へ駆けこんでしまった。

「なあンでえいまの奴らは。馬鹿にしてやがらあ」

「多九蔵。いまの連中は、今夜この辺で喧嘩《でいり》の人数に違えねえ、てめえの相手じゃなかったんだ」

「そんなことはわかってらあい。あいつらが行ってしまえば、後の番はてめえだ。降りろ、勝負だ」

「馬鹿をいえ」

「いやだというのか、この野郎め、卑怯だぞ」

「てめえは気に喰わねえ男だが、刃物をブッつけるほどのことはねえ」

「俺はある！」

「てめえにあっても紋次にはねえ」

「上州、信州、野州と出会うたびに気に喰わねえ奴だ、いつまでも癇《かん》に支《さわ》らしとくよりも、ここで形《かた》をつけた方がいい。さあ、紋次、そこへ降りろ」

「喧嘩するほどのことはねえ」

「ねえもあるもねえ」

多九蔵にかかっては、理窟が理窟で立って行かなかった。

「てめえがいくらいやがっても、俺が喧嘩にする気だったら、たちまち喧嘩にしちまうぞ」

「あきれた馬鹿だ」

「馬鹿って奴は何をするか知れねえぞ」

多九蔵が長脇差に手をかけて、二、三寸刃の色を見せたので、紋次は思わず溜息をついたが、すッと縁から辻堂前へ降り立った。

「やい馬鹿多九」

「野郎ッ」

とんで降りて、抜刀《ぬきみ》をひっさげる多九蔵に、紋次はせせら笑いを真向から浴びせた。

「出ッくわした奴の面つき風態が気に喰わねえから刃物三昧《ざんまい》か、馬鹿多九め、てめえは何の生れかわりだ。狼か山犬か、よもや犬猫の生れ代りほど代物はよくはなかろう」

「いよいよ堪忍ならねえ」

「四足《よつあし》相手と諦めて、相手になってくれるが、馬鹿多九、約束一ヵ条、固く守るか、どうだ」

「命だけは助けろか、うむ心得た。俺は喧嘩をしても命までとったことがねえ、喧嘩という奴はそれでいいのだ」

「俺もてめえの命までとは思やしねえ、ホンの二寸か三寸疵《きず》で形がつくだろう」

「俺のいうことをてめえどっかで聞きこんで、真似をしやがるな、そんな文句は俺が本家だ」

「二寸三寸の疵でも、俺は背中に受けたくねえ、背中を斬るな、背中を突くな、俺もてめえの背中は斬るめえ、必ず突くめえ」

「逃げ疵は外聞が悪いからか、都合のいいことを言ってやがる」

「そうじゃねえ、俺は背中に大事なものを、背負っているのだ」

「背中に何を背負っているんだ、虱《しらみ》か蚤《のみ》か」

「そりゃ馬鹿多九の方だ」

「じゃ何だ!」

「何でもいい」

「隠すねえ、何だかいってみろ、気にならあ」

「さあ、一盆こい、賭けるのは互いの血潮だ」

「待て待てこの野郎、気になることをいやがって、いやな野郎じゃねえか。何だよてめえの背中にあるのは」

「刺青《ほりもの》だ。それが覚《さと》れねえか馬鹿め」

「刺青だぐらいは俺だってわかってらあ、何の刺青だかいってみろ」

「刺青に用があるのか」

「大ありだ。物によっては喧嘩はやめだ」

「いまさらそんな都合にはさせねえ」

「だから言えよ、何だ何だ、何の刺青だ、俺は観音様だったら喧嘩しねえ。観音様は好きなんだから、もったいなくって喧嘩ができねえ」

「安心しろ、観音様ではねえ」

「じゃ、何だ」

「俺の女が彫ってある」

「女の刺青か、確かに女の刺青だな。そう聞けば安心だ。野郎ッさあ行くぞ」

「こいッ馬鹿多九ッ」

闇試合に近いが、それでも、勘が多分に手伝って、たがいに姿が黒々とみえた。

二条《ふたすじ》の白い光り物が、突きつけ合った時《とき》に、さっきの連中が敵と渡りあったのだろう、あまり遠くないところで、鯨波の声が起った。

三ツ柏手

よその喧嘩が騒々しく近づいた。さっきの連中が、追われているのか追っているのか、口々の叫び声が一ツになって、その騒がしさが耳近くなったが、多九蔵と紋次とは一心不乱、斬りつけッこは二、三度やったが、どっちもまだ無疵だった。『五分五分の喧嘩相手に心当りがある』と多九蔵がいったとおり、やりあってみて不見評《みずひょう》が当っていたのに、いまのところ多九蔵は気がつくほど余裕《ゆとり》がなかった。すこしの油断もならない紋次の、場数で鍛えた度胸と腕とは、すこしの隙間から多九蔵の首を、胴から斬り放してしまいそうだった。

よその喧嘩くずれが、すぐ傍まで雪崩《なだ》れてきても、紋次と多九蔵とは一言もいわず、睨みあってたがいに膏汗《あぶらあせ》をかいていた。

ばらばらばらと、辻堂前に逃げこんで、二方へ別れて闇へ消えて行く、十八、九人の喧嘩くずれに、多九蔵と紋次とは間を割かれた。

わあッ！　わあッ！

また、近々と起ってくる声は、勝に乗って追討する数多の声々だ。

「紋次」

思わず知らずはいってしまった石地蔵のうしろで、暗さを透《すか》して多九蔵は、自分の相手を探しながら、声をかけた。

「多九蔵、俺はここだ」

紋次は辻堂の縁の前に行っていた。

「逃げやがったな紋次の意気地なし！」

「てめえこそ、そんな遠くへこッそり引越しやがって、馬鹿なことばかりのべつ言う奴だ」

「なんだとッ」

「多九蔵、てめえのは、いまいったようななんだとッという、自分の声でむかついて、喧嘩がしたくなるのだってことが俺にゃわかった。よせ、こんなつまらねえ喧嘩があるか、自分が煽《あお》って熱くなってやがるんだ」

「やめるものか、新規蒔直《しんきまきなお》しにやるからこっちへこい」

「そらまた一ッ固まり喧嘩くずれがやってきた。ぼんやりしてると、あいつらの血迷った眼は、てめえを相手にとるかも知れねえぞ」

「そんなベラ棒なことしやがれば承知しねえ」

と、近づく多勢の声々の方を振返った多九蔵に構わず、辻堂へあがって縁の上に蹲踞《しゃが》んだ紋次は透し眼をして、多九蔵をみた。

わッしょいッ、わッしょいッと、勝利に勇んでいるらしい二十余人の一団が、辻堂前へ縦にはいってきたが、先頭のものが大手を拡げて喚《わめ》き立った。

「待ったッ、いたぞッ。待ったッ待ったッ」

大手を拡げたうしろで二十余人が、揉みあって騒ぎ立つのが祭みたいだった。

多九蔵は舌打ちをして、その方へ顔を向けた。

「俺はおめえ方の敵でも味方でもねえよ」

というか言わぬに、二十余人がガミガミと、犬騒《いぬさわ》ぎに騒ぎ立って罵った。

「嘘をつけ、無字菜《むじな》の磯兵衛《いそべえ》身内《みうち》だろう」

「貉《むじな》だか狐だか俺は知らねえ」

と、大きな声で多九蔵がやり返した。

「やあこの野郎め、狐ということがあるか、家の親分は木連の杢左衛門だ」

「どっちにしたって俺の知らねえ人だ」

「なにをッ」

ガヤガヤと二十余人が多九蔵に向って殺気立った。多九蔵はそれに負けていればこそ。

「なんだとッ、こいつらッ」

声ではただ一人の多九蔵の方が、二十余人一括《ひとから》げよりはるかに優《まさ》って、気魄が激しかった。

気圧《けお》されて二十余人、ほンの一瞬間、唖《おし》のように黙った。

「やッちゃえ、やッつけろッ」

そういった声が二十余人の最後尾の方から起った、口では勇ましくいったがその男は、首を縮めて人の背後に隠れた。

「やれやれッやッつけろッ」

口々に騒ぎ立ったが、先頭を切って、多九蔵にかかるものは一人もなかった。

が、多九蔵は、多勢のそういう声を聞くと、自分の方からはねあがって行った。

「てめえたちにやッつけられるものか、やッつけるは此方《こっち》の方だ、さあ来やがれッ」

紋次にさっき向けた抜刀を、木連の杢左衛門身内に向け、憤怒の獅子の形相になったが、二十余人の眼にそれがわからなかった、白刃の閃《ひら》めきだけははッきりした。

「それやれッ」

多九蔵は一人、木連身内はその二十何倍、一歩も引かずに竹槍襖《ぶすま》をつくって取巻いた。

「うぬらとは鍛えが違うぞ、黒塚の多九蔵といえば、啼《な》く児が黙る土地が多い」

と啖呵《たんか》を切ったのが魁《さきがけ》で、あとは乱闘と、こんな時の多九蔵のやり口はほぼきまっていた。

「おう待ったお身内。俺は羽斗の紋次郎という旅人だ、その多九蔵とは旅友だち。縁もなければ怨みもねえお身内が、なんだとて多九蔵にかかるんだ、二人はこの辻堂で一夜を明かそうとしているだけの者だ。変なことをすると紋次郎も斬って出るぜ」

日ごろの調子の陰気に似ず、紋次の啖呵の切れ方は、立板に落した水の勢いよく、声量も豊なり、鉄板を打つ響きさながらだった。

思わぬ背後に紋次の啖呵を聞き、あらかたの様子がわかったので、二十余人が躊躇《ためら》っているそのおりから、半丁ばかり向うであがった鯨波《とき》の声をきッかけに、木連身内は、たれからともなく、我れがちに駆けいだし、辻堂前を横斜めに出て行った。

「ザマ見やがれ」

と多九蔵は、自力一ッで追払ったように胸をそらした。

「多九蔵、やッと奴らはそれ道が見つかりやがったぜ」

半《なか》ばは真面目、半ばは揶揄で、紋次が軽く言葉をかけた。

「うむ」

とばかりで多九蔵が、横に少し顔を向けたのは、こういう時に、子供らしい、はにかみ顔をする癖だった。

わッしょい、わッしょいッ。二十余人が快《い》い気持そうに挙げる声が、闇の向うから聞えてきた。

「紋次。喧嘩はよそうな」

思い切ったらしい調子で、しかも、きまりが悪そうに、多九蔵がいった。

「望むところだ。多九蔵。手を貸せ」

「えッ。喧嘩はやめねえというのか」

「手をしめるんだよ、シャンシャン、シャンシャンとな」

「そうか。ちょいと待て」

刀を鞘《さや》に納めた多九蔵が、辻堂前へ近づいて、両手を前で左右に開いた。

「そら来た――ようゥ」

「ようゥ」

二人いっしょに、声をあわせ、柏手《かしわで》を三ツ、シャンと打った。

葬い彫り

「どういうわけで、背中の刺青が大事なんだ」

と多九蔵は辻堂の中で、腹這いになって訊いた。

「これか――話そうか。惚話《のろけ》と聞かれるのがいやだから、めったに話したことはねえんだが、おめえなら聞いてくれるだろう」

もとの陰気に返った紋次が、辻堂内の闇にあぐらをかき直した。

「妙だよ、背中の刺青に疵をつけるなという一条が、俺は気に入ったんだ、刺青を大事にする奴はいくらも見たが、おめえみてえに大事にする男ははじめてだ。俺はの、武州の扇ケ谷宿《おうぎがやじゅく》で、渡し船に乗っていた奴が、自慢でみせびらかす刺青を、なんの気なしに見たところが、観音様の足に縄をつけて首ッ玉に背負っていやがる、だからおめえ、観音様の御顔が野郎の臀《しり》ッぺたに彫ってある。聞いてみたらその野郎、おわかりがないとは不思議なことだ、これはそれ尻くらえ観音というのでねと、夏のことだが、風が涼しい水の上だのに、バタバタと扇づかいをわざとしやがった。とんだ野郎だ、俺が好きな観音様を、なんてことしやがるんだと、その野郎を捻《ね》じ伏せて、首ッ玉の縄の彫ってあるところへ、火をつけたほくちをあてて焼き切ってくれたことがある」

「おめえがやりそうなことだが、その時、ほくちの火で、観音様の足にもお灸をすえたのではねえか」

「そう言やあ、そうだったかも知れねえ。で、どうなったい」

「えッ、なんだ急に」

「忘れるない。男盛りのくせに、背中の刺青の由来だあな」

「そうそうそのことだった――なあ、多九蔵、俺が旅人になったわけは、背中に彫った女からだ。俺の生れは下総の香取郡羽斗《かとりごおりはばかり》村だから、それを名乗って羽斗の紋次郎というのだが」

「へえ、そうかい、俺はまた、どうかすると憚《はばか》り様とよくいうじゃねえか、その憚りだとばかり思っていた。へええ村の名かい、あきれたね」

「あきれることもねえだろう、そこで俺の家は内藤様という御旗本の知行所だったが、隣りの家が、溝《どぶ》ッ川《かわ》一つ向うにあって、そこは兼松《かねまつ》様という御旗本の知行所なんだ。隣りでも近所でも知行所が違うのはよくねえことのあるもので、御代官所で御預り御支配とくれば、俺が家も、隣りも一ッことにお扱いだが、内藤様、兼松様と別々だったのでいけなかった」

「紋次、旗本の話はくだらねえ、それよりは刺青の話をしろよ」

「うむいまそれを話す。早くいえば内藤様、兼松様と知行が別々な御家なので、俺が家と隣りの家と仲が悪い、この仲の悪いのがおやじたちが子供の時からだから、伜に生れた奴は災難だ」

「そんなことがあるか、親が不和なら伜が親代りに喧嘩してやればいい」

「ところがよ、隣りの家の慶左衛門《けいざえもん》の娘におみねというのがあったのだ、これと俺とがいい仲になったんだ」

「親が喧嘩しているのに伜と娘は――とんだ奴だ」

「といったっておめえ、好き合ったものの仕方がねえ」

「ベラ棒め、なんというまあ親不孝な奴らだ、ろくな死方をしやがらねえぞ」

「よくおめえ知っているなあ」

「何だとッ」

「皮肉をいったのじゃねえ、まったくおめえがいうとおり、ろくな死方をしなかったんだ」

「おめえがか。だっておめえは生きているじゃねえか」

「俺じゃねえ。おみねという娘がよ」

「死んだのか」

「殺された」

「敵《かたき》をとったか」

「うむ、取らずにいられるか。俺に命を預けてくれた女の敵だ、それを取らずにいたのでは男じゃねえんだ」

　陰気が跡方なしに消え失せて、紋次に出てきたものは火のような熱だった。暗くて多九蔵には見えないが、いまの紋次の顔は、多九蔵が喧嘩相手の前に立ったときより、あるいは、倍の激しさだったかも知れなかった。

「そうか、敵を取りゃそれでいい」

　多九蔵は二から二を差引いて、残るところは何もないから、それでいいというのだ。

「敵は取ったが、そのあとは、悲しいことに、俺はおみねが忘れられねえ」

「なにをいうんでえ。生きている女なら忘れられねえのはもっともだが、死んじゃったら仕方がなえ、諦めてしまうがいいじゃねえか」

「俺にはそう手軽くゆかねえ、おみねは美《い》い女だったからなあ」

「美い女だかなんだか知らねえが、好きな女という奴は、何年経っても忘れられねえ」

「多九蔵、おめえにもそんなことがあったのじゃねえか」

「俺か、あったようだな。ヘッヘッへ。訊くなよ、言いたくねえ」

「訊くめえよ――そこで俺は背中へおみねの似顔を刺青にしたのだ、ちょうどいいことには、俺の親類で下利根川の神崎宿《こうざきじゅく》で網師《あみし》の宗八《そうはち》という人がある。その人が刺青は名人でな。おみねの顔は子供のときからよく知っているから、これ幸いに頼みこんだところ、引受けてくれて彫りあげまでに四十九日かかった」

「まるで葬いのあとだな」

「そうだよ、俺の心も網の宗八さんの心も同じことだ、亡きおみねの追善に、俺の背中へ葬い彫りというのだ。だからおめえ、宗八さんは、一針ずつに南無阿弥陀仏《なむあみだぶつ》といって彫った」

「陰気な刺青だな」

「墨をする水は樒《しきみ》の一ッ葉で硯《すずり》へ入れた、彫り師のつかう手台《てだい》の脇には、一ッ灯明《とうみょう》の火を入れた、片ッ方にゃ線香を一本立てて、おみねの位牌を飾ったものだ」

「よせやい。変な話ッぷりをするねえ。いやに寒気がするじゃねえか。それで刺青ができたのか」

「よく似ているぜ」

「ふうむ――なにか、おめえそんな物を背中に彫って、それ以来どんな気がする」

「おみねの墓を背負って歩いていると想うと、日本中どこへでも、気軽に行けらあ」

「変ってやがるぜおめえは。したが、なんだって旅人になったのだ、背中に女の刺青をするくらいなら、女の死んだ土地はどこだか知らねえが、骨の埋まっているところに住めばいいによ」

「そいつにわけがあるんだ。俺が敵をとったのは――下総小見川《おみがわ》一万千石内田伊勢守様《うちだいせのかみさま》にお召抱えを願って出た、野州浪人車田佐仲太《くるまださちゅうた》という武士なんだ」

約束くずれ

銚子街道《ちょうしかいどう》神崎宿の、網師宗八の家をたずねた旅人があった。

「お客さんは神崎ははじめてかね」

布施《ふせ》で乗せてもらった下りの高瀬船、七十石積みの上荷に腰をかけて、利根下りの風景を眼の前にしていながら、このお客さんはまるで感じがなかった。それもそのはず、黒塚の多九蔵だ。

「はじめてかって、はじめてだから陸《おか》をのその行ったのでは、見当を取ッ違えて奥州仙台《おうしゅうせんだい》へでも出てみろ、いくら松島があったからとて、神崎の網師宗八さんには会えやしねえ、だから間違えのねえように、おめえたちに銭を出して頭を下げて連れて行ってもらうんだろうじゃねえか。わかりきったことを聞くなよ大将」

「あはッはッは、面白いことをいうお客さんだ。それでは聞かそうが、神崎は御代官支配だからおめえ方にはもってこいの土地だ。高岡《たかおか》は一万石で井上様、小見川も一万千石で内田様、小大名だがお大名様のござるところだ、佐原《さはら》だの津ノ宮《つのみや》だの神崎だのは、笹川《ささがわ》と同じで、おめえ方には持ってこいの土地だよう」

「よくおめえ方おめえ方というおやじだ」

「神崎はな。船唄にもあるとおり、ここは神崎森の下、舵《かじ》をよくとれ船頭さん、といって、えらい難所で、神崎の巻といって利根川名代の悪所だ」

「本当かい。俺は水の上は強くねえんだ」

「昔のことだよ」

「なんだ昔のことだ。人の悪いおやじだ」

「神崎三百軒といってな、繁昌している宿《しゆく》だ。川向うは押砂河岸《おしずながし》といって、安波《あんば》大杉神社《おおすぎさま》へ参詣のものは、神崎から渡し舟で渡るのだ、神崎明神様の森というのは、もうやがて見えるが、大小二つの山があるところから、双ケ岡《ならびがおか》ともいうのだ。高いところに御神木がある。門前には、なんじゃもんじゃの樹というのがある」

「なんだいその、なんじゃもんじゃの樹とは」

「船唄にもうたわれている、おまえの心は神崎森のなんじゃもんじゃで気（樹）が知れぬとな」

「なんじゃもんじゃより網師の宗八さんは死んじゃしめえねえ」

「宗八さんは生きている。なあお客さん、ゆうべ神崎から帰って行く奴が話したのだが、夜になると押砂通いの渡し舟がとまったあとの河岸《かし》に、若い女が立っていて、通るものに声をかけるそうだ」

「ふン、売り物だなその女は」

「そうでねえということだ」

「じゃ何だ」

「多九蔵さんを知らねえかと訊くとよう」

「多九蔵？」

「お客さん、どうした、妙な顔して」

「それじゃ、お化けの話じゃねえか、船の中でそんなことをいってもいいのか」

「七十三里の利根川の上《かみ》、中《なか》、下《しも》は、日光筑波《にっこうつくば》の御山《おやま》のすがたが川に映って潔めがある、利根川船に限って、お化け話だろうがいっこうに構わねえよ」

「多九蔵を知らねえかと、その女がいって、それからどうなんだ」

「だれだって知らねえわな多九蔵なんて」

「そうかなあ」

「そうだともよ。知らねえから知らねえというとな、その若い女が黙って行っちまうのだそうだ。あまり妙だから見送っていると、姿のみえなくなったその女の声が聞えてくるのだ」

「また、多九蔵さんを知らねえかとか、よせやい」

「なあに、わッといって泣く声だ」

「ふうン。何だいその女は」

「わからねえ」

「幽霊か、そうじゃなかろう」

喧嘩遺恨の数知れぬ多九蔵の、まず胸に浮んでくるのは、斬られた疵がもとで死んだ男の女房か妹かが、黒塚の多九蔵、敵討だととび出すのではないかということだった。こいつは迂闊《うかつ》に神崎へはあがれねえぞと、多少はいやな気がしたものの、それはすぐ自分で吹き消してしまった。そんなものに討たれるほど頓馬《とんま》ではない、かかってきたら蹴倒して二ッ三ッ踏みつけて、五両くれてやって帰らしてしまえと、多九蔵一流の考えがつくともう大安心だ。

「宗八さんは刺青の名人だ、おまえさんも背中へ、金太郎か昇り竜か彫ってもらいに行くのだろう」

「あんなもの痛くっていやなことだ」

「へええ刺青ではねえのか」

「うむ。あすこに俺の友だちが行っているのだ」

「はあ、そうか」

神崎明神下で船からあげてもらった多九蔵は、両側にある家並びの前を通って、右に明神の岡を仰ぎ、衝《つ》きあたって街を左にとった。

「こちらは宗八さんでございますか」

網と大きく書いた腰の高い障子をあけて、広い土間へはいった多九蔵は、右手にある庭に面して、縁端で茶を啜《すす》っていた六十年配の、意地っぱりが顔に出ているおやじが眼についたので、頭を下げた。

「やあ今日は」

「宗八が俺だが、おめえはどこの人だ、添え状でも持っているか」

「そんな物はねえ」

「フリの客か。きょう直ぐというわけにはゆかねえから、神宿へ泊るところをきめて、あすにでも出直してきな」

「出直してなんかいやなことだ」

「贅沢をいう客だ」

「刺青をしてもらいにきたのじゃねえ」

「ああそうか。なんの用だ。網の註文、というふうでもねえらしいが」

「俺はね、羽斗の紋次を訪ねて、約束どおりやってきたのだ」

「なんだって、紋次郎の友だちか、すると渡世人だね。それはよく来た。まあ、そこから構わずへえって来て、腰をかけてくれ。遠慮はいらねえ、腰をかけてくれ。婆さん、紋次郎のことで人がみえたから茶を入れてきな。さて客人、紋次郎はどうしているか、それが聞きたいものだが」

「紋次は来てねえのかい」

「来ていないな」

「そんなわけがねえ。宗八さん、隠しちゃいけねえ」

「だれが隠す奴があるものか、あいつは俺の甥ッ子だ。おめえも友だちなら聞いて知ってるか知らねえが、あいつはふびんな身の上で、とうとうやくざになって、永い草鞋《わらじ》をはいてもう三年半にもなる、その間、手紙一本よこさないが、よこさない方がいいこともあるので、それは構やしないのだが、無事かどうかと、気になってならないからなあ」

「じゃ、俺が先になったのか。実はこの十五日も前《めえ》に、鍋掛ケ原《なべかけがはら》というところで」

「奥州街道のか」

「そうなんだ。あすこで紋次と辻堂で夜明しをして、別れたんだ。九月十五日は佐原に祭があって賑うから、二人で手を組んでずいぶん面白く遊ぼうと約束したんだ。きょうは十三日だろう。紋次は十日までに神崎のここの家へ行っているから、おまえは遅くとも十四日の午前《ひるめえ》にこい、なるたけなら十三日までにこいといったんだが、妙だなあ」

「そんな約束をしたのなら、あいつのことだから、きっと帰《けえ》ってくるに違いない。じゃ、草鞋をぬぐがいい」

女の手招ぎ

「多九蔵さん――妙なことをいうようだが、おめえ、若え女をこの神崎へよこしてあるか」

と宗八がいい出した。

「そんな者、知るものか」

「噂だからアテにはならねえが、この土地に、神崎の渡しといって、川の向うの押砂河岸へ渡す場所がある、そこへ、夜、四ッ過ぎに若え女が出て、多九蔵さんを知らねえかと、通りがかりの者に訊くそうだ。知らぬから知らぬというと、その女が駈けだしてどこかへ行って、泣くそうだ。その泣き声がひいッと笛みたいに聞えてくるのが、腸《はらわたし》に沁みるということだが、多九蔵さん、おめえさんの女じゃねえのか」

「笑談《じょうだん》いうない、船でもその話を聞いたが、心当りがさらにねえ。妙だなあ」

「多九蔵さんという名が、一人きりのものでもないから、おまえさんとは限られないが、しかし、妙だ」

「妙なことだらけだ、神崎ってところはベラ棒に変なところだ」

「どうしてだ多九蔵さん」

「どこの馬の骨だかわからねえ、幽霊みていな阿魔《あま》が俺を探してやがるというし、約束した奴は来てやがらねえ。いったいあの紋次は、鍋掛の辻堂で仲直りをしたんだが、それまでは仲が悪かったんだから、野郎《やろう》俺を騙しやがったかも知れねえし」

「紋次郎はあれで律義《りちぎ》な男だから、約束を違えるはずがないのだが。多九蔵さん、いっこうに飲《や》らないではないか、遠慮なくやってくれ、神崎は佐原が近えから酒だって悪くないのだ。お江戸見たけりゃ佐原へござれ、佐原本町江戸優《ほんまちえどまさ》りといって、繁昌なところが近いありがたさで、酒も悪くなし、魚は利根川を控え、銚子を控えているから、江戸とは段違いにうまい。さあ飲ってくれ」

「飯を貰おう」

「飯はあとだ、もう一ッ飲ってもらいたい」

「俺は用があるから飯を貰おう。腹がヘッていてはからだがつかえねえから」

「へええ、何かやるのか」

「多九蔵を探している女に会ってくる気だ」

「えッ——多九蔵さん、じゃ、心当りがあるのか」

「心当りなんかありゃしねえが、向うが探しているというに、こっちが知らぬ面していては外聞が悪い」

「だがね、他人《ひと》の噂では河童《かっぱ》が化けたのだろうともいうし、明神の森に狸がいて、そいつが化けるのだともいうし」

「河童でも狸でも幽霊でも俺は構わねえ。こっちは黒塚の多九蔵さんだ。俺は会って用を訊いてみる気だ」

「そうか。そりゃ面白い、俺も網の宗八だ、刺青師では江戸まさりの腕のおやじだ、河童が化けた女でも、狸が化けた女でも、刺青師の眼で見て憶えておいてためになる。俺もいっしょに出かけよう」

「よしたがいいや、第一、いざという時に邪魔だ」

「いざという時とはなんだい」

「いざか、そりゃやはりいざだ、化け物だったら殴《は》り殺す気だからね」

「面白い」

「そっちは面白くとも、俺の方では邪魔だ」

「気にかけるなよ多九蔵さん、恐くなれば、言われねえうちに逃げ出すよ。肝をつぶして腰が抜けでもしたら打棄《うっちゃ》っておくがいい、そうすればおめえの邪魔にもなるめえ、多九蔵さんは勝手に化け物と闘うさ」

「おやじさんは紋次に似ているところがあるぜ、はッはッは」

「あいつは甥ッ子だからね」

宗八は、客人を案内して神崎宿の信田屋《しのだや》の近くまで行ってくると、家のものにはいいおいて、多九蔵と二人、外へ出た。

「おう月が出てやがらあ」

「多九蔵さんは口に毒のある人だ」

「癪にさわったかおやじさん」

「お月様がお出なすったというようにしたがいいぜ」

「いやあ俺なんか一生を旅人で送ってしまう代物《しろもの》だ、口が悪くってもいいんだ、どうせろくなものに成り上りっこねえのだから」

「自分をそう廉《やす》く見つもるものがあるものか」

「どうでもいいや。暗えな」

「江戸のようなわけにはゆかぬ」

「なんでえ。闇の晩に急になったと思ったら、昼間みた神崎の森が鼻ッ先へ来てやがったんだ」

「面白い人だ。森が来てやがったのではない、二人の方で来やがったのだ」

「違えねえ。まるで人が通っていねえね」

「もう四ツだからね、月夜だってこのごろは出歩かない」

「お誂《あつら》いの時刻ときた。だが、うまく阿魔《あま》が早く出てきやがるといいが、永く待合わすのでは夜露で冷えちまわあ」

　神崎渡し場に近くたたずんだ多九蔵は、はじめてみる下利根川の夜の色を、例によって、普通の人ほどには感じていなかった。

「多九蔵さん、向うに川の水に灯が一ッ映っているだろう、あれが川向うの押砂河岸だ、どうだ利根川の夜はいいものだろう」

「はッくしょいイ」

「風邪をひくといけないな」

「できが違うからだだ、心配ご無用」

「小気味よくポンポン口をきく人だ。ところで、どうも喋舌《しゃべ》っていたのでは、先方でも具合が悪かろう、多九蔵さん、出てくるまで、無言の行と出かけようか」

「合ッ点だ」

　二人とも黙りあってみると、秋の夜の寂しさが、あらためて迫ってきた気がした、さすがの多九蔵も、それだけは感じた。

　待てど、待てども、何の異変も眼の前に現われてこなかった。

「うッ寒い」

　多九蔵が身顫いした。

「多九蔵さん、妙に暗くなってきやしねえかい」

「え――そういえば、月が隠れやがった」

　月は雲間に光を消したらしいが、妙なことには川向うの一ッ灯が見えなくなって、繋《かか》り船の舷《ふなばた》を舐《な》める水音が、葦の茂みにいまし方まであったのが聞えなくなった。

「多九蔵さん、妙に冷たかないか」

「宗八さんも冷たいと思うか、妙だぞこいつは」

「多九蔵さん、虫の声か、それとも、あれは鉦《かね》の音か」

「さあ――いやな気が俺はしてきた」

「多九蔵さん、あすこに青白く光るものがあるぜ」

といって宗八は、咽喉にゴクリと音を立てた。

「どれ――なるほどあれは――女の姿だ」

多九蔵は猫背になって、銀白に光るすぐ眼の前をじッと見つめた。胴ぶるいはもうやんでいたが、総身《そうみ》が冷たく汗ばんでいた。

「あ――南無阿弥――」

「宗八さん、俺が踏ンばってらあ、肝ッ玉をぐッと据えろ」

「あ、あれ、あすこに立っている女は、紋次郎が女のおみねといって、野州浪人車田佐仲太に殺されたものだ」

「敵は紋次が取ったというのに、おかしいぞ、変だぞおみねさんという人は知らねえが、あすこにいる女なら見おぼえがあるんだが」

「多九蔵さん、ど、どこで見た。南無阿弥陀仏。おみねや、おめえは紋次郎に佐仲太を討ってもらったのではないか、成仏してくれおみねや、南無阿弥陀仏」

「違えねえ、俺がみたのは辻堂での朝だ。宗八さん、俺は紋次の背中の似顔の女刺青を、夜明けのあかりで見せてもらったんだ」

「そ、その刺青は、この宗八が、一心凝《こ》らしたおみね追善彫りのつもりだったのに、成仏ができなかったのか」

「宗八さん、あれを見な。おみねとかいうあの女が、手招ぎをして首をかしげた」

「な、なんのことだろう」

「ようし、俺に用があるのだろう。行ってやる。宗八さん、また手招ぎしてこっちを見ている」

「あ――」

「おい、おみねさん、どこまでも行ってやる、案内しろ。頼むことがあるなら遠慮なく言え」

　度胸がやッとすわったので、喧嘩の時の多九蔵に変らぬ態度になったが、暗い中で銀光りのおみねが、にッと笑った光る顔を見ると、さすがの我武者羅《がむしゃら》も舌をふるった。

「あれ」

　と、多九蔵にとっては一生一度の弱音《よわね》だ、が、そのあとでは、用意に帯《たい》してきた手慣れの長脇差、その鍔下《つばした》に左手をあてて、息を二、三度、下ッ腹へつめこんだ。

一生旅人

　多九蔵から五間ばかり先を、銀光りの姿でなよなよ、足が宙に浮いて歩いているようなおみねに眼を放さず、力のはいった足どりの一足ずつに、めきめき活気が取戻せた多九蔵の尻辺《しりべ》について、宗八は腰を曲げてついて歩き、口に称名《しょうみょう》を絶たなかった。

「多九蔵さん、俺は、眉毛に唾を塗った」

「俺は、なにくそッ、そんなことはいらねえ」

がッちり力のこもった多九蔵の声だった。

「だっておみねは、さっきから一ッところを歩いている」

「えッ」

多九蔵は思わず唾を眉毛に塗りかけたが、気がついて頬を右手できびしくつねった。

「痛てッ」

「どうした多九蔵さん」

「なんでもねえ、自分で頬ッぺたをつねってみたんだ」

「おやあ。多九蔵さん、おみねが消えた」

「なるほど。はてな、いままで見えなかった向う河岸の灯がもとのとおりにみえて来た」

「どういうことだろうな」

「わかるものかな俺に」

多九蔵はこの怪奇を抛《ほう》り出して、解く気などは頭からなかった。

「おやッ、人が来た。おう武士が来た」

「どれ――しかも三人と来やがった、なんだろう」

「だんだん、こっちへ来るぜ多九蔵さん」

「あいつらもおみねさんを見たのかしら」

「さあ」

三人は無言で多九蔵の前に近づいてきた。プンと酒が匂った。

「やッ、黒塚の多九蔵め、てめえであったか。おのおの、こいつ拙者、遺恨のある奴だ」

「よしッ」

「心得たッ」

三人三方に散って、手に手に抜刀《ぬきみ》が素早く光った。

多九蔵は眼をむいた。

「なんだなんだこいつら。俺に遺恨だと、どこでどうした遺恨だ、いってくれ。俺の方は数が多いので見当が急にはつかねえんだ」

「あきれ返った太々《ふてぶて》しい奴だ。野州今市《いまいち》の外れ、大谷《だいや》川沿いの松の下で」

「あすこで喧嘩は前後二度、てめえばかりと喧嘩したと思ってやがるのか」

「一昨年六月のことだ、わかったか」

「ああそんなら十一月で、霙《みぞれ》の降っている時だ」

「いかにも霙の降る寒いときだ」

「ものおぼえの悪い奴だ、六月は暑い、十一月は寒い、わかったか」

「なにを猪口才《ちょこざい》ものめ、これへ出ろッ」

「出てもやるが、てめえたちはなんだってここへ現われた」

「なにッ。こいつ、おのれの方で呼び出しおって」

「おやッ、あんなことといやがらあ。てめえたちに用があって来た神崎じゃねえ」

「呼び出しはかけたが、三人づれの勢いに閉口したろう、ザマを見ろ、いくら閉口しても、今晩こそ、堪忍せぬぞ」

「なにをッこいつら」

紋次がいったことがある、多九蔵は自分の言葉にあおられて熱くなると。いまがまたそれだった。

「呼びもしねえのに呼んだなんて、太えことをいう奴らだ。うぬらは両刀を腰にはさんでやがったって本当の武士じゃなかろう。なんでもいいから、さあ来やがれ」

凄い眼に変って多九蔵は裸足《はだし》になった。

「それ、おのおの方《がた》！」

「待った、忘れた、名乗りやがれッ。どこの馬の骨だッ」

「拙者の姓名を忘れたか」

「三年越しおぼえているほどの名をつけてもらってあったのか、どこの何兵衛何右衛門だ」

「こいつ。拙者は野州浪人車田右仲太」

「えッ」

といって膝を地についたのは宗八だった。それに気がつかなかった多九蔵は反《そ》ッくり返って威張った。

「右隣りのおめえは」

「多九蔵、俺だ。上州の烏川《からすがわ》で、てめえと闘った閂《かんぬき》の蟹蔵《かにぞう》だ」

「忘れちゃったい木ッ葉喧嘩は。左隣りの奴はなんという野郎だ」

「信州の佐久平《さくだいら》で、てめえと闘った伊賀松《いがまつ》だ。忘れたか頓馬め」

「この野郎め、てめえは忘れねえ。闘ったが聞いてあきれらあ、てめえは盗ッ人じゃねえか、盗ッ人のくせに俺たち並の面しやがって、いやにノサバッてやがった野郎だ。これで三人ともここで硬くなる奴の俗名がわかったから、真剣白刃取りと出かけようか」

進むと見せて逃げ身になった多九蔵を、閂の蟹蔵が、追討ちに浴びせた一刀、かわしたとたんに多九蔵が、横胴へ抜討ちに、一本、素早く入れた。

「野郎ッ」

とあわてものの伊賀松が、蟹蔵の一刀がきまったものと間違えて踏みこんできた、その眉毛から鼻を掠《かす》めて片頬へ、多九蔵の返す白刃がさッと刷《は》くようにあたった。

「だッ――人殺しッ」

逃げながら泥棒伊賀松は泣いた。

こりゃいかぬと見てとって、逃げにかかる車田右仲太のうしろ袈裟《けさが》掛け。

「来た、さッ」

「ぎゃ！」

一刀が風に唸って、右仲太は半ば筋斗《もんどり》打って倒れた。

「うむ。凄え人だ」

と、やッとのことでいったのは宗八だった。

「宗八さん。この有様だ、役人衆が聞いたら見たとおりいってくれ、俺はすぐ飛んじまうから、あッ、そうそう、紋次が来たら、このわけを話してくれ、いずれどこかで奴にはまた会うだろう」

と、言い終らぬうちに多九蔵が、身ぶるいをして宗八を振返った。

「ああ肝をつぶさせやがる」

「え」

「宗八さん、いま、笑ったか」

「俺は、笑えるどころか、このとおりだ」

宗八はまだ起ちかねていた。

「おかしいなあ。どうも神崎宿は変なことばかりある土地だ。もう来るもんか。さようなら」

歩きかけた多九蔵が、急に振返って、妙なことを口走りはじめた。

「いやな奴だな、てめえは」

「な、なんだとね多九蔵さん」
宗八は、二度びっくりした。
「不意にきやがって驚かす気だろう紋次の馬鹿め、子供みてえなことをしやがるねえ」
「えッ、紋次郎が来たって、どこに——多九蔵さん、だれもいやしねえぜ」

多九蔵が高飛びしたその翌日の午《ひる》ごろ、神崎の渡し場の上の葦間《あしま》に、羽斗の紋次が、斬られて死んでいるのを発見した。

泥棒伊賀松がその日の朝召捕りになったので、車田右仲太が羽斗の紋次を殺したことがわかっただけでなく、紋次の女おみねを横恋慕のかなわぬ恨みで刺殺し、紋次に敵討をされた車田佐仲太は、右仲太とは泥棒に堕ちた双児《ふたご》だったことまでわかった。

それよりも不思議は、水からあがった時に、紋次の背中の似顔の女刺青が、気味の悪いほど、冴《さ》えていたことだった。

多九蔵の姿を佐倉の城下で、ちらりと見たものがあるとやらいうが、真偽のほどはわからない。ああいう男のことだ、またどこかで自分の言葉に煽られて熱をもち『さあ来やがれッ』をやっていることだろう。

もちろん、多九蔵のことだから、紋次の仕返しをやったとは、いつまで経っても気がつくまい——。

旅の馬鹿安

変な女

「泣くな泣くな、なんでえ、美い《い》女のくせに泣く奴があるか、泣くなよ。泣くなったら泣くなよ」

通称を馬鹿安《ばかやす》というがそれほど馬鹿ではない、むしろ悧巧《りこう》なと思うときも時折りある安兵衛《やすべえ》が、髪もこわれ、衣紋《えもん》も崩れ、顔の色が死びと色に黄色い若い女に向って、こんなことをいって宥《なだ》めすかしている。

が、女は肩から背へ、波を打たせて泣き咽《むせ》びをやめずにいる。

安兵衛は、とうとう怒った。

「よさねえかこの阿魔《あま》。いつまでメソメソしてやがるんだ。俺はてめえの亭主でもいろでもねえ、赤の御他人様《おたにんさま》だ。いいかげんに泣《なき》ッ面《つら》を納めちまやがらねえと行っちまうぞ」

旅の鳥の安兵衛は、啖呵《たんか》を切るのが人並以上うまかった。いまもその、場数を踏み、磨きがかった声と調子で、ポンポンとやった相手というのが、たったいまここで出会ったばかり、名も知らず、身の上もわからない旅の、年ごろ二十歳《はたち》か一ぐらい、美しいが怯《おび》えている女だった。

安兵衛がやった頭ごなしの効能著しく、女はびッくり泣きやんだ、それだけでなく、怖気《おじけ》づいてからだを引きさえした。

「泣きやめばそれでいいんだ、でおめえは」

手をうしろへ回して尻の上で組み、目の下に女を見て安兵衛は、叱りつけたときと違って、人なつッこい顔をした。

「へい」

あるかなきかに女は、冷淡に答えながら、頬へやった指先で、涙の残りを拭きとった。

「女なんてなぜそう馬鹿なんだろう、本当にまあ」

と安兵衛の口調が再び叱言《こごと》になった。

「いやならいやとなぜはッきりいわねえ、あやふやなことをいうから、男って奴は女にかけては、たいてい馬鹿なものだから、さてはこの阿魔は惚れてやがるなと、うぬぼれに嵩《かさ》がかかって、結句がこんなことになるのだ、この大ベラ棒め」

女は頭の上に叱言を聞き、下を向いて黙りこんでいる。

「いやな男ならいっしょにくることはねえ、おめえはいやだとなんではッきり言わなかったんだ、馬鹿じゃねえか本当によ」

あきれ返ったというように、安兵衛は口を開いて、ややしばらく女を見つめた。

女は袖口を眼にやった、声を出して泣いて叱られたので、今度は歯を食いしばって泣いている、それでも出る涙はとめどがない。

「なんとか言えよ、黙っていちゃわけがわからねえ」

「はい」

「はい？　そんな返辞じゃことの次第がわからねえ。俺は卜《うらな》い者《しゃ》じゃねえ、おめえの泣ッ面をみて、いっさいがっさいわかっちまうような奴とは違うんでえ」

「はい、あの」

「ええじれってえ阿魔だ。いきなり道端からとんで出やがって、助けてくれといやがったくせに、わけを聞けばワアワア吼《ほ》える、吼えるのをやっととやめたと思や、はいだのあのだのといやがる、わけがわかるように話せる口がねえのか口がよ」

まるで喧嘩だ。

「はい――」

「また、はいか、幾つ、はいといやあ本文《ほんもん》にかかるんだ、馬鹿だなこの女は」

いかにも口汚ない。

「はい」

「はいはもう何度も聞いた、本文にかかれ」

「ご迷惑をかけました」

「おや、あらたまりやがったぞ」

「ありがとう存じます」

ぴッたり、泣きやんでしまった女は、安兵衛に向って頭をさげた。こわれた髪からそそけた毛が頬へたれた、そのわずかな動きにも、ものの哀れが出ていたのだが、安兵衛はそんなことに気がつかない。

「なんでえ、お辞儀なんかしねえでもいい」

「お厄介をかけまして、すみません」

「おや。おやおや――」

と安兵衛はまたあきれた。女が起って背中をみせ、二足三足、歩きかけた、どこへだか知らないが行ってしまおう、という様子だ。

「やい阿魔待て、てめえどこへ行く気だ」

「はい」

「またはいとぬかしやがる、はいなんて返辞は聞き飽きた。てめえ俺にたよらねえでもいいというのか、助けてくれと言ったくせに、助からねえでもいいのかよ」

女の振返った顔に冷たいものと侘《わび》しいものとがあった。

「助かりたいと存じまして、見ず知らずのあなた様にお縋《すが》り申したいと存じましたが、お腹立ちのご様子ですからご遠慮申しあげまして、わたしは――」

「ご遠慮申してどこへ行くのだ」

「はい」

「よせこの女あ。はいという返辞を俺は好かねえといっているのがわからねえか」

「わかってはおりますが、あんまりお叱りになりますので」

「そんなに叱ってやしねえや。俺のもの言いッ節《ぶし》の悪いのは癖だ、そう思え」

「ご迷惑になることでございますから、ご免くださいまし」

「待てよ、待たねえか。この阿魔はなんとイケ強情な、それだから難儀しやがるのだ。勝手にしやあがれ」

立ちどまって女の去り行く姿を眺めていた――だが美《い》い女だったな、ただそう思っただけの安兵衛だ。

女の姿はやがて間もなく、丈《たけ》なす草の葉隠れに、目の前から消え去ったので安兵衛、頭の上で、囀《さえず》る禽《とり》の声に気がついて歩き出した。

　安兵衛のとっている街道は、俗に青山街道《あおやまかいどう》、といって江戸《えど》青山《あおやま》から相州足柄下《そうしゅうあしがらした》まで、普通にいう東海道を表として、これは裏街道のうち、相州足柄の郡吉田《こおりよしだ》島村《しまむら》、そこでのことだった。

「もしおまえさん、ちょいと物をお尋ね申しますが、年ごろ二十一、二の女がひとり、こっちの方へ参りはしませんでしたろうか」

　小腰をかがめた旅姿、猫撫声《ねこなでごえ》と聞かれるいいかたの男に、安兵衛はギョロリと眼を光らせた。そして黙っている。

　その男は三十四、五歳、堅気《かたぎ》でなし遊び人でなし、どっちつかずの風態で、口のきき方は江戸前だった。

偽せ十手

「もし、ちょいとお尋ね申しますが、女がひとり、ただいま通りゃしませんでしたろうか」

　もう一度小腰をかがめて訊く男の頬に生疵《なまきず》のある顔を、黙って見つめた。安兵衛の顔に、探っているようなところがあった。

「おまえさん、唖かね」

　とまたいう男の顔を、まだ安兵衛は眺めていた。

「なあンだこの人は、他人《ひと》がていねいにものを訊いているのに、ブッキラ棒に突ッ立って、ま、じ、ま、じと顔を見てやがる。そんな人に訊かねえでも困りゃしねえやい」

　いい棄てに安兵衛を追い越した。

「困らねえんなら、初手《しょて》から訊くねえこの馬鹿」

「なんだ馬鹿だとッ」

むッとして振返り、安兵衛を睨みつけたが、思い直して先を急ぐか歩き出した。

「おいおい、待てよ待てよ」

同じ道なので安兵衛は、うしろから急ぐでもなく歩いた。

「なにをいってやがる、知るもんかい」

口叱言《くちこごと》をいいながら、先を急ぐ男のうしろから、さてはとようやく気がつくと、むかむかと腹が立って駈足、ぴたり、左側に並んで歩いた安兵衛。

「あの女を探しているのかおめえは」

顔を前からのぞいて訊いた。男はいまの竹篦《しっぺい》返しの気で黙りこんで急いで歩いた。

「あの女は何ものだ、垢抜けがしているようだが、素人じゃなかろう」

と安兵衛がする質問を受けつけず、相変らず男は黙って歩いた。

「おめえあの女の何だ」

依然として男は答えなかった。

「あの女の何だか返辞ができねえような男かおめえは。それじゃ盗《ぬす》ッ人《と》か人殺しか」

これには、さすがに眉毛をぴくりとさせた男。

「おい、言っていいことと悪いこととあるぜ」

「そうだそうだ、どっちを俺はいったんだ、良い方か悪い方か」

「あきれた人だ、おまえにからかっていられるひまはねえ、後からゆッくりこい」

「俺は脚が速いので、ゆッくりは行かれねえ」

「じゃ、遅くも速くも勝手だ」

「勝手とあれば俺はおめえといっしょに行こう」

「なにッ」

キラリと光らせた眼を向けた、向けられても安兵衛は、いままでどおりで変りがない。

「聞えなかったか、じゃあもう一度いおう。今度は聞き損《そ》くなうな、勝手にしろとおめえがいうから、じゃあ俺は勝手におめえといっしょに行こうとこう言ったんだ、むつかしいことをいったんじゃねえんだ」

「おい、たいがいにしとけ、俺が何だか知っているか」

「知るものか、たったいま、出ッくわしたんじゃねえか、俺は卜《うらな》い者じゃねえからなあ」

「俺はこういう者だ」

腰から抜いて、安兵衛の鼻の先へヘツン出したのは、銀磨きの十手《じって》、付いている朱房の色が褪せているばかりか、ところどころ赤錆の雲がちりばめられている。

「ああそうか」

と安兵衛はひろげた掌《てのひら》に十手をのせて、うやうやしく拝見という形をして見た。

「舐めるな」

十手を引いて取り、眼をむいて男が、威丈高《いたけだか》に叱りつけた。

「だれが舐めるものかこんな赤錆を、それともこいつはなめると甘えのか」

「馬鹿にしやがると承知しねえぞ。俺は大久保様ご城下で飛ぶ鳥を落す威勢の」

「岡野屋金兵衛《おかのやきんべえ》とは、おめえじゃねえ」

「その岡野屋金兵衛の」

「冷飯食らいが多勢いる、その中の何という者だ」

「おめえ、岡野屋金兵衛を知っているのか」

「おとッさんだ」

「げッ」

「そんなに魂消《たまげ》るとは知らなかった、肝を潰すと知っていたら黙っているものを、知らねえものだからツイ言っちゃった」

「いいかげんなことをいうのじゃねえのか」

一時変った顔の色を、もとの血色にやや近くしてその男は、疑い深そうな眼を安兵衛に向けた。

「おとッさんだ」

「まったく？」

「違うというなら違うにしとけ」

「本当なら」

「そんな小さな声じゃわからねえ」

「いえ若親分、どうも早、失礼いたしました」

ペコリペコリと打って変って頭を下げた。

「てめえ、名は何というんだ」

「申し遅れました、出助《ですけ》と申しまして、へい。ねえ、若親分」

「俺の訊くことから先に返辞しろ」

「畏《かしこま》りました」

「あの女は何ものだ」

「やっぱりあの阿魔はこっちへ参りましたのですか、どうもそれに違えねえと思ったんだ。実は若親分。あの女は逃亡《ずらかり》ものなんで」

「ふうン、ずらかりか。てめえとか、ふうン、妙な組合わせだ」

「からかっちゃいけません、あれはその、実はそのてまえの妹で」

「似てねえなあ」

「腹違いの妹で」

「名は何ていうんだ?」

「お賤《しず》といいます。年は二十一で」

「てめえ、あの女のなんだ」

「へ? ただいま申しあげましたとおり、妹で」

「大変な妹があるんだなあてめえは。妹なら妹にしとけ、俺の損にはならねえ、なあ出助。出助とはいやに呼びにくい名前《なめえ》だ、なんとか改名しろ、そうだ俺がつけてやる、出助にコの字を入れろ」

「出助にコの字とは?」

「出コ助」

「出コ助? ヘッ、そりゃあんまり馬鹿にした名だ」

「なんだと。ここ三月ばかり、運悪く人を斬らねえので腕がムズムズしているんだ。やい出コ助、俺を知らねえか、俺の評判を知らねえかよ」

「なんでございます?」

「あすこの空地へこい。俺はてめえを相手にしたくなった」

「からかっちゃいけませんや」

「からかうもんかい本気だ、本気で、命の取りやりしようてのだ、どうだ出ッ助」

「とんでもないことをおっしゃいます。どうか、からかわないでください。弱い稼業なんだから」

「十手をツン出して見せやがって、弱い稼業があるか」

「ですからこうやって、恐れ入っておりますので」

「はッきりいえ、なんだって恐れ入っているのだ?」

「若親分は小田原の岡野屋さんの息子さんでしょう」

「なにをいってやがる、てめえは何だ」

「私の商売ですか、へッへ、からかっては困ります」

「わからねえから訊くのだ、言わねえかこの馬鹿」

「口が悪いんだなあ若親分は」

「てめえの渡世は何だ?」

「おわかりになりませんかしら」

「わからねえから訊いているのだ、わからねえか馬鹿」

「へええ——岡野屋の息子にしては。そうなると少々へんてこだ。若親分、大親分のお年は?」

と出助が、底意地の悪い人相になって訊いた。

「知るもんかい」

「親の年を知らねえんですか」

「親だと、だれの親だ」

「あれッ」

「あれもこれもあるか、岡野屋金兵衛なんて、いいおとッさんだというだけの話だ」

「なあンだこの野郎はまあ」

「なんだ出コ助、おッかねえ面をしやがって睨《にら》めてやがらあ、やい、とてものことにもうちッと口を開け、似合うから」

「野郎めよくも騙しやがったな」

ぐッと睨みつけて出助が、ばたばたと先へとびだしかけた、そのうしろ帯へ手をかけて安兵衛、引き戻して右側へ。

「おい、いっしょに行こう、なあ出コ助」

「な、な、なにをいやがる」

引き戻された出助は、帯が食いこんだ腹の痛さ、臓腑《ぞうふ》が捻《ねじ》れたかと心配して、あまり威勢よくは言えなかった。

船喧嘩

「馬鹿、じたばたすると脾腹《ひばら》を蹴るぞ」

吉田《よしだ》島陣屋《じまじんや》跡《あと》の脇にある稲荷神社のうしろ側へ、ぐいぐい力ずくで、出助をたったいま引き入れた安兵衛は、いきなり平手で顔を叩き、あッという間に腕を捻じあげ、帯を解いて縄の代り、手拭を猿轡《さるぐつわ》、そうした上で、稲干場の組み丸太へ、棒縛りにしてしまった。

「てめえはこうして当分いろ」

怨《うら》めしげに睨む出助の顔へ、安兵衛は自分の顔を近づけた。

「どうもてめえは悪党らしいから、文句をいわずに棒縛りにした、四、五日うちにはだれか来るだろう、そうしたらわけをいって解いてもらえ」

いい棄て安兵衛は十五、六間、畔《あぜ》の草を踏み踏み行ったが、急に引返して出助にいった。

「やい馬鹿。俺はあの女に惚れたんじゃねえぞ。惚れたからこんなことをするのじゃねえ、くれぐれもよくおぼえとけ、俺はあんなイケ強情な女は好かねえ」

行きかけたが、再び安兵衛は戻ってきた。

「やい出コ助、俺はあの女に頼まれたんじゃねえぞ、間違うといけねえから断っとく」

ますます怨しげに睨む出助の眼を、安兵衛は蜻蛉《とんぼ》の眼をみたぐらいにしか思わなかった。

「おやあ、変な雲が出てきやがった、ひとッ降り、ざあッとくるかも知れねえ」

こりゃこうしてはいられねえと、急ぎ足に二、三十間行った安兵衛が、くるりと向きをあらためて、棒縛りの出助の脇へ、三度目の引返しをやった。

「やい出コ助、あの女の名は何といったっけ？」

安兵衛は、出助の返辞を待った。

「…………」

出助の口が猿轡の中で、むずむずと動いている。

「やい、返事をしろやい。ああ、こいつあいけねえ、猿轡がはまってやがらあ」

手拭の結び目を、安兵衛が解いてやった。

「お賤のことはもう構いませんから親分、ご勘弁なすってください」

出助は悲しそうな声に、加えて、眼に哀れみを乞わせた。

「違えねえお賤だった」

とうなずきながら再びかける猿轡を、右へ左へ、出助は首だけで逃げながら、世にも悲しい声をした。

「勘弁してください親分、後生《ごしよう》だ親分」

「じっとしてろ馬鹿」

「お賤よりもっと美《い》い女を親分にお世話いたします」

「首をじッとさせていろ」

「親分」

「うるさい！」

頤《あご》から鼻の頭に半《なか》ばかけて、猿轡の端を結びあげるその時、出助は眼をいからせて罵《ののし》った。

「やい、てめえ、何て奴だ、名乗れッ」

もの凄い顔色になったのを安兵衛は、出助の髻尻《もとどりじり》を見ながら気がついて、いったん結んだ結び目を軽くゆるめ、

「なんだと馬鹿、言ってみろ」

「何て奴だ、名乗りやがれッ」

「ああ俺の名か。俺はの、江戸八丁堀《はっちょうぼり》の生れ、当時家潰《うちつぶ》れ、一文なし、塒《ねぐら》なし、居所定まらずの安兵衛というものだ、わかったか馬鹿」

ぎゅッと猿轡を緊縛《きんばく》した。

街道へ出るまで、その後一度もあとを振返らなかった安兵衛は、ところどころの農家の前を通るときだけ、きょろきょろと見回した。

が、どこの農家も、若い女は働きに出ているとみえ、家の中には、年寄りがいるだけだった。

やがて、十文字の渡し場、六、七人たまっていた渡りの客の中に、さっきの女はいなかった。

と、安兵衛、的《あて》がはずれたような気がして、そのくせ、落胆《がっかり》するほどのこともなかった。

「船頭さん、女がひとり渡ったかい」

安兵衛は渡し船の胴の間に突ッ立ち、友だちにでも訊くようにいった。

渋紙色の老船頭は、手馴れた水棹《みさお》を突ッ張っていて答えなかった。

「おい船頭さん、女がひとり」

船が岸をはなれた。老船頭は水棹をらくらくと操りながら、前歯の欠けた口をあけた。

「だれだえ忙《せわ》しない最中に、女々といったのは」

「俺だ。船頭さん、女がひとりいまし方ここを渡ったか」

「女か、渡った渡った五、六人渡った」

「そうじゃねえ、俺のいうのはこの辺の土ッ臭え女じゃねえ、垢抜けのした美《い》い女だ」

「五、六人がみんな美い女だったわえ」

老船頭との問答が、乗合いのものにはおかしかったので、どッと声をあげ笑った。

「なにを笑やがるこの馬鹿ッ」

かっとなって安兵衛が、腹に据えかねた険《けわ》しい顔を、乗合い客に向けて見回した。

笑い声が笑い尻をプスリと切ったので、安兵衛の声はただ一ツ、川面にはね返って響いた。

「馬鹿はうぬだわい」

と大喝した老船頭の声が、安兵衛の声にオッ冠《かぶ》さって威圧した。

「なにをッ」

「なんじゃこの餓鬼ッ」

またしても船頭の大きな声だ、さすがの安兵衛もこれには参った。

が、参ったのはそのとっさの後だけで、次には安兵衛いっかな参らばこそ。

「ああそうだとも俺は馬鹿だ、人呼んで馬鹿安とは俺のことだ」

「なにをぬかすこの餓鬼ッ」

またしても老船頭の巨大な声だ、声のぶつかった川の水に、波紋ができるかと思うばかり。

安兵衛はさらに屈しない。

「餓鬼じゃねえ馬鹿安だ、金箔つきの馬鹿安だ」

「馬鹿をわれ自慢にするかよッ」

「おう自慢の馬鹿だ、この船を踏みこわすぞ」

「こわしてみろ、われ死ぬぞ」

「泳ぎを知っていらあい」

「この河音川《かわおと》には河童がいるぞ」

「いたら生捕って見世物にして銭儲けをすらあい」

「ああ言えばこう言う、悪い餓鬼だわい。渡し場荒しは罪が重いぞ」

「そんなことを俺が知るかい」

「本当にこの餓鬼は馬鹿だわえ」

「馬鹿か馬鹿でねえか、さあ見やがれ」

安兵衛は舷《ふなべり》へ両手をかけ、真ッ赤になって船をゆすった。

「なにをするだこの餓鬼ッ」

老船頭の制止より以前に、船の中は乗合い客がごろりごろり、入り乱れて転げ回り、男女の悲鳴が十文字渡しの西岸の人を驚かせた。

「そらどうだッ、そらッ。おや、いやに動かなくなりやがった」

と血の気をのぼらせた安兵衛が、流るる汗で光る顔を、天地に振り立て必死にゆするその効なく、船は次第に底が重く、さらに動揺《かぶり》を振らなくなった。

「この餓鬼、いつまでやってるだッ」

老船頭が大声で叱りつけた。

「なにをッ、ひッくりけえるまで、やらかしてやる」

「馬鹿野郎め、岸へ船はもう着いてるだ」

「えッ」

「この馬鹿、堪忍ならねえぞ。皆の衆、こいつ、ふンづらめえて川の中へ叩ッこみ、お河童様のところへお見舞いにやれッ」

「ば、馬鹿いやがれ、川の中へ叩ッこまれりゃ濡れちまわい」

躍って岸へあがった安兵衛に、さっきから待ちもうけていた交替休み中の船頭、渡し賃受取人、それに乗合いの男客のうち二、三人が、わッといってかかってきた。

こういうことには物慣れた安兵衛、たちまち腰を落して、手近い者の脛《すね》へ手をかけひッくりかえし組みつくをかわして腰を押してやり、打ってかかるをむかえて蹴倒す、その一挙一動のうちに逃げ道へ向って行くからだのはこびが巧《たく》みだった。そのうちにうしろから追いついて、折れ櫂《がい》で打ってかかるを、振向きざま、右掌《みぎてのひら》で目鼻をおおい、左手を跨《また》にかけ、腰を捻《ひね》って一声。

「よい来た！」

右手で押して左手で引く、両所《ふたところ》攻めにかけられて、交替休みの血気の船頭が、宙に大の字を描いて尻から先に地についた。これを最後に安兵衛、足の裏と膝とで駈けるようにして、滅多無性に逃げ出して、流るる汗を拭く隙《いとま》もない——そのために安兵衛、かのお賎が道端で、色青ざめた顔を俯《うつ》向《む》け、思案にくれているその前を、一目散に素通りしてしまった。

やがて程なく、雨となった。

おもちゃ大小

ここ江戸の釘店《くぎだな》で、二番という商売繁昌の丈夫屋《じょうぶや》へ、灯ともしごろ、遠慮がちにはいってきたのは旅から江戸へ帰った安兵衛だ。安兵衛、しかし、江戸に家などない。

「ようッ来たか、やッちゃん」

笑顔で、迎えてくれる主人広吉《ひろきち》は、安兵衛の寺子屋友だち。

安兵衛は真ッ黒にした手習草紙《てならいぞうし》に、書くは友だちの顔か犬か稲荷の鳥居、広吉の方はそのころから才能豊かで、喧嘩は安兵衛の係、広吉は読み書き算盤《そろばん》で、寺子屋四十人の腕白中、群を抜いているので評判だった。

「広ちゃん、また俺は厄介になりにきちゃった」

「よく来てくれた、今度は二、三日泊っておくれ」

いつもは、といっても四度《よた》び目だが、来ると安兵衛、その翌日はもう発《た》って行った。

「二、三日なんていられるものか」

「ではまたあす発足《ほっそく》かい」

「そうじゃねえよ、五、六日いたいんだ」

「ハハハ、二、三日なんていられるものかというから、また、喧嘩して追ッかけられてでもいるのかと思ったんだよ、では、今度は喧嘩をして逃げてきたのではないんだね」

「そうそう逃げてばかりいるものか」

「やッちゃん、おいら女房を貰って、久しく、子ができなかったが、喜んでおくれ、去年の秋に男の子が生れたよ」

「そいつぁよかったね、丈夫かい」

「お沢《さわ》も丈夫だ。おうお沢がきたよ。お沢、やッちゃんがきたんだ」

広吉の女房お沢は小網町《こあみちよう》の地主船渡屋《ふなどや》の娘、だが、深窓《しんそう》にひととなった娘と違い、祭りのときは男髷《おとこまげ》に肌ぬぎ、達付《たつつ》け袴《ばかま》で金棒をひき、手古舞《てこまい》に出たという下街ッ子だった。

「やッちゃんいらッしゃい」

「こんちは。広ちゃんのおかみさん、赤ン坊生んだってねえ、エライぜ、たいしたものだ」

「やッちゃん、あたしを褒めるより、坊やをみてやってくださいな」

「そうだやッちゃん、見てやってくれ」

「どう。この子か、うむいい子だ」

お沢の抱いている子の顔をのぞきこんで、ややしばらく黙っていた安兵衛は、鼻に皺を寄せたり、口をとがらせたり、できる限りいっぱいに、赤ン坊の機嫌をとるので大童《おおわらわ》だ。

「やッちゃん、何をしているんだい」

「叱《し》ッ」

広吉を制して安兵衛は、脇目もふらずだ。

こんな安兵衛だから、殺伐《さつばつ》な渡世の途をたどり歩き、理窟の筋道の甲乙丙丁を論じたことなく、善は善、悪は悪と、人生ただ二つに区別するほかを顧みたことのない男ながら、手広い商売人の広吉夫婦に好意を持たれていた。

泊って三日目、といってもそのうち二晩は外泊だ、つまり、草鞋をぬいだその日だけしか、丈夫屋の座敷で枕についた夜はなかった安兵衛、三日目のひる過ぎに、大きな箱を背に負っただけでなく、両手両脇には大小幾つかの包みを抱えたり下げたり、帰ってきた。

「広ちゃん、坊やはどうした?」

「やあ、やッちゃん帰ってきたか。おやおや、なんだいその荷物は」

「この荷物はかさの割に軽いよ。坊やはどうしたい」

「お沢がつれて小網町へ行ったよ、晩には帰ってくるはずだ」

「坊やは留守か、そいつは落胆《がっかり》だ」

「やッちゃんがかわいがってくれるから、坊やもやッちゃんにはなついている、今夜はやッちゃん、そのお礼にご馳走しようから、外家《そと》で泊るのはよさないか」

「ありがてえね。餓鬼のころの友だちでも、そういってくれるのは広ちゃんだけだ、きのうも往来で、漆屋《うるしや》の久七《きゅうしち》に会ったら、奴《やっこ》め、俺の面《つら》をみると遠くの方から横を向いてすれ違やがった」

「漆屋《うるしや》の倅か、あの人は固いからだよ」

「固いか軟かいか殴ってみねえからわからないが、癪にさわったから呼んでやった。おい久七、久公と」

「往来でかい。そんな呼び方をされたら漆屋が怒ったろう」

「怒りやがってこういやがった。これはこれは桶屋の卯兵衛《うへえ》殿の息子どの安兵衛殿でしたかと、そんな安兵衛と安兵衛が違わあだ。幼年のころお馴染《なじ》みでございましたが、ただいまは商売のカケ違いが甚《はなは》だしゅうございますから、お交際《つきあ》いがいたしかねます、この段あしからずとぬかしやがった。

あしからずもあしくもあるものか、あんな朴念仁《ぼくねんじん》にお交際《つきあ》いをされたのでは、こっちがたまらねえ、なにしろちゃンと頭を下げ、膝ッ小僧の下まで両手の先をさげやがって、時刻の移るのに頓着なく、ゆっくりゆっくり、まるで白痴《こけ》が山車《だし》を曳いてるような口のきき方だ」

「ハハハ。だいぶまいったとみえるねえ。それでどうしたい?」

「どうしたといって、向うが堅ッ苦しく出やがるから、こっちもその気になって、渡世の方の言葉《ことば》手形《てがた》をつかってやった」

「言葉手形とはなんのことだね」

「仁義というものさ。渡世人の挨拶なんだ。仁義の切り方一ッで修業がわかるという、おいらの方では大事な口のきき方だよ」

「へええ、そんなむつかしいものがあるのかねえ」

「まあこんなふうさ。往来三途で切る仁義だから、名づけて芝付《しばづ》けというのだ。羽織の紐がなくてもあるとみて、こう解いて、手の先は膝のところ、腰をこうかがめて、お控えなせえ、お控えなせえ、てまえこの道昨今《みちさくこん》の浅いものでござんすお控えなせえ、とね」

「やッちゃん、待ちなよ。いつかはいおうと思いながらその折りがなかったのだが、きょうはちょうどいいからモノは相談だが、そのお控えなさいの渡世をやめにしないか」

「廃《や》めにしないとも」

「今度で四度《よたび》やッちゃんの顔をみるのだが、いつ聞いても話が荒い」

「その代り面白い」

「面白くないよ」

「と思うのは素人の悲しさだ」

「そうかも知れないが、やッちゃん、そんな荒い渡世の道にいては、身がもてまいにねえ」

「広ちゃん、意見ならよしてくれないか。この渡世がおいらの性に適《あ》っているんだ」

「そうはいうが、聞けば旅先の一晩たりとも、安心して睡ったことがないというではないか」

「それが修業だよ広ちゃん」

「修業が積むとどうなるのだい」

「さあ——修業が積むと、どうなるかねえ」

「そんなわけのわからない話があるものかね」

「だけどさ。この道は、親子の情とも違い、夫婦の情とも違い、兄弟の情とも違う、変な情というものが結びついているんだよ」

「そりゃ、どういう情なのだい?」

「素人にはわからねえ情なんだよ」

「どんなに深い情だか知らないが、旅から旅をとんで歩いて、することといえば喧嘩かばくち、なのだろう、そんな一生がどうしていいのだい」

「やっている者でないとわからないよ」

「やッちゃん、堅気におなりよ」

「いやだよ」

「どうしてさ」

「なんとなくいやなんだ」

これでは広吉が誠意の意見も、安兵衛にとっては別世界の話でしかなかった。

「広ちゃん、だがね、ほら、こんなに金がおいらはあるのだ、二百七、八十両のこの金は、骨を折って儲けた金ではないんだ、娯《たの》しみながら儲けた金だ、盆茣蓙《ぼんござ》の潮先《しおさき》に乗って他人の金がおいらの金になったんだ、こんなことがこの世にある限り、安兵衛は諸国のばくち場めぐりをやめないよ」

「つまり、灰汁《あく》が身に染みこんでいるのだね、やッちゃんは子供の時は、餓鬼大将だったけれど、悪いことは嫌ったものだよ、大きくなったら正直正路《しょうじきしょうろ》を行く人だと思っていた」

「広ちゃん、おいらを堅気にしようとしても駄目なんだ。おいらはね、綽名《あだな》を馬鹿というのだよ、そんな者が堅気になれッこない」

人呼んで馬鹿安というとは、安兵衛が事件にぶつかるといつも言うことだが、広吉がそれを聞くは、いまがはじめて。

「やッちゃんが馬鹿？」

「そうなんだ。おいらは悧巧じゃねえさ、だけど、馬鹿というほど馬鹿じゃないよ」

「それだのになぜそんな綽名があるのだい」

「人間はひょッとしたことからこうなるんだよ。どこで、どうおいらが馬鹿と綽名されたか知らないんだ、綽名が耳へはいったころにゃ、知っている先々の人間が、おいらを馬鹿安にしてしまった。そこで、おいらもその気になってね」

「えッ」

「馬鹿安の気でやり出したんだ。馬鹿安になってみると、気が楽だ、この心持ちは馬鹿を看板にかけた者でねえとわからないよ」

「どうしても別な世の中だね」

「ああ別の世の中だ」

「やッちゃんが馬鹿だとはおいらは思えないけれど、この世につくすことは一ッもない渡世が好きだというのは、やッぱり悧巧じゃないねえ」

「この世へつくす？」

「そうだよ。お百姓さんは物をこしらえるよ、職人もこしらえるよ、おいらも商売して物をこしらえているよ。だけどやッちゃんは何もこしらえてやしなかろう」

「…………」

人呼んで馬鹿安という、馬鹿が自慢だと啖呵《たんか》を切る安兵衛が、得意の減らず口をつぐんで眼を伏せた。やがて安兵衛は、背負ってきた荷と持ってきた包みとを、広吉の前へ押しやった。

「坊やにやってくんな広ちゃん」

「えッ。これみんなかい」

「どういう玩具《おもちゃ》がいいか俺にはわからねえから、片ッぱしから買っちまった、ハハハ」

後で開けてみてわかったことだが、安兵衛の贈りものは、二ッ三ッの子に向く玩具もあったが、四ッ五ッないし八ッ九ッの子に向く玩具もすくなくなかった。

安兵衛にはどことなく、看板にかけた馬鹿に自分を近づけて行く、慣《なら》い性が食い入っていた。

押付け小判

広吉の意見に負けた心はないが、勝てた気持ちも露ほどもない安兵衛は、鉛塊《なまりだま》を背負ったかのごとく、浮かぬ顔をしてその二日目も歩いていた。

と、ツイきのう会いきょうも途中で出会った、旅で知合った御家人くずれ勝右衛門《かつえもん》、法印《ほういん》が表向き、裏は苦情捌《さば》きの引受け商売の法貝《ほうがい》の二人と、飲み歩いて三軒目、柳橋《やなぎばし》の灯が明るい宵に、とある料理茶屋へ雪崩《なだ》れこんだ。

「せっかくでございますが、ただいまお座敷がいっぱいで」

揉み手をする帳場の男をつきのけ、三人とも酒だ酒だと二階へ駈けあがった。と、御家勝《ごけかつ》だけが引返してきて帳場に向い、眼を据えた。

「おい。こらッ、よく聞け！」

立ちはだかって、天降《あまくだ》ったようにものを言った。

「ただいまおれといっしょにきた新顔の男、あれは馬鹿が自慢の大変な無法者で安兵衛という奴だ。おれは柔順《おとな》しくしても安兵衛は馬鹿だから、ひとッ気に入らぬとここの屋台骨をガタガタいわせるような、大騒動をひき起すから気をつけろ」

こういう脅《おど》しがきいて、魚文《ぎょぶん》という当時繁昌のそこの家では、稼業の病《わずら》いと諦めて、三人がいうがままに酒肴を出した。

御家勝は上機嫌、馳走は自分がしてでもいるように鼻を高くした。

「どうだ法印、おれは智恵が回るだろう。帳場の禿頭がちと眩しく光っていたが、おれは言ってやった、二階へただいま行った男は安兵衛といって名高い気の荒い男だ、機嫌を損じて大損をいたすなとな。帳場の奴め青くなった、ハハハ」

「では、今度も安さんの馳走か。とてものことにこれより毎日、安さんといっしょに飲み歩こう、小遣いを帰りにくれる家もないとはいえぬ」

法貝も御家勝も、もの凄い面構えを酔いで赤く染めていた。

二人の話を聞くがいな、プイと座を起った安兵衛が、帳場へ降りて行って財布をあけた。

「俺の連れの野郎が、脅してきたと自慢しやがったが、脅しなんかに恐がるな。俺がついている」

「へい」

帳場は御家勝の時より小さくなって頭を下げた。

「本当にビクビクするな。それ勘定は先払いだ」

「えッ何でございますって？」

「俺は馬鹿安だが、あんな奴らとは馬鹿が違う。いいかビクビクするなよ」

酔いがひどいので、舌が怪しい、それでもいうことだけは言って、財布から小判をつかみ出し、掌の上にのせて突き出した。

「勘定をこれで先にとっておいてくれ」

「へい」

気を呑まれて帳場は、手を出すのを逡巡《ためら》った。

「これで足りねえか」

「どうつかまつりまして」

「じゃ、いいだけ取ってくれ」

「へい、それでは頂きます、恐れ入ります」

やっと帳場が手を出したとき、この有様を通り合わせて見ていた芸者がひとり、下を向いて泣き咽《むせ》んだ。聞きつけて安兵衛、ギョロリと睨んだ。

「おやあ——おめえか、いま、泣いたのは。いや、笑ったのかしら、どっちだか俺は知らねえが、いまクシッといったのはおめえか」

「どうもすみません」

芸者は薄手のいい姿をしていた。下を向いたままなので、灯の色が髪に映えてピカリとした。

「蝶吉《ちょうきち》さんじゃないか、貰いがかかっているんだよ」

帳場が急《せ》きたてるのを機《しお》に、顔をそむけてすれ違う蝶吉の手首を、安兵衛はぐっと押さえた。

「あれッ」

「あれじゃねえ、何を泣いた、俺を泣いたのか自分を泣いたのか」

喧嘩でもするような安兵衛の口のきき方だ。

「泣きはいたしません、どうもあいすみません」

「なにをいやがる。泣ッ面して泣かねえがあるか」

「もしお客様。どうもすみません、ご勘弁くださいまし、その妓《こ》はすこし心配ごとがあるものですから、ツイ泣いたりいたしましたので。蝶吉さん、早くお詫《わ》びをして帰るがいい」

帳場が起ってきて、詫び言といっしょに頭をさげた。

「黙ってろ帳場。おい芸者。俺はおめえみたいな奴に十文字の渡し場で会った」

十文字の渡しといったところで、ここ柳橋ではわかるはずがない。

「そんな話はどうでもいい、おめえの知らねえことだ。おめえ、なんで泣いた言ってみろ」

「はい」

「はいだと？　それまで似てやがらあ。はいなんて言わずに本文をいえ」

「はい」

「またか。はいという返辞は嫌いだ。本文をぬかせ」

「もしお客様お腹も立ちましょうが、なりかわってておまえがお詫びをいたします」

「黙ってろ帳場、男の出るところじゃねえ。やい芸者、なんで泣いた」

「お金というものは、あるところにはあるものだと思いまして泣きました」

「俺の財布の金を見て泣くなんて、変な廻り合わせだ。おめえ金がねえか」

「ないから泣くのでございますよ」

凛《りん》と、はね返すように蝶吉がいった。

「ぬかしたなこの阿魔《あま》は。やい、泣かねえですむのに要る金は何百両だ」

「百両あればどうにか形《かた》がつきます」

「なんでえ百両ばかり」

財布を空にして、両掌《りょうてのひら》に、山とすくいあげた小判を、安兵衛は突き出した。

「百両でも二百両でもとれ」

「………」

「とらねえか。ええ面倒くせえ」

三分の二に近い小判を、驚く蝶吉の袂《たもと》の中へ、拳《こぶし》を突っこんで落しこんだ。

「あれッ」

「なにがあれだ。あれもこれもあるか馬鹿」

ふらふらと二階へ戻って行く安兵衛が、いままで起っていたところに小判が一枚、黒光りの廊下に燦《さん》として落ちている。

窓の女

二階では法印法貝と御家勝とが、額《ひたい》をあつめてヒソヒソ話、そこへ、安兵衛が、財布をふ、と、こ、ろ、へねじこみながら返ってきた。

「やあ安兵衛、どこへ行っていた」

と御家勝が首を捻じ向けた。

「帰ろう」

「まだ宵のうちだ、ゆっくりしろ」

「帰るぞ俺は」

「まあ待て、いっしょに行くから。法印、帰ろうか」

「うむ、帰りにちょッときめつけておくところが一軒あるから、では出よう」

「なんだそのきめつけておくとは」

と安兵衛が聞き咎《とが》めた。

「俺の商売のことだ」

「法印にもきめつけることがあるのか」

「安兵衛は存ぜぬことだ」

「いやに隠しやがる」

「隠しはしねえが」

「法印、俺に任せとけ。安さん、出かけよう」

「うむ」

階段を降りかかると、下から料理を持って女中があがってきた。

「あれお帰りでございますか」

女中が怖そうにいった。

「その料理は俺のところへか、いまごろ持ってきやがってなんになる」

と御家勝が歯をむいて向って行くのを、法貝は笑って見ていた。

「なにをしやがる」

と安兵衛が、拳をあげた勝の腰をうしろから足で押した。

「あッ、たッた」

御家勝は階段を高低《たかひく》に泳いで、降り切っていた法貝の背中へぶつかった。

「なにをする！」

「なにをするんだ安！」

法貝は御家勝を睨み、御家勝は安兵衛を睨みつけた。

「帰るんだ、何でもねえやい」

安兵衛は先に出て行きかけた。

「待て。危ねえことをする奴だ」

と御家勝が息をセイセイいわせて猛《たけ》り立った。

「外で待ってらあい」

「なにをッ。よし、外で待っていろ。法印、手伝え」

「なにも手伝うほどのことはない。根が梯子段をおまえが踏みはずしただけの話だ」

「そうじゃねえ、馬鹿安がつき落したんだ」

「武芸に秀でているという男が、あんな奴につき落されたのか」

「不意をうたれては宮本武蔵《みやもとむさし》だってかなうものではねえ」

「話が違うようだ、宮本武蔵は不意をうたれても敗れはとらぬと」

「法印、立話をしていると安がいってしまう」

「そうそう安には相談があったのだな」

「あんな奴に相談なんかかけるな」

「なぞと立話をしていては安が立去るぞ」

「あいつ立去らせてなるものか」

二人が外へ出たときに、安兵衛の声が冷たい闇に聞えていた。

「なんだと、見ず知らずの者に金が貰えねえと、生意気なことをいう阿魔だ。なんだ、あたしが言うのじゃねえ姉がいうのだと。大ベラ棒の姉があったものだ、見ず知らずで金をやるからは、貰っておきやがれ。いやとぬかしゃ叩《たた》ッ挫《くじ》くぞ」

安兵衛の調子が、ピンピン響いた。

「法印。女だぞ、ははあ芸者だ」

「なるほど。馬鹿め芸者をつかまえて変な啖呵を切っていやがるが、たいした調子だな」

「馬鹿安め、名調子だ、不似合いな」

「御家人。あれを見ろ」

「安め。ひどく怒ったらしいぞ」

見ている二人の眼に映るより、安兵衛の立腹が、激しく映ったのは当の芸者だ。

「ふざけたことをぬかすと蹴殺すぞ」

「あれッ」

安兵衛につき飛ばされて芸者の、はき物の樫歯《かしば》が小石に鳴った。

「法印。安め、芸者を殴る気かな」

「うまい」

「なんだと」

「あの芸者は蝶吉といってな、かねて強談中《ごうだんちゅう》の女の妹だ。しめた、しめた。安の馬鹿が金をくれた、ふふ、その金はこの方の手へはいる」

「ははあ、話の一件か、造化《ぞうか》の妙とやらはここを言ったのか」

「とうとう安の権幕に驚いて蝶吉め逃げて行った、これでよろしい、ハハハ」

「法印、いますぐ参って、右から左に金を受取れ」

「もとよりだ。御家人いっしょにくるか」

「行ってやる」

安兵衛はとみれば、蝶吉を脅しつけて追い返し、ふらりふらりと歩いている、その足音だけが聞えていた。

「法印。なんとかいった奴な」

「出助か」

「うむ出助だ。あいつには一文もやることはない」

「そんなことは最初からこの腹中できまっている」

「しかし法印、四の五のいうぞ、あいつも一方《ひとかた》ならぬ奴だ。聞けば女を騙して連れ出したというではないか、あいつは山女衒《やまぜげん》で山賊で強盗だ、一方ならぬ曲者らしいぞ」

「そんなことは知っている、冗《くど》くいうな」

「そういう奴は尋常では承知すまい」

「だからいっしょにこいと言ったのだ」

「ははあ」

「馬鹿安より物わかりが悪いぞ」

「すると法印、出助の奴は」

「叱《し》ッ――」

「小さい声でいうぞ。出助の奴は、殺すのか」

「もとよりのことだ」

「ああなるほど」

法貝が先に立ち御家勝があとにつき、やがて四方が灯で明るい蝶吉の家の前へきた。

と、そのうしろから意外にも、安兵衛が声をかけた。

「おい帰ろう」

「げッ」

思いがけない安兵衛に、ぎょッとして振返る二人の鼻の先へ安兵衛がふらふらと近づいた。

「おい、どッかへ行こう、なあおい」

右に御家勝、左に法貝、二人の手首をつかんだ安兵衛は、大声にかけ声した。

「えンさ、ほいさ。えンさ、ほいさ」

二人ははじめ少し争ったが、かけ声をして引きずる安兵衛に閉口し、顔見合わせて囁《ささや》いた。

「御家人、明日にしよう」

「承知した」

心あってここに現われたのではない安兵衛、二人が狐と狸のように、顔見合わせるのに頓着なく、
声高々と張って先立ちになった。

「えンさあ、ほいさあ。えンさあ、ほいさあ」

車力《しやりき》のかけ声を真似て、夜が長《た》けて冷たい風に、逆《さから》って行く。

それをのぞく両側の家々の窓の一ッに、蝶吉の姉があった。その女は、相州十文字渡しで安兵衛に出会ったお賤《しず》――。

恋死に

それから二日目、夜の引き明けどき近く、大川端で、賭場《とば》帰りの安兵衛が、上げ潮の香の高い朝霧の深い中で、片裾を捲《まく》って突ッ立っていた。

目の前に三ッ人の姿が、霧隠れに薄められ、目鼻を茫《ぼう》ッとみせている、その一ッ一ッ、のぞきこむようにしていたが、馬鹿の看板を安兵衛、たちまち発揮した。

「やあ一匹の狼が法印で、もう一匹は御家勝で、残りの一匹の瘠《や》せ狼は、どこの掃溜《はきだめ》から這って出てきやがったんでえ」

見忘れられて腹をたてたのは、十文字渡し以来の出助だ、出助は、同類をたのんで強がった。

「さすがに馬鹿安、忘れたな。俺は出助だ」

「出助とは。面《つら》をツン出せ、見なきゃわからねえ」

「そんなことをいやがって騙し討ちにする気か」

「なにをぬかしやがる、三人もいやがって、そんなに怖がるねえ」

「怖がるもんかい。俺は相模の吉田島で」

「わかった、出コ助か。出助なんていうから思い出さねえんだ。やい出コ助。あの女はどうなった」

「お賤の阿魔は、てめえ知ってやがるくせに」

「俺の知っているのを訊きやしねえ、てめえの方を訊いているのだこの馬鹿」

「馬鹿はてめえだ」

「いかにも俺は馬鹿安だが、てめえたちの馬鹿とは桁《けた》が違う」

法印法貝が、口合戦を横から引取った。

「安。馬鹿はおめえの看板だから一手《いって》で捌《さば》くことにしろ。その馬鹿ついでにいうがな、てめえは蝶吉に金をくれただろうが」

「長だか半だか俺が知るかい」

「一度手をはなれたらてめえの金じゃねえ、貰った蝶吉の金だ、しかるにてめえは、出助などに一文半銭もやるに及ばずと申した」

「そうだ、そのためにこの出助は、小田原の鳴戸《なると》屋方《やがた》の借財取立ができず、小田原へは戻られず、進退に窮している、じゃによって」

といういう御家勝に、オッかぶせて安兵衛。

「じゃだか鬼だか俺が知るか。俺の友だちの女房の実家《さと》の家作《かさく》の店子《たなこ》の」

法印が苦笑いをして茶々《ちゃちゃ》を入れた。

「いつまで、のの字を入れて申上げているのだ」

「言わねえでわかるのは唖の手真似だ。俺はいわなきゃわからねえ。友だちの女房の実家の家作の店子の話で知って、俺のところへお賤さんと蝶吉さんと二人でやって来て、いろいろ話があってなあ」

「さ、さあその話の時、この出助に、一文半銭も払うなと言ったそうだが」

「法印。俺はそういった、あいつら四の五のいったら俺がそう言ったといって、そう言っとけ、あいつらは馬鹿だからきっと俺にかかってくるだろう、そうしたら俺が引受けるといった」

「それでは友だち甲斐がなかろうが」

「なにをいやがるんでえ御家勝。なにが友だちだ、飲み食い遊びに銭を払ってもらっただけで、友だちが聞いてあきれらあい」

「安。おれの申すことを聞け。この出助は小田原の鳴戸屋に頼まれ、お賤の借財取立てに」

「法印、てめえいつから出コ助と知合いだ、今度はじめて知合やがって、小田原も提灯もあるか、その出コ助は俺に棒縛りにあったことを話したか」

「なにを出鱈目《でたらめ》いやがる」

「黙れ馬鹿、出コ助は外聞が悪いと思やがって、棒縛りにあったことをぬかさねえのだ。その馬鹿はの、赤錆の十手を田舎では振り回す、偽《に》せ役《やく》の太え野郎だ。てめえたちも似たり寄ったりだ。お百姓は地面になにやかやこしらえるぞ、外《ほか》のものだってみんななにかしらこしらえているぞ、こしらえねえのは俺たちだけだと思っていたら、てめえたちみたいな奴がいやがって、こしらえるところからこわしてけつかる」

「安。これ安、枝道へ走らず、話の筋について、しっかりとした返答をしろ。お賤から出助に払わせろ」

「御家人黙れ、口が臭《くせ》えぞ。こいつら三人とも馬鹿な奴らだ、俺がやった金がてめえたちに廻るものか、あの金はお賤さんの亭主になる十《そ》河善三郎《ごうぜんざぶろう》さんという、ただいま病気中の人が、先生の貧乏に貢《みつ》ぐので是非とも入用の金だい。それを知らずに金々と、他人の金を的《あて》にしやがって、法印だの御家人だの、いろはにほへとよりむずかしい字を知っていやがる奴らがうろうろとまどいしてやがる。出コ助、てめえよくねえ馬鹿だ」

「こりゃ話がだいぶ違ってきた、なあ法印」

「話は違ってきたが、しかし、御家人。この馬鹿安に悪態もくたいを叩かれ、このままでおいては我々の面が立たぬ」

「法印のいうとおりだ、しかし、出助もけしからぬ」

「笑《じょう》、笑談《じょうだん》いうな。俺は鳴戸屋の証文まで見せたではねえか。お賤が借りた金を返さねえときは、飯盛《めしもり》になる約束の、あの証文が何より、俺に嘘がねえ証拠だ、けしからぬことはねえ、けしからぬとは馬鹿安のことだ」

「出コ助、やいやい出コ助もう黙れ、鳴戸屋の者が俺の友だちの女房の実家の家作の店子のところへやってきたのを知っているか。馬鹿野郎、知るめえ。てめえは親切な鳴戸屋を騙し、お賤さんの亭主になる十河善三郎さんが相模の厚木《あつぎ》で死にかかっていると嘘をつきやがって鳴戸屋ぐるみお賤さんを騙しやがって、この馬鹿は吉田島でお賤さんにとんだ手出しをしやがって、頰っぺたに引ッかき疵をこしらえられやがったじゃねえか、まだ治っちゃいめえ」

「…………」

出助はぐッともいわず黙りこんだが、さすがに見切りが早く、たちまち逃げにかかった。

「うぬッ、冗《むだ》ぼね折らせた駄賃だ！」

御家勝が霧に薄れて追いかけて五、六歩。

「どうだ！」

キラリと刃《やいば》が閃《ひらめ》いて、背のびをした出助が、片手を高くあげ、霧の中へ消え入ったが、たちまち倒れる音がした。

法印は横手を拍《う》った。

「御家人、当座の処分、よくやった」

「不届千万な奴はこうしたがいい」

御家勝は鼻がのびないのが残念そうに矜《ほこ》った。

「行こう御家人」

「応《おう》！」

「待て馬鹿」

安兵衛の激しい声だ。

「なんだとッ」

「不届千万な奴はこうしたがいいと聞いて、俺もそう思った」

「なんだと」

「この世の外道の面め、覚悟しやがれ」

安兵衛が抜き討ちに法貝を斬った。

「ぎゃッ」

と叫んで法貝が、逃げこんだ霧の奥で、夜明けの色を薄く浴びて反り返って撞《どう》と倒れた。

「なにをする！」

「も一ッ外道め！」

「うぬ何をする！」

たった二合の末に御家勝は、大口を開いてこの世の名残りに喚《わめ》いた。

「だッ」

霧へ、朝日がほンのり映《さ》しかけたその中で、安兵衛は刃の血を拭ってどンどン逃げた。

安兵衛はまた旅へ出た、今度は遠走りをする気とみえ、上州を抜け信州を抜け、越後へはいったのが翌年の春、北国の花が蕾《つぼみ》をふくらませたころだった。

江戸へ帰る商人に、安兵衛はこんな伝言《ことづて》を頼んだ。

「釘店《くぎだな》の丈夫屋広吉さんにこういってくれ。旅先で馬鹿がこういっていたとな。御定目《ごじようもく》百ヵ条とやらの目をくぐって、悪いことをする奴は、百ヵ条では押さえつけられねえ、そいつを押さえつけるのは馬鹿の役かも知れねえと気がついて、野郎、修業をしていたと、伝言はこうなんだ、頼むぜ」

それからまた半年の後。江戸から来た旅人粂次《くめじ》がこう話した。

「柳橋の蝶吉という芸者が恋わずらいをして死んじゃったという、いまどきには珍しい話さ。え？ そのほれられた男かい、それがさ行方《ゆきがた》知れずになっている馬鹿男なのだというから珍しいね。その男の名かい、聞かなかったが、なにしろ馬鹿だとさ」

それを聞いて安兵衛は、自分のことだともおもい、他人のことだとも思った。

「で、なにか、その馬鹿は、蝶吉という芸者がほれたのを知っているのか」

こう訊いて安兵衛は、ひそかに固唾《かたず》を呑んで、返答を待った。

「そこが馬鹿の悲しさ、知らねえんだそうだ、あきれた馬鹿だよ」

「で、その馬鹿の商売は？」

「我々同様のばくち打ちだとよ、だからなおもって、そいつの気のきかねえ馬鹿さにあきれるよ」

「ふうむ、そうかい、なるほどそういえば、馬鹿だ」

安兵衛は、がッくり頭《こうべ》を俛《た》れた。

「安あにい、おう、どうしたんだ」

「泣いているんでえ」

「泣いている？　どうしてよ」

「いまの話が涙の種でえ」

「おかしいなあ、本当かよ安あにい」

「馬鹿安といえよ」

「えッ」

安兵衛は、ほろほろと涙をこぼしていった。

「——俺あ、本物の馬鹿だ」

小枕の伝八

むすめ酒

「客人、すまねえなあ――堪忍してくれ、以前と違ってこのとおり落ち目なんだ、ハハハ」

下を向いた岩戸《いわと》の伊助《いすけ》の老いの眼から、ほろりと涙の珠《たま》が二ツ三ツ、枯れ木を折ったような膝の上に落ちた。

「親分、すまねえなんて言わねえでください。なあに人間一代、浮き沈みはついて回る約束ごと、きょうの日は曇ろうとも、あすの日の出はからりと晴れる、運は天下の回り持ちじゃございませんか」

足掛け三年前に草鞋《わらじ》を脱いだころとうって変り、老いすがれて無力になり、一言ずつの口にすら、落ち目の侘《わび》しさが出てくる伊助に、旅の鳥の小枕伝八《こまくらでんぱち》は、無理を承知で底に隠し、当座の慰めに笑顔を向けた。

「そう言ってくれるのはありがてえが、運勢をつかいきった岩戸の伊助だ、もう花も咲かねえだろう実もならねえだろう。いや話が湿ッぽくなってすまねえ。ひとツ飲《や》ってくれ。肴《さかな》といえば目刺の焼いたのがたッた一皿、客人、これでも落ち目の底にひくひく生きている伊助には、盛りの時の鯛の刺身とおんなじ気だ、そう思って堪忍してくれ。常陸《ひたち》じゃ飯富《いいとみ》の勘八《かんぱち》親分に変りはなかったろうな」

「へい、おたッしゃでござんす」

「あの人は立派な人だ、客人、この道へ足がはいったんだ、末にゃあのぐらいの人になってくんな。さ、ひとツ飲ってくれ、なんだなあ、初手《しょて》からひとツも飲ってやしねえじゃねえか」

「へい――じゃ親分、ありがたく頂きますでござんす」

「あ、そいつは膳の上で冷めたくなっている、そっちの猪口《ちょこ》をとんな」

「いいえ、結構これも、親分が買ってくだすった酒でござんす」

ぐいと干した盃を伝八は、膳の上に置いてしまった。

「客人、そんな真似はよしてくれ、酒はまだあるんだ、飲ってくれ」

「へい――親分！」

と開き直った伝八の顔から逃げて、膳に俯向《うつむ》いた伊助は、痩せた指で目刺の頭をもぎにかかった。

「親分。三年前には確か娘さんがおあんなすったはずですが」

「お俊《しゅん》か――」

と伊助は、目刺の皿からも顔をそむけた、その頸筋《くびすじ》から細くなった胡麻塩《ごましお》の髷《まげ》まで、行燈《あんどん》のおぼつかない灯の色が、衰えをまざまざ見せた。

「さっき参っていままで二刻《ふたとき》あまりお見えにござんせんが、どうなさったんでござんしょう。いいえ、姐御《あねご》がお亡くなりなすったのは、神棚の白紙貼《しらかみは》り、仏壇の新しい位牌《いはい》で承知いたしておりますが、こう見回したところどこに一ツ、年頃の娘の物がござんせん。親分、不躾《ぶしつけ》でござんすがお俊さんを、どこかへおやりなすったのではござんせんか」

「うむ」

顔を下へ向けたなりで、伊助は、枯れ木の膝に涙を落した。

「親分。お嫁入りをおさせなすったのじゃございませんでしょう」

「うむ」

「そんなことじゃねえかしらと、さっきから思っておりました」

「客人、面目ねえ話だが、お俊は、実は身を売ったよ」

「――へええ、して、どこへ」

「聞いてくれるな、あいつがふびんで、行っている先はおれにゃ言えねえ」

「そうでござんしょう。だが」

「頼むぜ客人、どこかでお俊に似た女をみたら、顔をそむけて行ってやってくれ。ハハハ、つまらねえ、こんな陰気な話はいけねえ、どうだ客人、旅途中、どこかで面白え話はなかったか」

「陰気でいやでござんしょうが親分、伝八はいまの話がつづけて聞きてえもんでござんすが」

「控えな客人」

「えッ」

きっとあげた伊助の顔には、いままでの卑下《ひげ》が消しとんで、燃えるような眼の色が、怨めしそうに動いていた。

「身を売ったとまで打明けたのに、その上の恥が聞き出してえのか。落ち目になって伊助の娘が、売り物と聞いて客人おめえは買ってみてえ気になったのか」

「お言葉のうちでござんすが、伝八はそんなのじゃござんせん」

「そうかそうか」

と伊助は上の空で返辞して、輝く眼を瞑《つむ》ったとたん、瞼《まぶた》の下からはらはらと、涙が雨と膝に落ちた。

「親分、じゃお俊さんのことはうかがいますまい」

「うむ、訊かねえでくれ。そうすりゃお俊も恥をかかずにすむ、こうなってしまっても娘にはちッとでも恥がかかしたくねえのが親の心さ、ハハハ。こんな話は水に流し、客人、ひとツ飲っておれに差してくれ」

「へい——で、親分、昇る日の出の勢いを得て、無敵の親分とノシ上った水車《みずぐるま》の大右衛門《だいえもん》さんとは、一体ぜんたい、どんな身性《みじょう》の人でござんす」

「どこかの草角力《くさずもう》じゃ三役を張ったとかいう噂だが、おれにくらべると押出しもいいし年も若し、伸《の》すに不思議はねえようだ」

「親分は、心《しん》からそう思っているのでござんすか」

と伊助を見つめる伝八の眼が、白刃の林をくぐってきた、股旅修行の劫《こう》を経たもの特有の、急《せ》かず騒がぬ、澄んで鋭い光りを放った。

伊助は眼だけで逃げて、呟くように返辞した。

「おれは落ち目になっているのだ、盛りの者に、みっともなくて悪口がいえるものか」

「大きにそうでござんした。落ち目になったと卑下なさるが、心は錦でござんす」

「と褒められても伊助には、花も咲かず実もならねえ、客人のいったとおり人間一代について廻る浮き沈みだ。おれは一時威勢のいい時もあったものだ、沈む夕日に番が廻ってきたのも物の順だ、いまさら、文句があっても言っては白痴《こけ》だ、ハハハ」

諦めて笑う伊助の声の響きを哀れと聞いて、勧めてくれる酒の一杯ずつに、娘の生身を絞った味があるようで、伝八の口はいつまでも苦かった。

言葉の釘

朝は味噌汁に焚《た》きたての飯、膳立を伊助がするのを、伝八が横から引取った。

「伝八さんおめえは客人だから手を出すな」

「親分、そりゃいけません、旅人《たびにん》というものはじッとしていねえものでござんす」

「なにをいうのでえ。親分一人で子分なしの伊助だ、れっきとした貸元の家とは違うんだ」

「そっちは違ってもこっちは旅人、いっこう変りはござんせん」

隣りで焚いてくれた飯とお汁《つゆ》で、独り親分の伊助と、旅人の伝八と、差し向いの朝の食事が終ったころ、朝の日が窓を赫《かっ》と赤く染めた。

「それでは親分」

「草鞋銭はたった百疋《ぴき》、すまねえがこれで堪忍してくれ」

「へい。ありがとうござんす。申しちゃ悪いが、いまのくらしで百疋は、五両十両いただいたより身に沁みます」

「そう思ってくれれば、ありがてえ。なあ客人、こっちへまた足が向いたら、これに懲りず寄ってくれというところだが、多分そんなところには俗名《ぞくみょう》伊助となってお墓の下で、苔をかぶって背伸びをしているだろう。客人、たっしゃでいねえ」

「へい」

さっき伝八が膳の上で、伏せた茶碗の下へ金三両、音もさせずあざやかに、入れた手際に気がつかず、門口まで送って出た伊助が、いざ別れのきわになると、下に向けた顔をついにあげずじまいで伝八を送った。

朝の日影が往来を、光と陰と半分ずつ、染めわけているその中ほどを、伝八は穿《は》き慣れた旅草鞋の、足もと渋らせて歩いていた。

きょうもきのうと同じく晴れて、一所不住の旅人には、誂《あつら》え向きでありながら、伝八の渋るものは足ばかりか、心が渋って重苦しかった。

別れて半丁あまり一丁たらず、うしろでする人声に、急いで振返った伝八は、こっちへ急ぐ伊助の姿が、朝を出端《でばな》の往き来の人に見えつ隠れつするのを見た。

一足とびに伝八は、伊助の方へ駆け戻った。

「親分、何のご用でござんす」

伊助の顔が、妙に硬ばっているのに、伝八は気がついた。

「ゆうべはおれが片意地を張り、けさは言いそびれて口に出せなかったが、ひとッ聞いてもらいてえなあ」

「なんによらず承知いたしますでござんす、して親分、お話は引返してお宅でうかがいましょうか」

伝八は知っていた。水車の大右衛門を斬って行ってはくれまいか、敵手《あいて》を倒して入れ替り、元の貸元になる気はないが、来る日も来る日も眼の前で、これ見よがしに張る威勢を、落ち目で見ている苦しさから、のがれてみたいがどうだろう、このほかになんの聞いてもらいてえことがあるものか――聞いた噂に誤りなくば、仏はつくらず鬼をつくる水車、斬って行くのも悪くはないと、伝八の肚《はら》はもう据《すわ》っていた。

が、伊助の顔に険《けん》がなかった、はてなと見直す伝八の眼に、不確かながら映ったものは、なんとなし、底に覚悟が潜《ひそ》んだ沈んだ眼つきだ。

「客人。この紙切れに字が書いてある、いまここでは気がさすから、おれのいねえところで見てくれろ」

伏目になって出す紙切れを、瞬《まばた》きもせず、伝八は受取った。

「善悪吉凶どっちでも、伝八はお引受けいたします」

「伝八さん、ありがてえ」

「だが親分、書いてあるのは名前でござんしょうね」

「実は、面目ねえが、そうなんだ」

「定めし、男名前でござんしょう」

「なあに、女の名前だ」

「女ですって?」

意外に思う伝八に、伊助は頭を少し下げた。

「おれもヤキがまわって、つまらねえことに恥かしがるようになった。客人、嗤《わら》わねえでくれ。実はなあ、おれもこの年だ、いつどうなるかわからねえ、もしものことがあった時は、めそめそしてからだをこわすな、諦めを早くつけ、好きな男があったら一生を任せるがいいと、意見だか生前の遺言だかわからねえ世迷い言を、すまねえがあいつが得心するまで、いい聞かせてやってくれ」

「親分、意見はされる柄《がら》で、する柄じゃござんせんが、及ばずながら承知でござんす、だが親分、耳を貸してくださいまし——親分は、もしや、水車の家へ遺恨ばらしに斬って入る——」

口から耳へ囁いた伝八の低い声が、雷ほどに聞えたのか、伊助の顔が濡れたようにさッと変った。

「な、なにを言うんだ、とんでもねえ――」

「違うと口ではいっていても、伝八はそう取りはいたしません。もう一度、耳を貸してください――親分、お俊さんに覚悟の伝言を、それじゃなぜするのでござんす」

「伝八さん、そりゃおめえの勘違いだ。老耄《おいぼれ》のおれに、そんな気のきいた血の気が残っているものか」

「というのは本当でござんしょうか」

「ああ本当だとも。おれには、辛《つれ》え勤めに出してある、かわいい一人ッ子の娘があるのだから、馬鹿な真似をして、泣きを見せる気など起るものか」

「そう言われればなるほどそうかも知れません。親分、きっと間違いを起すようなことはござんせんね」

「客人、疑っちゃいけねえ」

「へえ、すみませんでござんした。じゃ親分こういたしましょう。この紙に書いてある娘さんのいる土地が、十里先か五十里先か存じませんが、伝八は脛を叩いてたちまち行って帰って来ますでござんす」

「え?」

「親分。伝八はきっと再度の御見《ごけん》に引返します」

「そうしてもらっては気の毒だ」

「なあにその日の風次第で、往きもすれば復《かえ》りもする、どこへ日限《ひぎ》りでとんで行く身というではねえ旅人ぐらし、三日遅れても一年遅れても、得も損もねえからだでござんす」

「そうかい、では、すまねえが待っていよう」

「きっと待っていておくんなさんせ」

「…………」

「ようござんすね親分」

「うむ」

「きっとでござんすぜ」

力をこめて言葉の釘をさした伝八は、再び伊助と別れて宿《しゅく》の往来の真中を、今度は足もと軽く急いで行った。

血の花

宿はずれが近く、両側にところどころ、畑、空地、物置場があるところで、見張りでもしている恰好の男が三人、申合わせたごとく長脇差の柄頭《つかがしら》に拳をのせていた。

そこを通りかかった伝八は、いつものとおりきょうも身すがらただ一貫、風除け合羽もなければ糸経《いとだて》も負わず、もとより肩に振分けを掛けてもいなかった。

その伝八が眼につくと、三人は顔を見合わせ、三ところに分れてたたずんだ様子を、伝八の方でもこいつ臭いと眼をつけた。

「おう旅の人、待つんだ」

待ってくれではなく、待つんだと命令したのは、横に肥った三十七、八の、丸い顔が酒でやけて赤い男だ、前を行き過ぎるまで待っていて、呼びとめてからジロジロ見上げ見おろした。

伝八は黙って振向いた。その傍へ、三人一度に三方から、気色ばんでつめかけた。

「おめえ、ゆうべ伊助のところへ草鞋を脱いだか」

丸い顔が、うしろ手を組んで、訊問調子だ。

「伊助親分のお宅で、一宿のご厄介、かけましてござんすが」

「いっしょにきな」

「へええ？　どこへでござんす」

「来りゃそれでいいんだ」

という丸い顔の言葉尻をとって、三十二、三歳、毛深い大男が、逞《たくま》しい腕を捲りあげた。

「そうだとも、こいと言ったら行くもんだ」

もう一人いた年配不明の小兵《こひょう》な男は、黄色い歯をむき出して、

「ヘッヘッヘ」

と笑っていた。伝八はその三人の顔を順に熟視した。

「おめえさん方はホンの取次役、こいというのは別の人でござんしょうね。どなたでござんす」

という横へ、小兵がすり寄り、尖らした口を伝八に向けた。

「親分が用があると言ったんでえ」

「あッ臭え口だ、後生だこの次にゃ南の方を向いて口をきいてくれ」

「この野郎、俺を馬鹿にしやがって」

と小兵がいきまくのを丸い顔が手で制した。

「小熊《こくま》、うっちゃっとけ。旅の人、怖かねえから来な、直き近所だからのう」

「面白くも怖くもねえが、一体ぜんたい、おれに用とはだれでござんす、たいがいこんな時にゃ、てまえは何の某《なにがし》の使いでござんす、お手間はとらせませんから、ご足労をお願い申しますというと

ころだが、この土地は頭から敵か喧嘩相手みたいにするんでござんすねえ」

「おやッ、いやなことをいう男だ。俺たちがそのぐらいのことを知らねえものか。伊助のところで一宿一飯にありついた男には、礼儀をつくすには及ばねえんだ」

と丸い顔が猛り立った。その尻について毛深いのが、からだを揺すって文句をならべた。

「聞いて驚くな、用がおあんなさるのは俺たちの親分水車の大右衛門さんだ」

どうだ肝にこたえたかと、毛深い腮《あご》をふって伝八を見たが、伝八はケロリとしていた。

「はてな、足かけ三年満二年と少し前にきた時は、水車にも糸車にも、聞いたことはなかったが、失礼さんでござんすが、水車さんは、いつごろからの方で、ただいまこの土地ではどういう威勢の方でござんしょう」

「なんでそんなことを訊くんだおめえ、妙なことを訊くのだなあ」

小兵が血相を変《へん》じて、突ッかかる調子で、口を尖らした。

「また臭え、頼むぜ小熊さんとかいう人、口をきく時は南の方へ舌を向けて頂きとうござんす」

「なんだとッ」

拳をあげにかかるのを、丸い顔が手で制した。

「小熊、よさねえか、てめえを喧嘩させに親分はよこしたのじゃねえ。おう旅の人おめえ、妙に搦《から》んだものの言い方をする人だのう。聞きたくば聞かせてやる。水車一家は二年前にこの土地を縄張りにして、以前いた伊助は老こんで手も足も出ず、子分は一人残らず水車の盃を貰い、一家の数はこの土地で百五十人、隣村で五百人、千人からの身内がある、大親分のお名前は、当時この界隈《かいわい》で飛ぶ鳥も落す、水車の大右衛門とおっしゃるんだ。わかったか旅の人」

「そうでござんすか、この宿だけで百五十人の子分か、そりゃたいそうなものでござんす、そういう親分が用があるとおっしゃるなら、いやといってはすまねえこと、さっそくうかがいますでござんすから、案内を頼みますぜ」

「そんならそうと、早くいうがいい、四の五のぬかしやがってなんのことでえ」

と毛深いのが口叱言《くちこごと》をブツブツいった。

小兵が先頭で毛深が伝八の左脇、これは出し抜けに斬りつけられない要慎《ようじん》だった、伝八の背後には、丸い顔が眉根に縦皺を浮かせて歩いた。

伝八は三人三方に備えの厳しいをなんとも思わず、護送されるのはかえって三人の方にすら見える、寛々《かんかん》とした歩きぶり。

「もしもし、髭の濃い方」

「そんな名じゃねえ」

と毛深が突ッぱなすように伝八に怒りつけた。

「名がわからねえから、これからうかがおうというのでござんす、前に行く小せえ人は小熊さん、おめえさんはナリがでかいいから大熊《おおぐま》さんとでも言いますか」

「知ってやがるくせに訊きやがる」

「まぐれ当りにあたったか、して、うしろの丸い顔の人は、なんという人でござんす」

「あの人は水車の四天王の一人、梶柄《かじづか》の小次郎《こじろう》といって、八人力あるというエラ者《もの》だ」

「八人力、たいした力だ、へええ。して、おめえさんはどのくらいの力でござんす」

「俺か、俺は力がねえ、まあ三人力だ」

「三人力か、驚いた力だ、して、小熊さんは」

「あれか、あれはまず一人半力だ」

一人半力と半端な勘定を口にしたところでみると、こいつは最前からの様子に違いなく、ちッと脳味噌が足りないなと、伝八はおかしくなったが笑いもせずにこう言った。

「一人半力といったら、普通《なみ》のものより半人力多い、水車さんのお身内には、どうしてそう力のある人が多いのか、うらやましいくらいでござんすね」

「身内にはまだ力のある者がいくらでもいる。紋平《もんぺい》は八人力、弁吉《べんきち》は八人力」

聞いているうちに伝八は、こいつらは揃いも揃って、子分の数にも腕の方にも、嘘と飾りが大袈《おおげ》裟《さ》だ、これでは、水車大右衛門の男の値打も、おおよそは噂どおりだろう、そんならとてものことに、行ってみた調子次第で、喧嘩にして一番、血の花をぱっと咲かせてみよう——こう伝八は肚《はら》の裡《うち》できめかけた。

人間荷物

松並木を遠目に見る平地つづきのとあるところに、北から西へ鬱蒼《うっそう》と、先祖が植えた防風林が、ここの屋敷の由緒を伝え、空高くのびているが、住んでいるのは水車大右衛門で、六代つづいた元のあるじは、ばくちに負けてそっくりそのまま、奪《と》りあげられた屋敷を出て一年あまり、夫婦親子八人、どこへ行ったか、知っている者がこの土地に一人もなかった。

「へええ。これが水車さんのお宅で、お立派なものだ、まるで大々百姓のようなお宅でござんすね」

さっき出たばかりの岩戸の伊助の家は、宿のうちで表通り、古くはあるが良い木口《きぐち》で、すでに他人手《ひとで》に渡っているが、元来評判のよかった伊助だけに、当座のうちという名目で、店賃なしで来月半ばまで、住んでいてもいいのだとの話だった。

それと違って水車の家は、仔細《しさい》は聞くに及ばない、どうで普通で手に入れた、家屋敷とは思えない、四角四面引回しの豪家ぶりだ。

三尺ばかりの流れが白壁の塀をめぐって四方にあり、槻《けやき》の門をくぐれば、広い前庭の右に倉が二戸前、中ほどから左へかけ、棟の入りこんだ瓦葺きの白壁づくり、どう鑑定《めきき》しても豪農の屋敷で、ばくち打ちには堅固すぎて不向きだった。

「こっちだ、そこは玄関だ」

と梶柄の小次郎が、丸い顔を伝八のうしろで振った。

伝八の眉毛がその時ぴくりとあがった、と見て小兵の小熊、毛深い大熊が刀に手をかけた、ここは親分の屋敷内なので二人とも、街道の時よりは馬力が強かった。

伝八の方では、どこも同じことだといわぬばかり、玄関に真向きになって、両拳を左右の腋《わき》の下に入れ、黒眼を上へつりあげて黙りこんだ顔が、苦み走っていた。

「やい、そこはてめえたちの行くところじゃねえ」

と大熊が吼《ほ》え立てたが、伝八は相手にしなかった。

「そこは親分だけが出入りする玄関だ。てめえなんか脚を入れると曲ってしまうぞ」

と、小熊が口を尖らした。

「うるさいッ」

伝八が本性をようやく見せた。

「なにをッ」

大熊、小熊が眼に角を立てるのを打棄ておき、梶柄は母屋の生垣内に声をかけた。

「野郎を引っぱッてきました親分」

その声が合図だったように、生垣の内から四人、長脇差を腰に、子分とみえる貧相なのが現われた。そのうしろから、大兵肥満《だいひょうひまん》で、急いで歩けそうもない四十五、六の男が、祭りの揃いを縮緬《ちりめん》に染め直したような派手好み、飾り牛かと見紛《みまご》う恰好で、のッしと現われた。水車の大右衛門とはひと目でわかるこの男の腰の物が、けばけばしい銀ごしらえだ。

「この野郎か。名前を何という奴じゃい」

伝八の傍へあまり近づかず、太い声で梶柄に訊いた調子が、わざとらしいほど角力《すもう》臭かった。

「やい、てめえの名をぬかせ」

と梶柄が伝八に咬《か》みつきそうに訊いた。

「なりゆきがこのザマでは、渡世にとっての口手形、仁義を切るにも及ぶめえから、手短に名乗って聞かそう、おれは小枕伝八という旅人さ」

伝八の口から敬語がいっさい除かれた。

「小枕の伝八か、聞いたことのねえ名じゃわい」

「そう言うおめえは水車の大右衛門か」

「野郎ッ。俺を呼棄てにする貫禄をどこで拾ったッ」

「そういうおめえがどこでおれを安く扱う因縁を拾ってきたんだ」

「なにッ――やい、生れはどこじゃい」

「知るもんけえ」

「なんじゃ、生れたところを、われは知らぬのか。馬鹿な奴じゃ」

「じゃ、てめえは生れた時のことを見て知っているのか」

「そうじゃないわい。在所はどこじゃと訊いているのじゃ」

「そんなものはねえ。生れ在所を持っていりゃ、旅草鞋に命を突ッかけ、四海を股にとんで歩いているものか」

「口が達者じゃこいつめは。やい、この宿へ来て水車の大右衛門を盲《めくら》にするとは太え奴じゃ」

「なんだ盲だ、おめえがか」

と伝八が舌三寸で飜弄《ほんろう》するのをじりじりして見ていた梶柄、大熊、小熊と子分の四人が、ガヤガヤ騒ぐを尻目にかけ、伝八は落着き払って片笑いを浮べていた。

「わけのわからぬ奴じゃ、この宿へ足を入れた渡世人が、伊助のところへ行って俺のところへ顔出しをしねえとは、俺を盲にしたものだと、言うのがわからぬのかい、われには」

「ああそうか、さっきから騒ぎ立っているのは、何の仔細かと思っていたら、何でえつまらねえそのことだったか」

「われにつまらんことでも、俺の顔にかかわることじゃ」

「二人三人親分があればとて、一ッからだで二軒三軒で仁義が切れるか、馬鹿いうない、素人だってそんなことはいわねえぞ」

「一ッからだのわれに二軒とも泊れというではねえ、この宿は俺ひとりが親分、伊助は親分じゃないわい」

「子分なしの独り親分の伊助さんには、おれは足掛け三年前《めえ》お世話になった。おめえにゃまだ縁もゆかりもねえ。それにまた、だれの家へ草鞋を脱ごうと、ゆかりのねえ者に文句をつけられる法はねえ」

「やい。渡世の飯を食っている奴が、行く先々で、どういう人がそこを押さえているか、われなんで訊いてから草鞋脱ぎの先をきめねえのじゃ」

「あきれ返った得手勝手だ、そんなに旅人が泊めたくば、宿の入口の西と東に、水車と銘を打って建札でもしやがれ」

「こいつにはあきれた。手がつけられぬわい」

「手がつけられなけりゃ手をつけずにいてくれ、ちょうどいい折だから掛合いが一丁つけてえものだが水車、なんとおれの掛合い、受けるか」

「なんじゃと小僧ッ、掛合いじゃ、面白い、受けて埒《らち》を明けてやるから、ぬかしてみろ」

「よし来た。さて水車どん、ほかじゃねえ、岩戸の伊助さんに縄張りを返してやってはくれめえか、ただ返せとはいわねえんだ、おめえが好きな獲物を手にとり――」

といわせておいて機を待っていた水車が、合図の目交せといっしょに、四方から伝八に、とびかかった梶柄そのほか、無二無三に折重なり、はね返されれば入り替り、振り落されれば新手が次から次と折重なって押さえつけた。

「なにをッ、くそッ」

人の下敷きに押しつけられ、顔半分が斜めに赤土にすりつけられていても伝八は背中をむくむく振り起し、四たびまで起ちかかったが、用意の縄のぐるぐる巻き、荷物さながらに転がされて終りになった。

匕首

母屋《おもや》の方で唄やら拳《けん》やら、女混りの声々が騒々しかったが、夜が更《ふ》けたとみえてさっきから、地虫の鳴く声ばかりが遠く近く、四辺《あたり》は森《しん》となっていた。

「あすの朝の返答次第で、われが命を貰うかも知れぬから、今夜ゆっくり思案しろ」

と昼のうち水車が、人を殺すに慣れたふうで、じろりと睨んでいった言葉を、伝八は思い出してまた腹を立てた。

ここは、一年あまり前まで馬小屋だったらしい、いまは捨てて顧みぬひどい荒れ方だけに、屋根からも、羽目からも、破れ目や隙間から月の訪れが、水のように青かった。

（あんな奴に換替《かけが》えのねえ命を奪られるのはもとよりのこと、鬢毛《びんげ》三本でも切らせるものかい）

とは思うが、湿りをくれた棕梠縄《しゅろなわ》のぐるぐる巻は、切って解く丹念な工夫のどれも役に立たない。

（こいつあ仕様がねえ。せめて足ッ首の縄だけでも解けるといいんだが）

縄が解けずに夜が明ければ、危い命と伝八は、さすがに冷汗がねとりとわいたその耳へ、咽《むせ》ぶような遠音の鐘、それにまぎれて聞える人の足音。

（おやあッ、だれか来やがった。さては、朝まで待たず夜のうちに、あの世へやれと地獄行の案内者がやって来やがったか——いや、どうも違うようだ。水車の子分なら、弱い奴らだもの一人じゃ来るものか）

忍び忍びの足音を、物慣れている伝八の耳は、猫や犬と間違えるはずなく、まさに水車一家でなしと、確かに見こみがついてきた。

足音はやがて馬小屋の外近く来て、あとが聞えず、寺の鐘も搗《つ》き終って、森とした旧《もと》に戻って、ややしばらく——。

伝八の頭の中で、思案の波が激しく騒いだ。

「外にいるのは、親分でござんしょう」

と、やがて伝八は声を殺していったとたん、外では二足三足、逃げるとみえて落葉が鳴った。

「親分——伊助親分」

答えはなくて小屋の戸口で落葉が鳴った、やがて馬小屋の戸の破れ目に、手拭で包んだ顔がちらとのぞいた。

伝八は転がされた体から鎌首をおッ立てて見た。

戸の破れ目からのぞく眼が、伝八の顔に、キラリと注いだ。

時がしばらく経って行った。松並木の方角でもあろうか、一番鶏が夜冷えをしみじみ遠く鳴いた。

「——客人か」

「やッぱり親分でござんしたか」

「どうしておめえがこんなことになったんだか、まるで夢みてえだが」

「親分。夜更《よふけ》は話声が八方響きでござんす。お話は後でのこと、さっそくながら、縄を切って頂きてえもんでござんす」

「うむ」

馬小屋の中の古藁古菰《ふるわらふるごも》を踏みつけ、かすかな足音をたてて伝八に近づいた伊助は、襷《たすき》に袂《たもと》を絞り、裾を取り回し、手甲《てっこう》、脚絆《きゃはん》草鞋ばき、腰に長脇差が落しざしになっていた。

伊助のそうした姿を見上げるまでもなく、伝八は覚《さと》っていたが、なによりも手足を自由にするが先だった。

が、伊助は縄を切るために抜きかけた長脇差を、中途で元の鞘に納めてしまった。

「おや、親分は縄を切るのはおいやでござんすか」

「切りてえのは山々だが、おめえが怖えので切れねえのだ」

「えッ」

「客人、けさおめえがおれの肚《はら》の中を見透《みすか》していたとおり、おれはこの姿だ。何しにここへ忍んできたか、問うも語るもねえだろう」

「わかっておりますでござんす」

「この前には三月たらず家にいた人だけに、気性はおれは呑みこんでいる」

「親分」

「叱《し》ッ——静かにいってくれ。奴ら、宵に祝いごとをして、いまごろはぐッすり寝こんでいるだろうが、相手は大勢味方は一人のおれだ、木にも草にも、いまのうちは怯《おじ》けているんだ」

「縄を切ったらとめるだろうと、親分は思うのでござんしょうが」

「とめずにはいなかろう、勝手に一人でやるがいいと、横を向いていねえおめえだ」

「とめはいたしません」

「とめねえかわり、いっしょにおれと斬死をしようとするだろう、そいつがいけねえ」

「えッ」

「仔細あって、おめえがもう一度この土地へくるまでと、瘠我慢を張っていたんだ、それにな。まあ聞いてくれ、おれの言うことだけ聞いていてくんな。宵に奴らが酒盛して、祝ったのはまる一年前の今月今夜、おれが根こそぎ負け切った、奴らにとっては祝い日だ。渡世人の縄張り争いに、ただ一度の喧嘩もなく、勝った負けたがはッきりついたのは、金がモノをいったんだ。自分でいうのはおかしいがおれは仏と名をとった、その仏もなあ、地獄の沙汰も金次第で、金という魔物の力には勝てなかった」

老いの癖かして伊助の声が湿って消えた。

「いやこの場になって愚痴はみッともねえ。客人、けさは娘へ伝言《ことづけ》に、老少不定《ろうしょうふじょう》の世の中だと、ことになぞらえいったけれど、いまは隠さねえ。金で買った水車の威勢の手伝い役は、代官手代の熊《くま》堀源兵衛《ぼりげんべえ》、八州方の下役で郷田強三《ごうだごうぞう》、そのほかにもあるがこの二人がまずお先立ち、おれが村方一統へ、いままでの恩返し、表向きでねえ渡世の罪ほろぼしに、用水溜を目論見《もくろん》だのが上には御不審、徒党を組んで不届の下ごころと難癖つけ、郷田強三におれは召捕られて三月留守、その間に水車が、暴れ抜いて縄張りを、自分の手に納めてしまった」

「へええ。だが、親分にも兄弟分叔父甥の誼《よし》みの衆もござんしょう」

「それがいけねえ。渡世の足を洗うという一札を、腕をとって書かされたのが証拠で、どうにもこうにもならなくなった。といってお上に刃を向けもされず、堅気でくらすのには間に合いかねるおれのからだ、そのために落ち目がかさんでいまのザマだ。や、思わねえ長話をしてしまった。客人、匕首《あいくち》をここへ置くから、あとで工夫をして取ってくれ、切れば雑作ねえ縄なんだが、切ったらとめるにきまっている、でなければいっしょに斬死、そうさせたくねえわけは口でいわねえが、娘に会えばわかることだ。匕首はここへ置くぜ」

「…………」

「だが、後で、うまくこの匕首がとれるかしら」

「取れねえこともござんすまいが」

「そうか。取れば取れても縄が切れるかしら」

「そいつはどうだかわかりませんでござんす」

「おれはおめえに犬死がさせたくねえんだ」

「へえ」

「なあ客人、岩戸の伊助の老耄《おいぼれ》が、一世《いっせ》一代《いちだい》の死花を、横を向いて見ずにいてくれるか」

「…………」

「黙っているのは不承知なんだろう。仕方がねえ、運を天にまかせ、縄を切らずに行くとしよう」

「親分、お供もしず止《と》めもしねえ、縄を切って行って頂きとうござんす」

「おれも切って行きてえんだ。じゃ、客人これから直ぐ、ここを行ってくれるか。娘のところへだぜ」

「ようござんす」

「よし、切ろう」

が、伊助は匕首をとって伝八の、足首に搦《から》む縄を、ぷッつり切っただけだった。

「客人。どうもおめえの気性では、行けといっても直ぐは行くめえ。あとの縄はおめえ切りねえ。その間におれは水車の寝首を掻いて、あわよくば腹を切る、まずく行ったら斬られて死ぬ、――けさ置土産の三両はおれの葬い料に肌へつけた、ありがてえ――客人、娘に、おとッさんはおめえの孝行を喜んで死んでいったといってくれ」

いったん置いた場所から少し遠くへ、伊助は匕首を置き直して出て行った。

眼を据えている伝八の耳に、伊助の足もとで鳴る落葉だろう、風もないのにカサリといった。

法蓮陀仏

酒臭い家の中を、やっとたどッて伊助は、宿から呼んだ飯盛女二人とともに、たあいなく酔い伏している水車を、開けた板戸の向うに見つけた。

そこも酒の臭さと人臭さが、あわい有明《ありあけ》の灯の中で、渦を巻いて立っているように濃かった。

伊助はもう七分方、目的が果せたように、喜びでからだじゅうがふるえてきた。

そッと、板戸の敷居向うに踏みこんだ伊助は、思いがけない横張りの紐が脛に、ぷッりと音を立てて切れたので、思わずあとへひと足引いた。

「あッ」

驚く伊助の耳を驚かして、廊下の隅へ落ちた三ツからげた伏鉦《ふせがね》の、凄まじくトゲトゲしい音が家を鳴らした。

と、伊助の眼に映ったのは水車が、牛のように起きあがり、長脇差をとろうとしている姿。

「水車ッ、岩戸の伊助だ！」

駆け寄る伊助は、宿の飯盛女二人が悲鳴とともに、なりふり構わず逃げ惑うのに妨げられ、寄りつけなかったわずかのうちに、水車は、長脇差をとりあげ抜き放った。

「だれじゃい、夜中に寝呆けてきたのは」

と息を切らせて水車が叱った。伊助がたったいまあげた名乗りが、水車の耳にはいらなかったらしい。

「うぬッ」

斬ってかかる伊助に、片手づかみでありあうものを叩きつけ、抜いた刀を役に立てない水車は、最後に投げつけた床の間の碁石の雨に、伊助が怯《ひる》んだのを見て、得たりとばかり怒鳴りつけた。

「こらッ旅人の馬鹿め、ワザと張り番をつけずにおいたのが呑みこめんのか、夜のうちに逃げてもよいとかけた謎じゃ。それが解けずに縄抜けして水車にかかりにくるとは、うぬ、粉にひかれてくたばりてえのか」

水車はまだ勘違いしていた。

碁石の一ッが縦に飛んで眉間を打たれた伊助は、やッと元気を取戻した。

「水車。伊助の腕をみろッ」

伊助は老いの腕に血をたぎらせた。

「なんじゃ伊助だと。おうッ伊助じゃな。ほうッ――」

案外なのでぎょッとした水車に、斬ってかかろうとするうしろから、梶柄の小次郎、大熊、小熊、紋平、弁吉と、子分の粒よりどころが五人先頭に立ち、その尻に寝呆け眼とびッくり眼とで、名もなき輩《やから》がつづいていた。

うしろに敵の襲うを知って伊助は、怒れる獅子の勇気は出たが、老いの悲しさ、力が足りず、斬ってはかかったが水車にかわされた、突いてもかかったが、小手がのびなかった。

「うぬッ」

と悲憤に燃えて再び突く背後から、梶柄の丸い顔が余計に丸く、声もかけず一刀斬った。

「あッ」

よろめく伊助を大熊が、毛深い腕で腰に手をかけ引き倒した。

「待てやい待てやい」

と水車が、抜刀を振って制止した。

「大熊、小熊、野郎どもをつれて馬小屋をみてこい。旅人の野郎が気にかかってきた」

「へい。小熊こい」

大熊が先立ちで、出て行くあとについて二人の女が、這うようにして逃げて行った。

「梶柄。まだ引導わたすは早い、おれがひとくさり文句を聞かせてからにしろ。さて伊助。日もあろうに、今夜こんな真似をさらすとは、よくよく俺に負けるのが因縁だ」

と水車の並べる悪口が終らぬうち、梶柄、弁吉、紋平のうしろにいた残りの子分が悲鳴をあげた。

「なんじゃなんじゃ」

と水車が眼を三角にして睨む、それより先に梶柄が、紋平、弁吉ときっと振向く、その鼻の先へ、逃げた子分が落したのを拾ったらしい抜刀を右に、左には匕首を振って、ものも言わず躍りこみ、ぴッたり閉めきった板戸の前で、眼をギラリと輝かせ、座敷の中を見廻した者があった。

「やッ、熊は二人とも、どこへ見に行きやがったんじゃい、旅人の奴、来てしまやがった」

腹を立てて水車が怒鳴った。

伊助が倒れて呻《うめ》いているのを見ても伝八は、多分はこうと思ったとおりの有様だったので驚かず、ギョロリと光る眼のつけどころは水車、ついでに梶柄、弁吉、紋平だった。

「おう水車、それから子分どもよく聞け、おれは昼間の返礼になど来やしねえ、そこに倒れている伊助親分が気になるので、棕梠縄の痕が赤えからだでやって来た。騒ぐない三子分、てめえたちは八人力だとなあ、三人では二十四人力か、ひと太刀ずつで八人振り仕止められりゃ、割がいい」

「紋平、やッつけろ」

と梶柄がいうより一足先に、ガラガラ紋平が突いてかかった。

「それ来たッ、どッこい」

と伝八は刃をかわし、三度目の突きをまた仕損じた紋平が、手首まで突きこみそうに壁を刺した、その肩から袈裟掛けと左手の突きとがいっしょ、喧嘩卒業の腕の冴えで、目にもとまらぬ早技だ。

「うぬッ」

ともいわず伝八の背中を狙って突いてかかる弁吉を、ひらりとかわして胴へ、左で突いて右でなぐり斬り。

「それ来たッ」

と伝八は血に染った大小二つの獲物を天地に構えた。

「この野郎ッ」

と梶柄が、以前に変って色青ざめ、口をブルブルふるわせる鼻先へ、伝八はひたと迫った。

「八人力が二人だから二八十六人振り片づいた、あともう一ッ八人力。やいッ、丸い面を八角にしてやる、それ来たッ」

と伝八が、窮鼠《きゅうそ》の勇で突き出す刀をぴゅッと払い、その機《はず》みをつかって、腕から腕へ、斜めにさッと右手の獲物で斬りつけた。

「うあッ」

梶柄が脳貧血のひっくりかえり方をした。

「やい。さあ水車、今度はてめえだッ」

と振向いた伝八の眼に、大兵肥満の水車が、ガタガタふるえて、眼も口も開《あけ》ッ放《ぱな》しにした、あまりといえばあまり、見かけによらぬ有様が映った。

「水車、てめえ、肝が潰れて口がきけねえか」

手にした抜刀がピカピカ、からだのふるえとともに閃《ひらめ》くだけの水車だった。

「柄《がら》はたいそう立派だが、正味はてめえそんなに吝《しみ》ッたれた奴だったのか、そうとは知らず伊助親分は、見かけのデカさに力負けだった」

「旅人。昼間は俺が悪かった」

「当りめえでえ、てめえが悪いのは初手《しょて》からわかっていらあ」

「ついては旅人、仲直りをしてえ」

「真平《まつぴら》だ。うぬはこの場になって機嫌をとって助かる気か、汚ねえぞ水車、それよりは手にある切れ物を振り廻せ、子分の奴らの大法螺《おおぼら》では、この宿で百五十人、隣村で五百人、千人から子分があるというじゃねえか、身内千人といえば大した親分だ、親分は親分らしく、せめて最期だけは悪びれるな」

「そう言わねえで、俺の話も聞け」

「切ってかかれッ」

「おい、うまい話にしようじゃねえか、どうじゃ」

「なにをッ。どうじゃでなく、亡者《もうじゃ》になれ」

「俺の跡目《あとめ》に、行く行くおめえを取立てよう」

「聞いた噂は一ッ残らずよくねえ水車。浮世の役に立たねえ奴だ。それッ南無妙法蓮陀仏」

「やい待て旅人！」

といったのが、水車の舌の回り納め。

「伊助親分、この始末を見たでござんしょうね。おやッ、もういけなくなっていたのか」

それから間もなく、絶息している伊助を抱えて伝八は、力のない枯れ木の腕を持ち添え、怨みの一刀を水車に加えさせた。

裸馬六頭

渡良瀬《わたらせ》の河原まで来た伝八は、裸馬にまたがって先を競う大熊、小熊に水車一家のもの四人を、まだ明けきらぬ空の下に見つけた。

「いたッいたッ」

と大熊が叫びに六疋《ぴき》の馬が、渡し手前で、ぴたりととまった。

が、川を中に伝八は向うの河原だ。

馬から下りた六人は、川のへりへ出て船を呼んだ。

「船頭ッ、渡し場のじじいッ」

呼べど答は、どこにもなかった。

伝八は腹をゆすり、口から淡く、白い煙の息を吐いて笑った。

「やいやい、まだ朝の六ツ前だ、渡し船があるものか、大ベラ棒め」

「なんだとこの野郎、よく聞えねえやい」

小熊が耳に手をかざし、聞き直した。

「なんて頓狂な奴だ、まるで仲間のようなことを言やがる。やいやい、渡し船はまだだよう」

ようやく聞きとった小熊が、大口を開いて怒鳴った。

「てめえ、どうして川を越した！」

「ちぇッ、馬鹿もこのぐらいになると憎めねえや。やいやい、おれはこの川を飛び越したんでえ」

「えッ——もう一度いってみろう」

「飛び越したんでえ」

「この川が飛び越せるかい」

「じゃ、よせ」

からかっておいて伝八が行きかかる前へ、ぬッと旅の武士が一人、さっきからいたらしく立っていたのが、堤《どて》から河原へ下りてきた。

伝八は妙な気がして、油断しなかった。

「博徒、待て」

「へ？」

「様子が妙だ、待て。待たぬと考えがあるがいいか」

「どなたでござんす旦那は」

「姓名を聞かせるほどのこともなかろう。江戸からきた者だ。おい、川向うの者、おまえたちはこの男を追ってきたように見えるが、左様か」

という言葉がわかったのでもないらしいが、川の浅瀬を渉《わた》りかけていた大熊、小熊を先頭の六人連れは、水音をとどめて武士に向った。

「そいつは人殺しです、旦那。フンづかまえてください」

「人殺しだ」

「そいつは人殺しだ」

口々の叫びが武士の心を動かしたらしく、じろりと険しい眼が伝八に向けられた。

伝八は、肚《はら》を据えながらも、自《おの》ずと残念そうな舌打ちが出た。

「これッ。あの者たちがその方を人殺しという、まこと左様か」

「斬らねえとはいいませんが」

「物奪りか」

「なあに」

「遺恨か」

「おれの世話になった年寄りを、あいつらの親分というのが斬殺した、その場で意趣返しに斬りました」

「それに相違ないな」

「あいつらに聞いてご覧ください、もっとも、あすこに来ている奴は、その場にいなかったり逃げたりした奴ばかりです」

「逃げるなよ」

「そんな卑怯な男じゃござんせん」

　武士は、伝八をじッと見ていたが、身構えして川に向った。

　大熊、小熊の連中は、浅瀬が尽きて立往生、いたずらに流れに腿《もも》を洗わせていた、しかし、前よりずッと近くなり、空のしらみも加わって、六人の目鼻がはっきり見えた。

「こらこら、そこの者ども」

「へい旦那、お願いでございます」

「黙ってこの方の申すことを聞いてから申せ。これなる者は、老人を斬殺した者を斬ったという、左様か」

「違います旦那、そいつと伊助というじじいと二人で、夜中に押しかけてきて、親分とあにいたち三人、若い者が四人、この方はかすり傷ですが突ッつかれましたで」

　大熊が咽喉《のど》に筋を立て答えた。

「親分だと」

「へい、水車大右衛門という、私どもの親分でございます」

「左様か」

なんだつまらぬ、という語気で武士はいった。

「旦那、お願いでございい、そいつを斬ってくださいまし、その野郎は悪い奴でございます」

大熊が咽喉をふくらませていうのを聞き流し、武士は伝八に近づいた。

それまで伝八は腕を組んで、苦み走った顔に、朝の風を受けて仁王立ちに立っていた。

「名は何という?」

「伝八でござんす」

「どこの伝八だ」

「生れた所がわかりません」

「親知らずか」

「へえ」

「どうして育った」

「勝手に育ったんでござんす」

「子供の時からか」

「餓鬼のときは子守をして、十四からは使い奴《やっこ》、その前のことは自分でもわからねえんでござんす」

「博徒の群れにはいつから投じた」

「子守から使い奴、そのときからばくち打ちの飯を食っていたんでござんす」

「手に職はあるか」

「育ちが育ちだ、手職をおぼえる時なんか、だれもおれにはくれなかった」

「博徒が面白いか」

「面白くってやっちゃいません」

「なんでやっている?」

「このほかに食う途《みち》を知りませんでござんす」

「食えればほかのことなんでもやるか」

「変なことを旦那はお尋ねでござんすが」

「博徒でもいいが、ただ博徒だけでは、人と生れてきた甲斐がないと思わぬか」

「そんなことがわかるくらいなら、年がら年中、草鞋に泥をつけて、五海道を股にかけはいたしません」

「伝八とやら。死なぬか」

「えッ、旦那は水車の味方でござんすか」

「そんな奴は知らぬ」

「じゃ、死ねとなぜおいいなすったんでござんす、死ねとは殺すということと違いましょうか」

「殺しても差支えないとこの方では思っている」

「笑談《じょうだん》だろう、殺されてたまるものか」

「人を殺して立退くほどの者が、末《すえ》、始終、無事でもいまい、その方《ほう》最期は、他人手《ひとで》にかかるのではないかな」

「そんなことかも知れませんでござんす」

「そう覚悟をしているのか」

「旅を歩いてくらす者には、覚悟は米の飯と同じでござんす」

「ふうむ。そこは武士の道と一脈通じているようだな。待て待て――こら川の中の奴」

伝八が斬られるのは、いまかいまかと待ち入っていた大熊、小熊の連中が、頭を並べてまず礼をいった。

「だんだんと聞いたところ、その方たちの親分がよろしくない、したがってその方たちもよろしくない。近づき次第、きっと糺《ただ》して始末をこの方がつけてつかわす」

ぐッとも言わず六人は、顔見合わせた。

渡し守の寒そうな姿が、川上半丁たらずに現われた、と見て、武士は行きかけた。そのうしろで、小腰をかがめた伝八。

「旦那。どうもありがとうござんす」

「博徒。礼心があったら、いつでもいい、人のためになれ、人のためもいいが国のためになれ。自分の貴い賤しいを較べて、卑下して退くは男児ではない」

やがて伝八は堤へのぼり、川向うで裸馬にまたがり、逃げて行く六人と、川半ばに出た渡し船にただ一人、朝空を仰いでいるらしい旅の武士をもう一度見た。

恋慕唄

梁田《やなだ》の宿は三百余人の化粧の女がいた、その中に、美しいので、佐野《さの》、鹿沼《かぬま》、遠く熊谷《くまがや》まで名の聞えたお俊《しゅん》は、油屋《あぶらや》の大看板だった。

「客じゃござんせん、お俊さんのおとッさんにお世話になった旅の者で伝八というもの。お目にかからせて頂きとうござんす」

と伝八は、油屋の広い土間で、仁義を切るときのようにていねいに腰をかがめた。

が、お俊は伝八と名を聞いて色を失い、わッと声をあげて泣いた。

足かけ三年前に三月たらず、岩戸の伊助の家で、草鞋の泥を干からびさせた伝八に、今年二十一のお俊は、恋していた。

凋《しお》れて出てきた土間と板の間の上下で、二人は顔を見合わせた。

「お俊さんでござんすか。お忘れでもござんしょうが、三年前お世話になった伝八でござんす」

「お忘れでも」と伝八に、面と向っていわれた悲しさが、お俊の頬に流れる涙となった。

「伝八さん、忘れてはおりません。こんな姿でお目にかかるとは、死ぬよりも辛《つろ》うございます」

「なにをいうんですお俊さん。伊助親分からうかがって、旅ズレのした伝八でも泣きました。親と貧乏のためにした身売でござんす、嗤《わら》う奴があったらそいつらは、親の儲けでふところ手、水でかッこむ冷飯の味も、雨漏りのする古畳で寝たこともねえぜいたくな奴らでござんす、そんな奴の嗤うのは褒められたのと同じことでござんす」

「でも、ほかの千人万人に嗤われても、あつかましくしていられましょうが、伝八さんにはこの姿が見られたくないからと、あれほどおとッさんに言ったのにねえ」

「その伊助親分でござんす、お俊さん、覚悟をして聞いて頂きとうござんす」

「おとッさんに何かあったのでしょうか」

「ゆうべ水車を、おとッさんが叩ッ斬ったんでござんす」

「げッ」

がッくりお俊は下を向いて歯を咬みしめた。

「お俊さん、まだ悲しいことがござんすぜ」

「えい、わかっております。おとッさんは死んだのでしょう」

白い頰が涙で濡れたお俊は、わなわなとからだをふるわせた。

「伝八はじッとしていると水車の金で買われた八州の下回り郷田の強三とかが来るかも知れねえので、話はざッとこのぐらい。ご縁があったらまたお目通《めどお》り、きょうはこれで」

「まあ伝八さんはいま来ていまもう」

「都合の悪いことは、一から十まで伝八のせいにしてください、それでは、これで」

「ああ、逃げるのなら、いっしょに逃げたいけれど」

「なんでござんすってお俊さん」

「いま会っていま別れるのですから伝八さん、恥も外聞も忘れます、金で縛られたお俊は、娘のときからきょういままで、忘れずにいた伝八さんに――」

「えッ」

と伝八はぎょッともしたが、思わず顔をほてらせもした。また、いままでそれと知らなかった、迂闊《うかつ》と縁の薄さとで、眼の先が眩《くら》んだその時、油屋の門口に、さっきの武士が来て立っていた。

「あッ、伝八さん、だれだかあすこに!」

「なにッ」

振返ってみると先に、にッこと笑って武士が、伝八に手招ぎした。

「伝八さん、あの方は?」

「吉か凶かわかりませんが、凶だったらそれまででござんす」

が、凶でもなかった、さりとて吉でもなかった。

「博徒。川向うで、郷田強三とかいう役人らしき奴輩《やつばら》がひしめいているぞ。やがてここへ来るかも知れぬが、支配が違うとかで、その手つづきで狼狽《うろた》えているゆえ、いまこそ折よし、早々に逃げて行け」

武士は静かに、そうすすめた。

「へいッ、再度のお志《こころざし》、ありがとうござんす」

「ありがたいと思ったら、何かことが起ったらこの方へ返礼と思い、国のために死ぬ気で働け、芋虫が鶯《うぐいす》になるにはそれが途だ」

「その時は命を確かに投げ出しますが、それは何を目当にいたしたらいいのでござんしょう」

「天朝様《てんちょうさま》の御《おん》ために！」

「へい」

頭をさげた伝八に、会釈《えしゃく》して引返して行った武士は、ついに名を告げなかった。

伝八はあらためてお俊に別れを告げたが、お俊は、父の死に重ねて伝八と別れの悲《かなし》みを、男の胸で、絶え入るばかり泣いて悲しんだ。

それも夢と過ぎて翌年の夏。

梁田に宿営中の幕軍の将古屋《ふるや》佐久左衛門《さくざえもん》の衝鋒隊《しょうほうたい》が、不意を未明に襲われて、梁田の宿《しゅく》を血で染めた。攻むるは薩州《さつしゅう》長州《ちょうしゅう》、美濃《みの》大垣藩《おおがきはん》——。

敗れて走る幕兵は宿に火を放って田沼《たぬま》に向った。

泥塗《どろまみ》れの約四十人が、戦いのすぐ後で、血で赤い往来を長駆して行った。敵の死体も、民家の延焼も、その一隊のものの眼中になかった。

これは、武運拙《つたな》く、けさからの一戦に参加できなかった信州《しんしゅう》山吹座《やまぶきざ》光寺《こうじ》盈太郎《えいたろう》を主将とする一隊。梁田を出て、ひた追いに追って約半里、息もつかず追った。

「賊軍の者どもが通っただろうな」

と訊かれて村の者は怯えながら指ざした。

「あの方角へ。もう一刻《とき》あまりも前に、はい」

「そうか」

一隊はまた進んだ。だれの顔も汗でてらてらしていた。

その追撃隊を見物に、田の畔《あぜ》、畑の中、林の陰、小川の向う、ところどころに男女が群れていた、時に、そういう人の中で、色の白さと着物の派手が、妙に目に立つ若い女がいた、梁田からここらまで逃げて、まだ戦《おのの》きがやまぬそれは遊女たちだった。

と、ひとり、追撃隊のあとから、必死に、駆けてくる色白で痩型の若い女があった。裾に水色がひらめき華奢《きやしや》な脚が日をうけて雪の白さだった。それも遊女だ。

追撃隊は矢庭に先を急いでいた。

と、唄が聞えてきた、女の声だ、追撃隊のうしろの方で、絞る声、ふるえる節、哀切をきわめている、が、隊のものは耳にもかけなかった。たッた一人、隊列から横にとび出し、振返ったものがあった、伝八だった。唄はいまの女がうたったのだ。

「あッ」

約半丁の遠目《とおめ》でも、伝八には目鼻だちがはッきり感じられた。伝八は腰の大刀を鞘ごと抜いて、高く挙げて見せた。

その女はお俊だった。

お俊は青白い頬に、光る涙を走らせてまた唄った。

――そこを通るは、あの人じゃないか夢にうつつにわしの見る――

伝八は刀を激しく高く高く、何度も挙げてから、隊に追いついて追撃に加わった。お俊の頬に光る涙の数がましたのは勘で知っていた。
その年の秋長《た》けて、お俊がにッこり笑って梁田を去る日がきた。

八郎兵衛狐

狐　娘

「この世に不思議はいくらもある、旅から旅をかけたおれだ、この世の不思議はたいていい知ってい
るが、こいつは途方もなく変梃《へんてこ》だ。見な、この財布の中が空《から》ッぽだ。あきれたなあ」
と、旅草鞋を脱ぎ棄てて、当時江戸でぶらついている洲《す》の三五郎《さんごろう》という旅人が、顔をしかめて空
財布をひねくっている。
空いっぱい、星が降るかにまたたいて、今夜は、吹き払って行く風に霜気があり、この三、四日
中では、一番冷寒だ。
「そりゃまったく変だが」
と、ここでたったいま、通り合わせて声をかけた手慰み場所の仲好しで馬太郎《うまたろう》が、聞けば旅先で
は乱暴無法の数々を踏んできたと話の三五郎相手だけに、下手なことをいえばこと物騒に変り、い
つ何時、拳固が不意に飛んでこないものでもないと内心に少し恐れがある。
「まったく変だが、入れたものならねえはずはなし、まさか、おれが盗むはずもなし」
「当りめえだ。盗まれるおれでもねえ、だのに、見ろ、財布は空だ」

「なるほどその財布は空だが――」

「もともと空じゃねえかというのか、ベラ棒め今夜のおれは大枚《だいまい》三十両ご持参だった」

「三十両！」

「どうだ、三十両だぞ、三百六十日働いても、中間《ちゅうげん》奉公じゃ三十両といえば十年もかかるぞ」

「ふうン大枚の金を、まあ」

「その大枚がねえ、不思議だあ。おれは屋敷を出てから手をやった、その時、確かにこの手に触った、それからここまで、時どき手をやったが、いつも金はふところに御鎮座だった、それがおめえ、どうも不思議だ」

「落したのじゃねえか」

「なにをッ、持っている物を落して気がつかねえほど馬鹿じゃねえ」

「ごもっともだ、なるほど」

「見ろ、この財布には、不粋だが紐がついている、この紐を首へかけていた」

「なるほど、それじゃだれかに盗まれたのかも知れねえ」

「盗まれようにも、ここへ来るまで、娘ッ子に会ったきり、怪しい奴には出ッくわさねえ」

「じゃあなくなるわけがねえ」

「そうよ、なくなるわけはねえのになくなったから不思議だといってるんだ」

「なるほど」

「どういうわけでなくなったか、考えてくれ」

「さあ、おれにはわからねえ」

「当人のおれでさいわからねえ。妙だなあ」

と三五郎はまたしても空財布をしごき、いまいましそうに捻《ねじ》って棄てたが、紐があるので空財布は、膝のあたりで宙に迷った。

「なあ三あにい、おれはご免こうむるよ、急ぐから」

「うむ」

気のない返辞をして三五郎は、ボンヤリ同じところに立っていた。

馬太郎は寒さで赤い鼻をこすり、歩きかけたが、小戻りした。


「三あにい」

と、ものものしく、急に声を落していったので、三五郎も思わず顔を向けた。二人とも星明りの下だけに、たがいの眼には薄墨で、ぼかしたような姿に見える。


「もしや、コンコンにやられたのじゃねえか」

「コンコンというと、狐か」

「そうだよ、あの三郎《さぶ》って奴は狐つかいだっていうぜ」

「違うな。おれはあいつには会わねえ」

「でも、狐をつかうのだぜ」

「狐にも会わねえ」

「会わねえといって、相手は三千年の劫《こう》を経たる狐だとすると、姿を見せるものか」

「ベラ棒め、狐がなんでえ、おれが狐に魅《ばか》されたら、江戸中一人残らず狐に魅されらあ」

「野良狐ならとにかく、劫を経たる霊狐とくると、人間なんかかなわねえ」

「なにをいやがる、人間より狐がエライとぬかすのか、そんならてめえはなぜ狐の仲間入りをしねえんだ」

「そりゃ話が違う」

「違うも糸瓜《へちま》もあるか」

「怒らねえでおれの言うことをよく聞きなよ、狐は人間に化けるんだ、それで」

「待った待った」

「え？　どうかしたのか三あにい」

「狐は人間に化けるといったな、はてな」

三五郎の妄誕排撃《もうたんはいげき》も、ほンの上《うわ》すべりで、不思議を狐の神秘に結びつける気がすこし出た。

「心当りがあるのか」

「女にあった、しかも娘だ、美《い》い女だった。はてな」

「それはきっと狐だろうよ」

「太《ふて》え畜生だ。びッくりするな、てめえのことじゃねえ、その娘の畜生だ、だがな、あん畜生めおれの顔を見てにッこりしただけで、間《あい》は一尺は確かに離れていた気がするから、いくら巧《うめ》え巾着切《きんちゃくきり》でも取れやしめえ」

「それは狐だどうだねあにい、狐つかいの阿閉《あべ》の三郎兵衛《さぶろべえ》といって女みてえな男を知ってるだろう、髪を女のように長くのばしている人さ、あの人に訊いてみてはどうだ。あの人は狐つかいだから悪事災難のくるのを先に知って、いつでものがれているという人だ、きっとわかるぜ」

「聞いたそんな噂を。夜はきっとうなされるというじゃねえか、殺した奴が夢にでも出てくるのだろう」

「それは知らねえが、近ごろ妙な話はこれで二、三度聞くよ。夜、ひとり歩きの娘にあうと、間《あい》が六尺も離れているのに、ふところの物がなくなるってね」

「それが狐のしわざときまっているのか」

「人間では、とてもそんな不思議はできねえからね」

話の半ばに、道の向うに木履《ぽくり》の鈴が、虫の音ほどに聞えて、ひとり歩きの娘が現われた。

裾を背中

馬太郎に加勢させ、近づく娘にこっちからも近づいて、真正面に立ちふさがった三五郎が、穴のあくほど、色白で美しい娘の顔を睨みつけた。

娘は十七か十八か、下町娘の派手好みが、星いっぱいの空の下だけに、さすがの三五郎でもこれは人間、狐ではあるまいと直ぐ思うほど、鮮かさが眼も心も奪って、急には文句が口に出ない。

「いまし方、あっちへ行ったね」

三五郎がこんなに優しくいうのを、初めて聞いた馬太郎は、物驚きを不思議としない娘を、うしろから見上げ見下しながら、魅《ばか》されぬ禁厭《まじない》の眉毛に唾を塗って片裾まくった。すわといわば、蹴る気か逃げる気か、当人にもそこが判然せず、とりあえず捲《まく》ったらしい。

娘は、ただの立ち姿、それがまた、淡く影を地に曳いて、狐でないこと確かだが、三五郎はとにかく、馬太郎だけは狐と信じ疑わない。

「口がきけねえわけでもなかろう、なぜ返辞しねえんだ、おめえ、あっちへいまし方行ったね」

三五郎の問いに娘はうなずいた。簪《かんざし》についている薬玉《くすだま》がゆらりと粲《きら》めき、花櫛《はなぐし》に仕こんである鈴がほのかに鳴った。

「そのとき何か拾やしねえか」

問い詰める調子が荒くなってきたので、乱暴者の面目が三五郎にやっと出た。

娘は首を振って、長い袂を胸の前で重ねた、足を動かせたとみえ、木履の裏で鈴が鳴った。

「拾わねえって？　そうか拾わなかったか」

どうも三五郎の掛合いが、いつもほど精彩を発揮しない、こんな時、いつもだったら、もっと高い調子で肉迫し、相手をじゅうぶん怯えさせているはずだ。

馬太郎が歯がゆがって口を出した。

「やい、よッく聞け。まんじ、卍《まんじ》、まんじ」

口早にいったこれは、悪鬼悪霊、もろもろの障りから逃がれられる、一身保安の呪文だと、加持《かじ》祈禱《きとう》者上りの者から教わったもの。

だが、娘は尻尾を出すどころでなく、三五郎を怖れる色なく、横にすこしかわしただけで歩き出した。

「待ったこん畜生！」

はじめて三五郎が激発して、太い腕をぬッと娘の胸にぶッつけた、ぶッつける瞬間に、三五郎は、浮かびあがったよう勇《いさま》しくなれた。いままでは、自分でもわけがよくわからないが、いつもの自分でなくて他人のような気だった。

が、三五郎はぶッつけた太い腕が、ふわりと空をついたので、その刹那にかっとなった。そこではじめて、全貌をさらけ出し、これから後は、見ていた馬太郎に息もつかせず、まるで火の玉が転がっていると同様。

「この阿魔《あま》ぁふざけやがって！」

人でも狐でも頓着なしになった三五郎は、いまぶッつけた腕は巧みにかわされたが、今度はそう行くものかと、左と右と腕二本、交《かた》み代りについて出す、これは三五郎独得の喧嘩必勝法。

しかるにその喧嘩必勝法が、次から次と空《むな》しく、娘のからだからはずれてばかりいる。

「おやッ？　あれッ？」

見ている馬太郎がまず肝をつぶした。なんと不思議なことに、娘が、たいして動くでもないのに、見るからに懸命な、三五郎のつき出す腕を、右も左も、さらりとかわした。

千年の劫を経たるお狐様だ！

と馬太郎は心中で狐に敬称をつけた。

「畜生ッ、畜生ッ」

遮二無二《しゃにむに》、ひた攻めに攻めてみたが、三五郎の二本の腕に手応え皆無で、この寒夜に吐き出す息が雲と流れ、額に汗すら浮いて出た。

三五郎は獅子奮迅《ししふんじん》、滅多無性につきかかったが、やがて、馬太郎の声を耳もとに聞いて、夢からさめた気で、振返った。

「放せッ」

確かめたのではないが、馬太郎の腕が、襷《たすき》にからだへかかっているのを、三五郎は覚《さと》った。

「放せって三あにい、相手がもういねえよ」

「馬鹿ぬかしやがれ」

とは言ったが、なるほど、どこを見ても、娘の姿が見当らない。

「三あにい、あれはどうしても神通力ってものだ、人間わざではかないッこねえ野干《やかん》とやらの親玉だよ」

という馬太郎の顔を振返った三五郎は、お狐様の威力にすッかり降参している馬太郎の、怯えている眼に星の光がキラキラ映《は》えているのを見た。

「薬罐《やかん》だか土瓶《どびん》だか知らねえが――ああ驚いた」

「だれだって驚くよ、これじゃ岩見重太郎《いわみじゅうたろう》だってかないッこねえ」

「なに？　ああ暑い。畜生、いまいましい阿魔だ、おれほどのものに大汗をかかせやがって、いつの間にか消えちまやがった」

と三五郎は、ひろげた手拭を、汗でべとつく顔に押当てた。

「あにいあにい、お狐様は消えやしねえんだ、元どおり化けた姿の娘のなりで、足からちりンちりンといい音を聞かせて、向うをさして歩いて行ったんだよ」

「なんだと、あっちへ行ったと、よしきたッ」

三五郎は裾を背中まで一気にまくり、両脚を曲り釘のようにして駈け出した。追いついてもう一度、娘相手に、勝つか負けるかやる気とみえる。

「あにい、そりゃ悪い料簡だ、とてもお狐様にかないッこねえよう」

と馬太郎は危ながったが、三五郎は葦駄天走《いだてんばし》り、見る見る遠く躍っていた。

静御前

翌日から三五郎は刺青師のところへ通い出した。

「いい若い者が、あったら、無疵《むきず》のからだに針を入れさせてもったいねえ」

と眉をひそめるものもあったが、三五郎は一顧も与えず、かえって腹さえ立てた。

「黙っていろ！」

三五郎が刺青をしていると聞いて、同気相もとむる仲間では、その刺青の図様《ずよう》に興味をもったが、間もなくわかったところによると、吉野山の静御前《しずかごぜん》だった。それを例の馬太郎が不審がって訊いてみた。

「三あにい、たいそう立派だとねえ」

「なにが立派だと、あん畜生に負かされッぷりが立派だというのか」

「間違えちゃ困るよ。背中がさ、背中の刺青だよ」

「静御前の話か。立派にまだなりかかりだ、顔と鼓《つづみ》と手が一本、あとは足ッ首が二つだけできた」

「それじゃまだ幾キレもかかってはいねえんだね」

「十二、三キレだ。顔と鼓だけは仕上ったも同然だから、もうこれでやめてもいいんだ」

「へええ？　静御前の顔と鼓だけが入用なのか、妙だなあ」

「妙なことがあるか、てめえさては吉野山道行ってのを知らねえな」

「三あにいは吉野山ってところへ行ったことあるのか」

「ねえ。なくってもいいんだ、今度、あん畜生に会ったら、ぱッと肌ぬぎになって、背中の吉野山道行の静御前の鼓をみせてやるんだ」

「鼓をみせると、どうにかなるのか」

「ベラ棒な頓馬だこいつは。鼓は狐の皮を張ってあるんだ」

「あれ、猫の皮じゃねえのか」

「おれも猫の皮だと思ったら、刺青師に笑われちゃった、千年経った野干《やかん》の皮がいいんだとよ、野干というのは狐のことだとよ」

「やっとわかったよ。つまり狐の皮の鼓をみせて、さあどうだという趣向だ」

「それだけでもねえ、一ッはあの阿魔《あま》のことを忘れねえためだ」

「お狐様をね、だが、あれぐらいのお狐様になると尋常《なみ》のことでねえからね」

「その阿魔が狐だとは限らねえ。おれは多分あいつは人間の女の娘の畜生だと思うんだ」

「おれはお狐様だと思うよ」

「てめえはあの晩のあとのことを知らねえから、狐だって言やがるんだ」

「あれえ！　じゃあの晩あれから」

「面倒臭えからあれッきりだったと言ったが、実はあれから追いついた」

「ほほッ！」

「この阿魔ッてんで、こっちも二度目だ、いきなり前へ立ちふさがり、袂をつかんだんだ、するとその袂が」

「ふうン、袂が？」

「黄八丈《きはちじょう》だ、本当の。それから今度は気が落着いているからよくよく嗅いでみたが」

「嗅いだって？」

「この鼻で嗅ぎこの眼で見直したんだ。あの女は正真正銘の娘らしいんだ、その証拠には白粉《おしろい》が匂う、髪の油が匂う、それよりもおめえ、争えねえことは女の匂いだ。狐があんな匂いでたまるかってんだ」

「魅《ばか》されると木の葉が小判に見えるというから、眼や鼻だけでは」

「あてにならねえっていうのか、もっともだ。おれも実はそう思い、最初は袂をつかみ、逃がさねえようにして二の腕へ、ぎゅッと爪が立たんばかりに力を入れてつかんだところ、その手応えだ――ううむ」

眼を閉じて三五郎は、どこへ魂を移動させたのか、しばらくのあいだ息がとまったようじっとなった。馬太郎がびっくりして顔をのぞきこんでみると、三五郎の閉じた瞼がぴくりぴくり動いている。

「で、三あにい、それから」

と、鼻息をうかがった訊き方をした。

「その腕がだ、女の腕なんてつかむと軟かいもんだ、そうだろう？　その腕が、まるで石みてえなんだ」

「それ見ねえ、ややぱりお狐様だ」

「おれもその時、これは不思議だと、思わず手を放したとたんに、女の黄八丈がおれにかぶさってきて」

「え？　え？」

「おれは薄く氷が張って、ところどころに松魚《かつお》が転がっているような地びたへ、この面が向いたね」

「え？　なんだいそれは？」

「早くいえば、おれがだぜ、このおれが、地びたへスッテンコロリだ」

「強えなあ、いよいよお狐様だ」

「ベラ棒め、お狐様のお忘れ物にこんなのがあるか、狐の櫛《くし》や簪《かんざし》は木の葉か草の葉だ」

と、出して見せたのは、薬玉《くすだま》の飾り総《ふさ》が五色で、美しい簪だ。

「でも、もしか、ひょッとすると」

「狐かとおれも少しは疑っている。狐にしろ人間の娘にしろ、またとねえ美《い》い女だ、おれは好きになっちゃった」

「えッ好きに？　はあン、それでその背中へ刺青か」

「いくらかそうだ」

「いくらかといって、刺青は痛いのに我慢して刺《ほ》るからには、よくよく」

「忘れられねえ好きな奴だが、憎い奴だ」

「好きだ憎いだでは半端だなあ」

「構わねえ、おれは両方半分ずつだ。狐ならこの背中を見せて降参させてやる。人間ならこの背中を見せて口説いてやる」

「はてね。スッテンコロリとやった女をね」

「ベラ棒め、その前におれがあの阿魔をスッテンコロリと一度でもほうり出してからでなくちゃ、口説いたってきき目がねえとは、この野郎さとれねえのか」

「はははあなるほど。だけど三あにい、夜あんなに遅く、独り歩きをするようでは、あれは確かに」

「お狐様ならお狐様にしとけ、いまにおれが、これが嬶《かかあ》だといって、あの女を、てめえに引き合わせてやるから」

馬太郎は諦めて、その上の問答はやめた。威勢のいい三五郎でも、お狐様にはかなわねえ、夜だけ魅《ばか》されたのではなく昼夜通して魅されている、こいつあ前代未聞の話だと、面白がってしゃべり歩いた。

「おめえだから話すんだが、洲《す》の三五郎が狐に惚れやがってね――」

話はそれからそれと誤り伝わって、三五郎が狐と祝言するそうだと、噂の素《もと》の馬太郎の耳へ、ひとまわりして噂が戻ってきた。

その噂を、当時、山の手の屋敷街にもぐっている狐つかいの阿閉《あべ》の三郎兵衛が聞きこんで、女のような顔をゆがめながら、妙な手つきで印を結んだ。

庵室の窓

それッきりで洲の三五郎は、再び旅草鞋をはく気はなく、どこでめぐりあう的《あて》もないが、江戸にいたらもう一度、好きで憎いあの娘に、会わぬものでもなかろうと、ずるずると居すわって日が経ち月が経ち、翌年の二月、初午《はつうま》が過ぎて梅が香るころの雨の日、麻布《あざぶ》の旗本屋敷の遊び場所を出て、飯倉《いいぐら》から切通《きりどお》しへ出る気で七ツ曲りの道を、さっき買った山桐の下駄突ッかけ、これも買いたての大黒傘《だいこくがさ》を背中で傾け、涅槃門《ねはんもん》を右奥の木立の中に見て、もう直き切通しという、樹下の青昏《あおぐろ》さと雨の午後の薄鼠色とでうっとうしい中で見つけたのが、いつかの晩の娘の姿。

(おやあ——あいつだ、とうとう見つけた)

かつては夜目、星はあっても昼とは違う、そんなによく見えるはずがないのに、妙にはッきり記憶した女の美貌に、眼を据えて三五郎は、胸をわくつかせながら憎さを忘れず、足もとではね返える泥に気をとめず、ツカツカと鋭く向って行った。

「おう珍しいなあ、見忘れはしなかろう」

この前と違って三五郎のいい方は、頭からおだやかでない。娘はちらりと三五郎に眼だけ動かして、何もいわない。その娘の姿が、あらい滝縞《たきじま》の襟つきで、鯨帯《くじらおび》の黒と赤とが、こんな木の葉が薫り抹香《まっこう》が匂い、苔がにおいそうなところではふさわしくない。

「また黙ってやがる、きょうはいつかの晩とは違う」

二の矢を放った三五郎の、強い調子に怯えもせず笑いもせぬ、木彫りに蘭引《らんび》きをかけたような美貌からは、ちらりと冷酷さえ感じられた。

「やいうぬは唖《おし》か」

胸に突きあげてくる腹立ちで、食ってかかる三五郎に、ろくろく、睫《まつげ》をうごかしもせず、しげしげと見入っているので、かえって気味のわるさが感じられた。

「おまえどこの何という人の娘だ?」

蛇の目の傘を持直して、娘はやはり冷たい美しさで黙っている。

「おれはおめえに投げとばされた者だ、忘れはしめえ」

「どこで?」

はじめてこの娘の声を三五郎は耳にしたが、あまり低いので思わず眉に皺を立てた。

「どこでなの?」

「上品ぶるない、大の男を手もなく投げる不思議な娘のくせに」

「おや、近所の若い衆に口をきくように言やがらあ。時は師走《しわす》の初め、場所は赤坂田町《あかさかたまち》五丁目」

「ああ」

かすかな声を口にして、娘ははじめてにこりと笑った。笑顔になると、いままでの冷たさが消しとんで、桜の花の七分咲き、美しいなあと三五郎が、われにもなくトロリとなった。

洲の三五郎、笑顔一つに依怙地《えこじ》も何も泡と消え、ボンヤリ見つめて黙ってしまった。

「狐々といったの、おまえだったの?」

あきれたというように、眼をみはった娘の顔がまた美しい。

「あたし、狐なんかじゃない。狐が昼間、傘をさして歩くものか」

いうことが姿に似合わず伝法《でんぽう》過ぎたが、三五郎はそんなことは気がつかない。

「五丁目で酷い目にあわされかけたので逃げたら、追っかけてきて、風の冷い溜池の前で、あたしの足にぶつかって、自分勝手に転んだの、おまえなの？　まあ」

あきれもするがおかしいという顔をする娘に、やっとわれに返った三五郎、眉毛に唾《つばき》を素早く塗った。

「あら」

横を向いて娘が、声は出さなかったが、おかしがって笑った、と見て腹立ち虫がむくりと、肚《はら》の中で起き返った三五郎。

「なにを笑やがる」

「唾をつけたりして――」

「念のためだ。やいおかしかねえ笑うな。おめえどこだ？　いっしょに行こう。親があったら親、兄貴があったら兄貴の前で、きっと話をつけてみせる」

もはや、見恍《みと》れている三五郎でなく、喧嘩腰の、強い調子だ。

「そう、じゃ、お出でな」

娘は歩いた。

「行くとも」

三五郎も踵《きびす》を返した。娘の行く先はどこだかわからないが、七ツ曲りの道を赤羽門《あかばねもん》の方らしい。気がつくと娘は傘の柄を袖口で押さえていた、両手ともに袖のうち、見えているのは襦袢の袖の緋の色だけ。

（こいつちっとへんてこだ――馬太郎がいったとおり狐かしら。いや狐が化けたのなら、いくらなんでもいまごろ出てくることはなかろう。足跡はどうだ？）

うしろから気をつけて見ると、黒塗り紅緒《べにお》の雨下駄の歯形《はがた》が、二の字に印《しる》し残され、狐の足跡とは大きに違う。

やがて飯倉土器坂《かわらけざか》の上、道は十字に入れ違い、片側は屋敷で片側は町家と寺。

「おいどこまで行くのだ」

三五郎がうしろから、気にして声をかけたが、娘は雨の横降りに、袂も裾も勝手に濡れろと、ほうり出したとは見えないが、厭《いと》う色なく、角の寺の塀に沿って奥へ行った。そこには、庵室らしい古い建物が、芭蕉三株を前にして、雨に一段と寂《さび》を帯び、風流らしく建っていた。

「ここかおめえの家は？」

と見回している三五郎に眼もくれず、娘は裏へ回ったが、それっきりで姿が消えた。

（畜生め逃がすものか）

三五郎が裏へ回ると、影も形もなくなった、娘の名残りの雨下駄が窓の下、片足は横に踏返され、紅鼻緒が泥をなめていた。

（ははあ、狐どころか、こいつぁまぎれもねえ人間の娘）

娘姿は大嘘吐《つ》きで、正体は莫連女《ばくれんおんな》に相違ないと、理由《わけ》はないが覚《さと》った三五郎は、窓をがらりと手荒く開けた。

「だれだッ」

太い声が、金槌で叩くように起った。

背中の膝

「小僧、そこから上れ。何を見てやがる上れったら上れ。遠慮と智恵は持っちゃいめえ」

堂守《どうもり》とみえる四十一、二歳、毛深い坊主頭の怖い眼の男が、夜具縞の褞袍《どてら》にくるまって、焼き干物をかじりながら、手前燗《てまえかん》で酒を飲んでいた。

「よし上るとも」

からだの軽い三五郎だ。窓から苦もなくあがったが、すわりもせず見まわした、そこは狭い畳敷で、天井も低い。

「狭くったって畳二畳だ、御牢内より一人前が広い。小僧、すわんな」

「すわるとも」

「八を追っかけてきたのか、馬鹿だなあ」

杢造蟹《もくぞうがに》のように毛深い手で、鼻の下を横に扱《こ》いて、坊主頭はクスクス笑った。

「八ってのか、あの娘は」

「娘？　うむ、そうだ。お八さんとでも八兵衛とでも勝手に思ってろ。おめえどこの者だ？」

「名乗りもするがまず聞きてえな、あの娘は、狐じゃなかろう」

「狐だよ」

「本当の話かよ、からかっちゃいけねえぜ」

「あいつは狐だ。本当の話が狐だ」

「やッぱりそうか。おれも一時はそうかと思った。夜更《よふけ》に出会って、おまけに、腕立をするのを見ては、娘の芸ではねえからなあ。そうか狐か、ふうむ」

「本物の狐だと思ったのか、馬鹿な小僧だ、おれが狐といったのは渾名《あだな》のことだ」

「え？　狐とは肩書きなのか、ふうむ、だとあの女は並の女じゃねえんだろう、そうだろうがのう」

錐《きり》で揉みこむように念を押す三五郎に、厭悪の顔をして向けた坊主頭が、煙草で染った汚ない歯をみせた。

「ハハハ小僧どこまで魅されてやがるんだ、馬鹿過ぎてかわいそうだから教えてやらあ。そこからのぞいてみろ、ただいまお召換え最中だろう、見てびッくりしろよ小僧。なにをきょろきょろしてやがるんだ、てめえの背中の方に壁の穴があらあ」

「あッこれか」

「遠慮するな。中身は極楽か地獄か、うぬが眼でよく見て得心しやがれ」

好奇心と淡い恋ごころと、もう一ッは仕返しがしたい意地ッぱりとで、前後の考えもなく三五郎は、壁に蛙手《かえるで》をして穴をのぞいた。そのうしろでは坊主頭が、青ざめた顔になって緊張した。

「見えただろうが」

錘《おもり》がついたように、声が急に重くなった。

「まっ暗だ」

と三五郎がすこし不平顔で振返ると、坊主頭はあわてて俯向《うつむ》き手酌をした。

「よく見ろよ、小僧」

「だって見えやしねえ」

思い切れずまたのぞくうしろで、間もなく三五郎の頸《くび》に絡ませる手拭を、坊主頭が縦に音なく二、三度しごいた。

「おやッ」

「ど、どうした」

「赤い物がちらりと見えた」

「それが狐だ」

といいながら膝で立った坊主頭が、手拭輪を両手で捧げ、三五郎の頭上へそッと近づけた。

「気をつけろ！」

凛《りん》と別な声がどこかでした。

「えッ」

顔をいまの声で弾《はじ》かれた気がして、三五郎が壁を放れたので、泡を食った坊主頭が、もとの居ずまいになろうとして、膝の下に膳を敷いて、小皿を一枚微塵《みじん》にした。

「坊さん！」

啖呵を切るときのぶッつける調子で、三五郎は眼に角を立て、片膝をあげてつめよった。

「いまの手つきはなんだ？　その面の色はなんだ？」

「なにをいやがる小僧、そんな咎め立ては生意気だ。狐に魅《ばか》されて迷いこみやがって、親切におれが迷いを払ってやろうというのに食ってかかりやがる。ふざけると承知しねえぞ。おれが頭巾をぬいだら、小僧、てめえなざ縮みあがって腰が立たねえぞ」

坊主頭の方が図太さでは三五郎よりはるかに上らしい。

「なにをッ」

「腕をみろいッ」

褞袍を捲ってぬッと出した坊主頭の右の腕は、松の根に毛を植えたようで、ちょッと動かすうちに筋肉が盛りあがり、人の腕の中で、魔が踊っているよう。さすがに毒気を抜かれて三五郎は、暫時のうち舌が動かなかった。

が、うしろにも敵の加勢が現われた気配に、ぎょッとして起ちかかる三五郎の背中を、膝がしらが軽く突いた。

「あッ」

びっくりはしたが髪の香、白粉《おしろい》の香、女臭さをこの場合に、三五郎の鼻は嗅ぎつけた。

「おッと三五郎こっちを向くな、物騒なのは前の方だ」

細く透《とお》った男の声、というよりは女に近い声がして、三五郎は背中に、人肌のぬくみをはっきり感じた、見るまでもなくそれはさっきの莫連娘だ。

三五郎は覚悟した。スッテンコロリとやられた娘が、この上敵となるならなれ、それより物騒なのは坊主頭と、敵意に眼を光らせながら、すわといわば闘う気で、度胸を鎮めている一方で、背中にうける娘の人肌を、快く貪《むさぼ》る気もあった。

が、坊主頭の眼は、三五郎の上に注がれ、灰色になった顔がブルブルふるえ出していた。

凄い素姓

「熊ッ。いいかげんなめろ、この南瓜《かぼちゃ》め」

これが三五郎の頭の上で、顔はみえないが、正しく娘の口から出る啖呵だ。

坊主頭の眼は凋《しお》れた。

「おれに聞えるのを承知でベラベラしゃべりやがって、てめえの命は質《しち》にとってあるんだってこと、忘れやがったか」

そのとたんにペコリと坊主頭が、脳天の禿をまと
もに向けた、それで三五郎ははじめて、刀の古疵が横斜めにあるのを知って、娘も坊主頭も、凄い素姓《すじよう》とだけは、合点が行った。

娘は三五郎の頭越しに、問責《もんせき》の顔を向けているらしく、坊主頭はいよいよ凋れた。

「おれは狐かも知れねえから、狐といおうが狸といおうが、陰でいうなら怒りゃしねえが、狭いこの庵室で、遠慮なしの畑調子で、いま来たばかりのこの男に、ベラベラしゃべるとは態、こういうのが人を侮《あなど》るということだ」

「へいすみません」

「いまのザマはなんてことだ。この男の頸へその手拭を引ッかけて絞め殺して銭をとるのか」

「いいえ、なに、こんな奴、銭は持ってやしますまい」

「じゃ何が目当てだ?」

「へえ」

「言えめえ。おれは知っているぞ、てめえ、三郎《さぶ》に寝返ったんだろう」

「とんだことを」

「隠すな。うぬはいったいどういうからだだ。三宅《みやけ》の島抜けじゃねえか」

「十年もそれは前《めえ》の話だ」

「十年経てば島抜けが、御帳《おちよう》から消えているとでもいうのか」

「どうもすみません」

「三郎はどこにいる?」

「まったく、三郎なんて存じません」

「シラを切るないッ――おい、三五郎」

とンと膝が軽く背中を突いたので、いままで問答を、余計な穴が、どこかにあいている人間のよう、ひたすら聞き入っていた三五郎がはッとなった。

「なんだッ」

負けてはいない、どっちも敵で味方でなしと、陣を立て直そうとする三五郎の肩に手がかかった、娘のくせにひどく強力《ごうりき》だ。

「起つな、ここは狭い、畳二畳に三人立ちではあがきが悪い」

なるほどというに似た気が三五郎に起り、もとの居ずまいにじッとした。

「てめえ、溜池の傍で金を返せといった、おぼえているぞ。その金をおれが知るか、盗った奴は狐つかいの三郎兵衛って奴だろう」

「それはいけねえ。三郎という奴にあの晩おれは会やしねえ」

「狐つかいなんだ」

「狐つかいはおめえだろう」

「馬鹿だよこの男は」

ふいと女の調子になった。

「どうして三郎がおれの金を盗ったというのだ?」

「見たからさ」

「どこで?」

「田町五丁目、星が光っているあの晩にさ」

「三郎にゃ会わねえ」

「娘にも会わないか」

「えッ」

「おいらは確か黄八丈を着ていたよ、三郎のはそうじゃなかったはずだ」

そう言われると、最初会って、にッこり笑顔を向けた娘は、黄八丈ではなかった気もする。

「あいつが化けるとは夢にも知らなかったんで、おいらは網を張っていたくせに、その晩はとうとう見逃がしちゃった。あいつとおいらの女姿は大違い、三郎は夜だけのイカサマだが、おいらは年《ねん》百《びゃく》年中この姿なんさ、もっとも娘にもなりゃ、年増にもなる」

「げッ」

「去年いっぱいは眉毛を落していたっけ。そうだね熊」

「へい」

熊はペコリと頭を下げ、古疵をまた、三五郎に向けた。

「その坊主は去年からの家来でねえ。中仙道深谷《なかせんどうふかや》の宿、扇屋与《おうぎやよ》市《いち》さんの家を出て、並木へかかるとその熊が、待伏せていて、無理に道づれ、それからしだいに図々しく、おいらにデレデレしやがって」

「すみません、そこらでひとツご勘弁を」

「言ったっていいじゃねえか。歯の浮くような脅し文句で怖がらせ、おいらを手に入れる気でかかってきたから、辻堂へ引ッぱりこんで」

「もう堪忍してください」

「てめえがベラベラしゃべるから、おいらもベラベラしゃべってやるんだ、それでね三五郎」

三五郎は夢に夢みる気がして、自分の腕をそッと掻いたりつねったりした。夢ではなくてこの不思議に、まことこの世で出会っているのだ。

「辻堂の中で、おいらが熊を組伏せて、咽喉へ巻いた手拭で、五分どおり冥途へやってから、この世へまた引戻してやったのさ。それからずッと、おいらには、忠義な家来だったのだが、きょうは急に変換《へんがわ》りやがった」

「すみません、実は、あッしの迷いでね。きょうはいつになくこの窓からとびこんできなすったから、どうしなすったと訊いたら、男に追っかけられた、ちょいといい男さとおいいなすったので、あッしゃ、面目ねえが、かっとなった」

「え？」

三五郎は頭の上で、かすかに驚く声を聞いたが、それよりは、ちょいといい男といわれたと知って、血がめきめきとからだじゅうに動き出し、なんとなくとびあがってみたくなった。

伏目になった熊は冷汗をかいている。

「するとこの男が窓を開けた、面をみると直ぐむかッとして、いきなり小僧とかみついてやったが、たいして驚きもしやがらねえ。さては、三郎を討ちとるのに、おれの役はお召上げで、この男を新規に取立て使う気で、そこでここまで誘《おび》き寄せたと気がついたので」

「あきれた筋書きを勝手にこしらえやがったものだねえ」

「えッ違ったんですか。だけどあッしはそう思いこんで、癪にさわってならねえから、ツイ、いらざることまでベラベラと」

「それが昂《こう》じて人殺しをする気になったってわけか、あきれ返った男だねえ」

「そうおいいなさるが、なるほどそりゃ馬鹿なおれに違えねえが——罪なことだ一体が」

「あたしがかい？　どうして何が罪なんだ？」

「その顔だ、その姿だ、綺麗過ぎるから、罪をつくるんだ」

「なにをいやがる。こりゃ生れつきだ」

「生れつきとはいいえませんぜ、おまえさんの生れつきは」

「黙れ！」

「へい」

「熊、きのうきょうの知合いじゃないぜ、なにもかも承知でいるはずだ」

「そうです、承知だ、承知は承知だが、その承知の上を越し下を潜り、煩悩とかいう奴が出てねえ」

「馬鹿な奴だ」

「馬鹿だ大馬鹿だ。自分でも馬鹿と知っているんだ、いっそ、深谷の辻堂で、あの時殺されていればよかったんだ」

「馬鹿ッ、なにをいってやがんでえ」

叱られたのはむろん熊坊主だが、三五郎もびくりとした。熊坊主のいったことは、とりも直さず三五郎の心のうちだ。

　いよいよ三五郎はこれがこの世のできごとかと怪《あや》しんだ。

狐の荷物

狭い二畳敷に置去られた熊坊主と三五郎が、それと気がついて顔を見合わせたのは、雨雲にとぎれができて、窓に薄日がさした夕暮だった。

「熊さんとやら、失礼したね、ご免よ」

入ってきた窓から出て、濡れッぱなしになっていた下駄を突ッかけた三五郎に、熊はギロリと険しく眼を向けた。

「小僧！」

まだ憤っている。

「なんだ！」

坊主頭に負《ひ》けはとらぬと、三五郎も躍起となって言い返した。

「あの人のことに、手を出すと殺すから、そう思っていろ」

「そんな約束はしねえ」

「いやでも約束させてやる。おれはこの一身をあの人に投げこんでいるんだ」

「おれもそうだよ」

言い棄てに去ろうとする三五郎を追って熊は、薄日の窓外へ頭を突き出した。

「三郎《さぶ》を討ちとるのに手伝うと承知しねえ、小僧、おれのいったことを忘れるな」

「変な指図をするねえ」

「てめえが何の縁故《えんこ》であの人に肩を入れるんだ、おれは去年の春先からだ、てめえはきょうかきのう現われてきやがったくせに」

「なにをいやがる。てめえの眼もおれの眼も、赤えものは赤く、白い物は白くみえらあ」

「なんだと！」

「三郎とは阿閉《あべ》の三郎兵衛だろう、おれの手でフンづかまえて、あの人に渡すか知れねえ」

「なんて言ったところで、あの人の居所を知るめえ、ヘン気の毒だったのう」

「あッ違えねえ」

「ザマ見やがれ」

はたと窓を閉ざして熊が、聞えよがしに冷笑《あざわら》った。

「おい坊主。あの人はどこが塒《ねぐら》だ。意地悪をしねえで言えよ」

「留守だよ」

「留守が口をきくか」

「じゃ、おれは聾《つんぼ》で啞《おし》だ」

「意地の悪い野郎だ、よしッ聞かねえ」

「言わねえ」

喧嘩別れをして三五郎は、飯倉まで出は出たが、もしやと思い、四ッ角に立ち左右前後を何度もみたが、例の娘の姿はない。

「三あにいどうしたんだよ、浮かねえ顔をしてばかりいるが、からだが悪いのか」

四五日たって晴れた夕方、西の入日の余光を浴びて、飯倉の庵室へ、足を向ける三五郎に、ついて歩いている馬太郎が訊いた。

「からだなんか悪かねえ」

「だって変だぞ、この二、三日」

「変じゃねえ。探し物があるんで心配してるだけよ」

「狐つかいの三郎を探すのか」

「違えねえ。三郎だ」

「いやだな、自分で探すものをおれに言われて思い出すなんて、おめえ病人みたいだよ」

「三郎だ、違えねえ三郎を手なずけて歩き廻ったら、どこかで見つけておれの眼の前へ出てくるだろう」

「なにが」

「旨えことを考えついた」

「あにい、狐つきみたいなことをいうなよ、おらあいっしょに歩くの気味が悪い、別れるよ」

とはいったが別れもせず、馬太郎はとうとう飯倉の庵室まできた。

庵室はこの前と何の変りもなかったが、窓からのぞくと意外にも、熊坊主とは似ても似つかぬ、耳の遠い老人が、半俗半僧の姿で、茶をいれていた。

「どなたじゃなおまえさんは？　わしゃ耳が遠いから大きな声で願いますぞ」

柔和な相をした老人は、熊坊主のように三五郎を小僧などとは、いかに怒らせても呼びそうもない。

「熊って男はどこかへ行きましたんで？」

三五郎は内の変化がおびただしく、以前と変ってキチンとしているのを、もの珍しげに見て訊いた。

「熊？　はあはあ、ごろつき男か、あれはわしを見ると、裸足で逃げて行きました、逃げて行くのだから、どこへ逃げますとは申さなかったので、わしは行先を存じませんのう」

「どうして逃げたんですね」

「仏様が怖いによってじゃ」

「そういうものかね」

「おまえさん、あのごろつきの友だちらしいのう」

「あんな奴の友だちでたまるものか。じゃ、ここに女の人はいますか」

「女？　はてな、女と申すと？」

「美《い》い女なんだ、八とかいうんだ」

「八？　いっこうに存じません」

「そうかい。おまえさんはここの何だね？」

「庵主じゃ、つまり、ここはわしの死場所にと思い、手に入れたものじゃ」

「じゃ、あいつらの住家じゃなかったのか」

「わしは時どき旅をするによって、留守中、時には泥棒の輩《やから》が寝泊りするらしい」

まだ何か老人がいうのを聞き流し、三五郎は窓の下を離れた。

「ああ、もしもし。これへもう一度きてくれ」

「何か用かい」

「用じゃ用じゃ。その窓を閉めて行きなさい。自分の用であけた窓じゃ、自分で閉めて行くが一番いいことじゃ」

クスクス後で笑う馬太郎を睨《ね》めつけて、窓を閉めた三五郎は、このごろはなんとして、妙なことと変な人間ばかりに会うことかと、さすがの向う見ずが、骨と筋とを一本ずつ抜かれたような気になって、ものも言わず、飯倉の通りへ出た。

「三あにい」

「うるさいよ」

「おれは思い出したんだが、妙な話があるんだ」

「なんだか知らねえが、二、三日経ったら聞いてやる」

「お狐様の話だよ。三あにいが背中へ静御前が鼓を叩いているところを刺青にしたと話したら、変な顔して笑ったぜ」

「だれが！」

「三郎がさ。狐つかいの阿閉《あべ》の三郎兵衛よ」

「てめえあいつに会ったのか」

「会ったよ、毎日このごろ会うぜ」

「三郎に？　どこで？」

「おれの行ってるところへ出てくるよ、三郎じゃねえや、いくら美《い》い男で、女みてえに長い髪をたらしていたって、野郎のくせに髭のねえ顔は好かねえ」

「三郎でなくて、だれに会うんだ？」

「三郎よりエライお狐様によ」

妙なことと変な人間が、とうとう三五郎の足もとからもとび出した。

「三あにいが背中に痛い思いをして、吉野山道行の静御前を刺《ほ》った心持ちが、この二日ばかりに、おれにもわかってきた」

「てめえ、去年の冬の晩、溜池近くでおれが会った娘に会ったのか、そうか、どこで？」

「おれの言うことを聞きなよ。夜になると、おれの行く先々へいつとなく現われてくるんだ。ゆうべもそうだ、今夜もそうだろう」

「ふうン」

三五郎は肚《はら》で思案を決していた。

「早く日が暮れるといいなあ」

「あの娘はおれのことをなんとかいったか」

「いつでも訊くよ、それが訊きたくってくるらしいんだ、それでもいい、おれは会いさえすればいいんだからなあ」

「なんて訊く？」

「まだ江戸にいるのかって」

「そんなことを訊くのか、変だなあ。それだけか」

「荷物を持たせてもらうんだ」

「三郎にか」

「お狐様の娘に、三郎はお狐様の一枚下だよ」

「えッ、てめえ、魅《ばか》されるのを喜んでるのか」

「お狐様だって綺麗な娘は娘に違えねえよ」

馬太郎のいうことが変り過ぎている。

狐火

飯を途中で食ったので三五郎と馬太郎が、外へ出たころは四ツ近かった。三五郎は二合酒を飲んだが、馬太郎は噫《おくび》をこらえて酒を自分で禁じた。今夜もたぶん会うだろうお狐娘に酔っていては申しわけがない、こういうのだ。

（あの女は気が多いのだなあ。この馬太郎とくらべれば、おれの方が男らしいはずだのに、こんな

奴の行く先々へ現われるとは、どういう気だか合点が行かねえ）

　淡い淡いと思った恋ごころが、庵室の雨の日以来、三五郎の胸の中では成長している、だから、馬太郎のお狐娘の話を聞くうちも、嫉みに似た憎しみが、馬太郎にも娘にもかかっていた、それを不審と思わぬのだから三五郎も魅《ばか》され気味になっているらしい。

「どこだここは？　ああここは柳橋だ、ねえそうだろう三あにい」

（この野郎め、そろそろ魅されはじめやがった、なにがここが柳橋だものか、桜川を前にして、向うは芝山内《しばさんない》の山下谷《やましたたに》、五重の塔が月夜の空に突き出ているのがわからなくなってやがる）

　と三五郎は眉毛に要心の唾を塗って、馬太郎を哀れむように、うしろから眺めた。

「三あにい、見な、綺麗だろう」

　何も見えないが三五郎は、いうとおりに返辞を与えた。

「うむ、綺麗だが何だろう？」

「御行列だ」

「何の？」

「叱ッ――お狐様のお殿様の」

「馬太郎、てめえ、本当に見えるのか、狐の行列が」

「ああ綺麗だ」

「やい」

　いうより早く三五郎は、馬太郎のうしろから、腕をのばして、頸に巻いた。ゴホン、馬太郎が咳《せ》いて苦しがった。

「いいかげんなことを言やがる、何が狐の行列だ。てめえ、おれをここへ誘《おび》き出したんだろう」

「………」

「そうでなけりゃねえでいい。狐の魅されを治してくれる」

「痛いッ」

「野郎、正気に復《かえ》ったか」

「お狐様だ」

「まだそんなことをいってやがる」

「嘘じゃねえよ、黙ってそこに隠れて見ていねえよ、おれがそこの先のところに立っていると、お狐様の娘がきっと現われてくるから」

「なにをッ」

そう言われると、不思議を信じない気でも、信じさせる不思議に会っている三五郎は、その気になって馬太郎を手放してやった。

馬太郎はその晩の月に青く染まって、人通りの絶えた桜川の辺《へり》にたたずんだ。

と、後から見ている三五郎の目の前へ、蝗《いなご》のように飛んできた、町家の男が眼を光らせ、はずむ息をおさえながら問いかけた。

「娘姿の奴が来ませんでしたか」

「いいえ。どうかしたんですかい」

「すれ違ったと思ったら、ふところの金が紛失しまして」

後はいわずに、追いかける気とみえ、駈け去った。その足音を聞きながら、三五郎は、目の前にたたずむ馬太郎を見た。

馬太郎は、狐娘を待ちこがれ、首を四方に向け代えていた。

（なあンだ、あの阿魔はとんだ狐で巾着切《きんちゃくきり》だった、道理で、蓮ッ葉なところがあると思った）

熊坊主がいった狐のお八の名のとおり、正体がまずわかったが、それにしても三五郎の恋ごころに、一抹の黄昏色《たそがれいろ》が襲ってきた、とはいえ、それだけで、嫌いにはなれなかった。

髪の香がぷうンと匂った、衣ずれの音がはっきり聞えた。

と、馬太郎がふらふらと動いて行くその先に、月を浴びて娘姿、白い顔が浮き出して見えた。

三五郎の眼が皿のようになり、息をのんで寄って行ったが、急に落胆《がっかり》して立ちどまった。

（違わあ！）

かの娘とは、背の高さ、姿の線が違うのを、三五郎の眼はすぐ発見し、巾着切が正体と思った、心の重荷が下りた気がした。

馬太郎はと見れば、これは娘に胸を小突かれてよろめいている。

（おやッ、妙なこったが――）

と三五郎が、再び眼を皿にして見つめている前で、娘が妙な手つきに印を結んだ。

どこかで犬が猛り立っている。

娘はあわてて印をまた結んだ、長い袂がひるがえって、やがて簪が抜けて飛んだ。娘が三度目の印を結んだ。妖法の術がきき目を失ったものらしい。

と、三五郎は、背中から右脇へ、ふわりと軟かい人の気配を感じ、白い顔が、流れるように通って行くのに気がついた。

「あッ！」

女の髪の香、白粉の匂い、女臭さもぷンと、三五郎の鼻をついた。

（あの娘だ！）

気がついて、驚きと喜びと楽しさで、駈け寄ろうとする前で、いまの娘の男がかった声がした。

「三郎。とうとう会ったな」

「八か。気をつけて動け、後悔をする時分には首がねえ」

前の娘の声は地声の男、狐つかいの三郎兵衛だ。と気がついたのは三五郎ばかりでなく、肝をつぶした馬太郎が、逃げてきて、取りすがった。

「三あにい、おれは魅《ばか》されてるんか。お狐娘が男の声だったぜ」

わなわなとふるえている。

眼の前では狐の八と三郎とが睨みあっている、その双方とも娘姿だけに、三五郎でさえ魅されているかと疑ったくらい。

「中仙道深谷宿、扇屋の子分、芝太郎《しばたろう》の敵討だ、三郎、頸《くび》ッ玉をぐッとのばせ」

ポンポンと叩きつける狐の八の啖呵が、細く透る声だけに、かえって凄い。それに引代え三郎の声は作り声でないだけに、姿とは雲泥で、男々して妙に汚ない。

「長脇差の世渡りに、敵討は洒落《しゃら》臭え。てめえいったい、扇屋の身内か芝太郎の何だ、変な真似をすると、熊坊主と同じこと、狐責めにかけて川の底でくさらせるぞ」

「わかるように言って聞かせてやる、芝太郎は兄貴だ。秋祭りの賭場帰りに、テラ箱の斬り取りした、うぬは盗ッ人。長脇差渡世とはいわさねえ」

「盗ッ人だと？　なにを洒落臭え、盗ッ人ならお上で打棄《うっちゃ》っとかねえ」

「だからてめえ、悪運尽きる今夜がきたんだ。さあ、どっちも袂も裾も長えから五分五分勝負だ。

熊坊主の手向《たむけ》もついでにしてやろう。こいッ」

「命をおろそかにする奴だ。見ろ、天地いっぱいに赤い火は、四千四百の眷族《けんぞく》が、おれを守護する狐火だ。さあ見ろ！」

口に呪文を唱えたが、ただ一点の狐火も出なかったので、舌打ちをして三郎は、脇の下から匕首を抜き取った。

狐のお八も、匕首を逆手に握っている。

名残り彫

「三五郎さん、あばよ。おまえの背中に、刺青のできかかりがあると聞いて、すまねえと思うことは思ったんだが——三五郎さん。おれは女じゃねえ男だよ、藤八稲荷《とうはちいなり》の申し子で八郎兵衛と名前がちゃンとある男だが。聞いておくれ、子供の時から親の物好き六分の、藤八稲荷のお告げが四分で、女の子で育ったのさあ。氏《うじ》より育ちというけれど、生れつきも育て方で、変るんだねえ、現在男に生れながら、あたしは男じゃ世渡りができないよ。女姿ならからだも楽だし世渡りも、どうやらこうやら、旅の女ばくち打ちでやって行ける、いわば、親の物好きが子に酬《むく》いさ、さればとて親を怨んではいないんだよ」

あっけにとられている馬太郎に眼もくれず、狐八郎兵衛は、あすは検視役人が驚くだろう娘姿の三郎兵衛の脇に立って、しみじみいった。

「だからあたしの一生には、姿形の女から男にかける恋もなし、生れつきの男から女にかける恋もなく、一代恋路は闇から闇の、生れ損《ぞ》くないか育ち損くないか、不具《かたわ》同然の八郎兵衛狐、どうで最期は旅の草原、野の露さ」

「えッ。じゃ、もしや、狐八郎とは？」

「どっかで聞いたか三五郎」

「うむどこかで聞いた。月の晩だよ、眉毛につばき、狐八郎が化けて出る、妙な唄だとおぼえていたのを思い出した」

「そうかい。おまえも旅人だったんだねえ、どっかでまた会うかも知れないよ。あばよ三五郎、江戸は旅人には鼻がつかえて頭痛がする。あたしはやッぱり、行く先々の空が青く、鳥が飛んだり兎が駈けたり、山や川やがのびのびとしているところがいいんだからねえ。さようなら」

行きかけて二足目に、八郎兵衛は引返した。

「三五郎。刺青を見せておくれ。広い世の中に旅の身では、逢うか逢わないか知れないからねえ」

「見てくれるか」

「おや、涙をこぼしているようだねえ」

「悲しいはずがねえのに泣けてくる、変だ。さあ、見てくれ、仕上げてあるんだ」

月に背を向けて見せた刺青に、しばらく見入っていた八郎兵衛狐が、不意に、静御前に唇を触れた。

「あ――」

振返ったとき、娘姿は、花が揺れているように、駈けていた。

翌朝、三五郎は、刺青の静御前の頬に、名残りの唇紅がついているのを知り、刺青師に朱で同じところに狐八郎の記念彫《かたみぼ》りをした。

やがて来る桜時《さくらどき》を江戸に待たず、三五郎も股旅に出た。

春も過ぎ秋も過ぎ、また新しい春も秋がきて去ったが、行く先々で、『月の晩だよ』の唄はまれに聞くことあれど、八郎兵衛狐の女姿は、どこへ行ったか見当らない。

獄門お蝶

ふたり男

夜更の月の淡い光りが、逝《ゆ》く水を、ちらちら、波を立てたかに光らせて美しい、その川沿いの堤《どて》の並木下を、女ひとり男ふたりが、黙りこんで縫うように歩いていた。

先立ちのひとり女は、鬢《びん》を夜風がなぶるにまかせ、下駄ばきの足音、威勢よく歩いているくせに、物に躓《つまず》きがちだった。

あとから並んで行くふたり男は、耳と口を寄せあったり、女のうしろ姿に険しくなった眼を向けたりした。

女はいまも、ぐったり首をたれていた、かと思うと、物の怪《け》に襲われたかに振返り、男ふたりの、内密話《ないしょばなし》から素知らぬ顔に変って行く姿にぎょッとして膝の皿に音をたてさせた。

「おい――おまえたち、変な真似をするね」

咽喉《のど》の奥に空鳴りさせた女が、吐き出すように咎めだてした。

「変な？　何がです姐《あね》さん」

と、毒伏《どくふ》せの杉太郎《すぎたろう》という三十近い子分が、声にセセラ笑いをもたせ「玄造《げんぞう》がさ、今夜の胴財布はヤケに重てえというから、重たけりゃ結構だといっただけです、なあ玄造」と話をわたした。

「そうだ、それだけの話さ、まことにね」

と三十にはだいぶまだ間のある猪《い》の田《た》の玄造が、担《かつ》いでいた胴財布の肩をかえた。

「ふうンそうかい、じゃそれにしておこう――だが、杉太、玄造。おまえたちは、きょう親分に何かいわれてきたのじゃないかい」

「何をです?」

と杉太郎が空《そら》ッとぼけた顔に、姐さんといわれたお辰《たつ》が、夜目にもそれとわかるほど、男好きのする顔に怒りを見せひたとむけた。

「トボケてるね。玄造はどうだい」

「何も知りませんね」

玄造は横を向いて素ッ気なくいった。

「隠すない! それに違いないじゃないか、こっちは知ってるよ、よくも空ッとぼけたりして。おい、それでなくてあたしの眼をぬすんで、コソコソ、変な素振りをするわけがどこにあるんだ!」

癇が昂《たか》ぶったお辰の顔が、青く光った気がして杉太郎と玄造は顔見合わせた。

「おまえたちは親分になにか言いつかって来たんだろう、男らしくきッぱりお言い!」

ぴりぴり戦慄をもったお辰の声は、逝く水を渡って遠く響いただろうと、杉太郎も玄造も、思わず四辺《あたり》を見回した。

淡々《あわあわ》と明るい地の上一帯に、黒くみえるのは立木ばかり、そしてまた、ここにいる女ひとり男ふたりのほかに、生き物とては見当らなかった。

「おまえたちはいままでのことを忘れたのかい、いいえさ、どのくらいおまえたちはあたしに面倒をかけたか、それをみんなない昔にして忘れちゃったのかよう」

　お辰の声に泣きが混ってきて、相変らず甲高く響き返った。杉太郎はまた四辺に眼を配りながら、玄造の肘《ひじ》を肘で突いた。肘を突かれた玄造は、自分とおなじように棒立ちしている杉太郎の肘を突き返した。

　お辰の泣き混りの鋭い声から、耳をそむけたそうにしていた男ふたりは、ふと、眼に宿っていた涙の珠が二ッ三ッ、お辰の頬に光って散ったのに気がついて眼をつぶった。

「杉太おまえはいつかの越後女のことで、どのくらいあたしに世話を焼かせたか忘れたのか。玄造だってそうだ、おまえの妹が駆落ち騒ぎをしたとき、だれが骨を折って思う男に添わしてやったんだよ、忘れたのかおまえも」

　男ふたりとも指折り数えれば、両手にあまるほどお辰の世話にはなっている、が、それはそれ、今夜のことは子分の意気地の張りどころと、三日の前からふたりとも覚悟のことだった。

「姐さん、ご恩にはたしかになった、忘れてなんかいるものか」

　と杉太郎は眼をそらした。

「だが、おれも玄造も親分あっての姐さんなんだ」

「だからなんだい、あたしに恩を仇でという寸法か」

「おれたちは親分あってのおれたちで、姐さんあっての子分じゃねえ」

「なんだって、それじゃおまえたちはあれほどあたしに世話をやかしておきながら、義理をちッともわきまえないというのかい！」

「そうじゃねえ。姐さんさえ、自分から疵をこしらえずにいてくれれば、おれたちは、うしろ姿に手を合わせ、御恩をうけました姐さんと、口にはいわねえでも肚《はら》じゃ思っている、だが姐さん、おまえさん、なんてことをしてくれたんだ。あんな者に手を出して情ねえにもほどがある」

「それがどうしたのさ。いかにもあたしは説教浄瑠璃《せっきょうじょうるり》の松三郎《まつさぶろう》と、親分の眼をぬすんで遊んだよ」

「なにをッ。のめのめとそんなことをどの口でいうんだ！」

とかみつくようになじって玄造は、肩にかけていた胴財布を足もとへ放りだした。

「なにさ！」

お辰が弱身を感じて、からだを、思わず引いた前へ、おどりこんで玄造が、長脇差を抜くがいなや、ものもいわずに肩先から、余勢で、足もとの石を切りとばすほど割りつけた。

玄造が飛ばした血に、杉太郎も遅ればせに、長脇差を抜きはなった。

「待っておくれおまえたち——訊きたいことが」

と地に伏したからだを、からくも両手で支えて半ば起きたお辰は、裂けそうな目尻を杉太郎、玄造に向けた。

川底地蔵

「姐さん。生きていてえだろうが、どうもこれ、仕様がねえんだ」

と杉太郎は抜刀《ぬきみ》をぶらりと下げて、

「無慈悲のようだが刺留《とどめ》と行きますぜ。お世話になった人に、長え苦痛はさせちゃおかれねえ」

と、とりなおした長脇差を一文字に構え、片手をお辰の胸倉にかけ、横に向けた口で称名を唱えかけた。

「待っておくれ、待っておくれ」

お辰は爪を大地に立て、くずれ落ちて顔にかかる黒髪の下で悲鳴をあげた。

「姐さん諦めてくんな、いまさらもう仕様のねえことだ。玄造、念仏を唱えてあげろ」

「杉。まあ待て、何かいうことがあるんだろう、一世一代これが姐さんのドンづまりだ、聞いてやれ、苦しいのは承知で待てといいなさるのだ」

「それもそうだ――姐さん、言うことがあるんですかい」

さすがに正視に耐えず、杉太郎は横を向いて訊いた。

玄造は眼を地に向け、血で黒い抜刀を振って、目の前のできごとを一時でも忘れたそうにしていた。

お辰は重傷《おもで》を負ったと思えない大きな声を張りあげた。

「親分のいいつけだね。そうだろう?」

そのことだったかと杉太郎も玄造も、一どきに眼をお辰に向けた。

「そんならあたしは、親分のところへ化けて出てやるから、おまえたち、そう伝言《ことづけ》しておくれ」

張りきったお辰の声のどこやらに、抜けて力のないところが出はじまった。

杉太郎は頭を振って、血生臭いお辰のからだを抱くように近づいた。

「姐さん、化けて出るならおれたちふたりのところへ出てくれ、親分は姐さんをどうしろともこうしろとも、おれたちがいくら言っても何とも言やしませんでしたぜ」

はッきり聞えたと見えてお辰は、顔に皺を寄せて言った。

「そんなはずはないよ、おまえたちは親分孝行しているのだ。あたしゃ、だれがなんといったって、親分ところへきっと化けて出てやるから、そう思え」

「なにをいやがんでえ」

と玄造が自分の腿《もも》をたたいてがなった。

「こんなことになったのは、姐さんおまえさんの心柄《こころがら》じゃねえか。化けて出るならおれたちのところへ出るがいいや」

「玄造がいうとおりだ。親分は姐さんのした間違いについては、ただのひと言もおっしゃりゃしねえ、黙っちゃいるが、ひとのいねえときの親分は、獅咬《しが》み火鉢にからだでかぶさり、眼をつぶって沈んでいなさるんだ。親分は泣いてなさるんだぜ。そいつを見て子分のおれたちがじっとしてられるか、あれほど親分がかわいがっていたのに、なんの酔興で、あんなくだらねえ木偶《でく》つかいの松三郎なんかと——姐さんおまえさん親分ほどの男を相手にもっていて、何が不足であんなくだらねえ奴と間違えをしなすった」

「杉、もうよせ。姐さんはもう耳が聞えねえらしいや、早く刺留《とどめ》にしてしまいなよ」

「うむ、だがもうちッと待て——姐さん、聞えますか。玄造、見ろ、かすかに眼をあいたぞ」

「だっておめえもう駄目だ。川向うから話をして聞かせるようなもので冗《むだ》だあ」

「いけねえ。がッくり落入った」

「そうれ見ねえ」

「いいいたずらをした身の酬《むく》いだと諦めなさるがいいぜ姐さん」

「なんて言ったところで、もうわかりゃしねえや」

「なあ玄造。姐さんはおめえが手にかけたから、松三郎はおれにやらせろ」

「ああいいとも、だがその場のしでえによっては、おれも手を出すぜ」

「なるたけ手出しをしねえで、おれにやらせてくれ——もし姐さん、おまえさんだけこんなことをしたんでは片手落ちだから、きっと松三郎を冥途《めいど》へやります、娑婆《しゃば》と違ってあの世では、どうなさろうと文句はなかろうから、せめてそれを楽しみに成仏なさい」

「杉。叩ッ斬りは斬ったものの、考えてみるとおれもおめえもこの人には、ずいぶん厄介をかけたっけ」

「いまさらそんなことをいってもはじまらねえ。玄造、急に気が弱くなりやがったな」

「そうじゃねえが、おれはこの人が旅稼ぎの木偶廻し松三郎なんて、とるにたらねえ男と、いたずらをしたのが、情ねえんだ」

「姐さんだって悪いが、松三郎が一番悪いんだ」

「それに違えねえともさ。面が女まがいに生れついただけで、後は野郎としてなんの取り柄もねえ奴だ。なんだってあんな品物を姐さんが好きになったんだろう」

「といまさらいっても仕方がねえ。姐さんに、そこにあるお地蔵様を一体背負わせて川へ沈めにかけて行こう」

「おいおい杉。なんぼなんでもお地蔵様はひどかろう」

「いいじゃねえか、五ツも六ツもあるんだ、一ツぐらいなくなっても構うめえ。そんなことよりおれはな、姐さんにお地蔵様をつけておいたら、ただの石ッころをつけとくよりいいだろうと思うんだ」

「ふうん、するとお地蔵様が姐さんのお守でもするってのか」

「まあそんなものよ。玄造、どれでもいいから手ごろなお地蔵様を引ッ抱えてこい、おれはこの人の帯をといて結びつける算段にかかるから」

お辰が石地蔵を負わされて、底からたてる水泡とともに沈んで行ったのを見届けたその夜を限りに、杉太郎と玄造とふたり、旅の長い草鞋穿きがはじまった。

自慢の顔

人形つかいの井桁《いげた》松三郎は原因のわからぬ病《やまい》にとりつかれ、一座の者に棄てられて、桶川《おけがわ》の宿《しゅく》の旅籠《はたご》片巻屋《かたまきや》に病軀を寄せていた。

松三郎はあたえられて二十日近く、寝起きしている奥の小座敷を出て縁側に片膝たて、狭い庭を区切った低い竹垣の向うに、鮮かに青く筋をひく畑地つづきを眺め、春長《た》けてあたたかい、午下りの日を眩しそうに浴びていた。

「松さん」

とはいってきたのは片巻屋の主人四郎右衛門《しろうえもん》、がッちりと骨太な五十年配だった。

「これは旦那さんでございましたか、永らくの間、親身も及ばぬご親切をいただきまして、なんともお礼の申し上げようがございません、このご恩は、死んでも忘れはいたしませぬ」

卑屈に、松三郎はペコペコ頭をさげた。片巻屋は病いやつれのした松三郎の顔を、苦《にが》ってしばらく眺めていたが、にこりともせず口を切った。

「その礼の言葉ならいままでに何十たびか聞いているから、もういいかげんにしてくれ、礼をいわねば気がすまぬなら、言ってもよいから、手短くふた言か三言にしてもらいたいものだ」

「へいへい。左様にいって頂きますと、おありがたさが身に沁みて涙が――こぼれます」

がッくりと下を向き、声に愁いをもたせてそのあとは、しばらく言葉を絶った技巧《わざ》のうまさに、釣りこまれかけた片巻屋は、苦りきって、まだ、さっきから頭をさげとおしにしている松三郎の、平蜘蛛《ひらぐも》の態《てい》を眺めて眉をしかめた。

「松さん松さん、礼は礼でいうもいい、聞きもするが、おまえその口前《くちまえ》のうまいのを資本《もとで》の気でいたのでは、世話甲斐がないというものだ」

「なんとおっしゃいます旦那さん、松三郎が口前がうまいなぞと、それはお情ないおっしゃりかたでございます。てまえは説教浄瑠璃にはいりまして、諸方を興行《うち》あるきますうち、ご縁あってご当所にまいり、皆様方のごひいきをいただきまして」

「松さん、何をいうのだ。おまえがこの宿《しゅく》で一座のものに棄てられ、行きどころがなく困っている、それもただのからだではなし、しょうたいの知れないブラブラ病で二進《にっち》も三進《さっち》もゆかないあわれさに、どうでこっちはお客商売、食べる物のついでもあり、寝起きさせるところも、よくはないがこうしてこの小座敷があるので、引受けておいてやった、それを恩には着せないが、おまえも人の皮着ているからは人間のはず。人間ならばできた義理でないことをなぜいった、その返答を聞いた上で、こちらでも思案があるからその心算《つもり》で返答するがいい」

「何がお気にさわりましたか存じませんが、てまえは、いまこちら様から見放されるようなことがございますと、乞食にでもならなくては相なりません、どうぞご立腹でもございましょうが、いましばらくのところご容赦をねがいます。からださえ丈夫に相なりましたら、どんなことでもおいいつけのとおり立ち働きいたしまして、ご恩の万分の一でもお返しいたしたいと存じまして、ゆうべなども夜中に眼がさめましたので、こちら様ご一統様の、ご無事息災を両手を合わせて念じたくらいでございまして」

「松さん松さん。なんだな病人だというのにベラベラ喋って。ご立腹でもございましょうだと、おまえ、なんで立腹しているかそのわけを知っているのか」

「へ？　いっこうにまだうかがいませんでございますが、なにぶんにも不束《ふつつか》な松三郎でございますから」

「ちょいと待ちな。松さんおまえ、不束だというが、どうしておまえという人は器量がいい、ああ、たいした器量自慢の男で、あきれ返っている」

「いいえ、松三郎は亡くなりました師匠からよく叱られたものでございまして、男前がごく悪いものが器量自慢をするのは愛嬌になるが、おまえのように十人並に生れついたものは、夢忘れても自分の男前につき口をきくなと、しみじみと申し聞かされましたのが、肝に銘じておりますので、今日まで左様なことはついぞ口にいたしたことはございません、多分それはどなた様かが、松三郎を憎がって、ありもせぬことを旦那さんのお耳に入れたものに違いございません」

「いつまでベラベラとめどもなく喋る気だ、いいかげんにしないか。それほど喋れるのでは、見かけは顔色が青いが、根はもう丈夫になっているのだろう」

「旦那さんそれはあまりお情のうございます、松三郎は仮病をつかって、お世話様になっているような、だいそれた者ではございません」

「おまえに喋り捲られるのは怖いよ。口の先でツベコベいってごまかす気か。太い奴だ」

「怖いの太いのと、旦那さん、それはお情ない」

「情ないのはこっちだ。こら、いつまで白々しく構えこむ気だ、きのうのことを知っているぞ」

「きのうと申しまするを旦那さん、それは何ごとで」

「まああきれた男だ。乳母《おんば》が気がついて間違いのないうちに、この座敷へ割りこんでくれたからよかったものの、さもなかったらこの片巻屋は旅芸人のおまえにかきまわされるところだった。その話をいま乳母から聞いて、飼犬に手をかまれるとはこのことだと、腹が立って立ってならないのだ。おまえは大事な娘をそそのかし、抜差しならぬわけをこしらえた上で、婿に直すか、手切れ金かと色と欲で、どっち転んでも損のゆかぬ目算をたて、女中のお鎌《かま》とおそぎと二人まで、その口前で味方につけているではないか、おまえの獲物はその優しそうな顔と口前と恥知らずの悪どい根性だ。なにもかも知っているのだ」

そういう半ばに松三郎は、うなだれて頭と肩に、泣いている様子をみせたが、片巻屋はそれに眼もくれず、捲したてて罵った。

が、松三郎が急に、わッと声をあげて前へ泣き伏したので、さすがに後の文句を控え、憎そうに見おろした片巻屋の眼にうつったのは、竹垣の外をとおる旅の男の影だった。

旅の者は毒伏せ杉太郎と猪の田の玄造のふたり、不意にきこえた男の泣き声に足をとめてのぞいた片巻屋の縁側に、先ごろから尋ね尋ねていた木偶つかい松三郎をみつけ、ふたりの顔は雲霧が散じた空のように明るくなった。

発見

「もしもし」

竹垣の外で杉太郎が、菅笠をとって小腰をかがめた。玄造はじろりとあたりを見回し、都合によっては白昼ながら、後といわずいまここで、松三郎を手にかける気になっていた。

「なんでございます」

と片巻屋が苦りついでの渋い顔で、不機嫌な口のきき方をした。

「てまえ、ごらんのとおりの旅のしがねえ者ですが、かようなところから失礼でございますが、ちょいとおうかがいいたしとう存じます」

「はい」

片巻屋の返辞がかたくなにきこえたが、杉太郎は気にかけなかった。

「ほかでもございませんが、そこにいるお客さんは」

「ちょッと待ってください、この男は客じゃございません、居候《いそうろう》でございます」

「ではその居候に、てまえども両人、深い用のあるものでございますが」

「どんな用か存じませんが、愛想もこそも尽きはてたこの男のことですから、どこへでも連れて行ってお話をなさいまし、ほかのものへ用があってお見えでしたら、お客人としてお通しいたしますが、この男についてでは、あなた方にはお気の毒でございますが、座蒲団一枚、渋茶一杯だしますのもいやでございますから」

「筒抜けにきこえたお話で、よくはわかりませんが、その男がふてえ奴だとはわかりました。おう兄弟、ここで松三郎をこっちへ頂戴してゆこう」

「ふむ、それがいいだろう」

こういう言葉の取りやりの、半ばに至らないうちに松三郎は顔を灰色にした。杉太郎も玄造も名前こそうろおぼえながら、顔は見知っていたので、お辰が非業に世を去ったと知らないでも、祟《たた》りをしにきたと、松三郎にはすぐわかった。

「旦那さん、お助けくださいまし、松三郎は殺されます。旦那さん、もし後生でございます」

と松三郎が片巻屋の膝へとりついた手が、病いやつれて細っていたので、ものの哀れが、片巻屋の心のうちに不意と湧いて出た。

「そこにおいでの旅のお方」

と片巻屋は、松三郎をかばう気でもないが、さりとて杉太郎、玄造の、何かひとくせもった物腰

に、なんと知れず不安がおこって、

「この松三郎という男が、どんなことをいたしたか存じませんが」

と訊きかけた。

杉太郎は片巻屋にみなまでいわせず、頭を一つさげ、形の上にもいんぎんさをみせた。

「わけはお聞きくださいますな、申せば恥でございます。その野郎はちッと悪いことを致しましたので、連れて参って詫びをさせる、と、ただこれだけのことでございます」

というちに松三郎は、火が背中に燃え移ったよう、片巻屋の腰にしがみついた。

「いえいえ松三郎は殺されます、あの人たちは日光街道《にっこうかいどう》の梁田《やなだ》のごろつきでございます。旦那さん、後生でございます、お役《やく》さんを呼んで、あの人たちのお召捕を願ってくださいまし。殺されますよ松三郎が。ああ、殺されてしまいます」

玄造はさっきから笠の下で、じれったそうに顔をゆがめていたが、竹垣の尖《さき》に手をかけ、笑いと怒りといっしょにしていった。

「やいやい木偶つかい、だれが殺すの生かすのといった、うぬが勝手に怯《おじ》け騒いで、餓鬼だって、そうは泣き立てはしねえぞ」

そう言われて松三郎は、ひとしおはげしく泣きわめき、片巻屋の膝にとりすがった。

「これ、よしてくれ松さん、おまえにそうしがみつかれても迷惑だ、ま、ま、手を放しなさい」

とばかり、片巻屋はこの場の始末のつけようがなく、当惑している様子を、見てとって杉太郎が、頭を一ツまたさげた。

「いかがでございましょう、そこの裏木戸からはいらせて頂けましょうか」

「え?」

「当人の傍へまいり、とッくりと申聞かせ、得心させた上で連れてまいりますが」

「さあ」

「いけませんか旦那」

「ちょっと待ってください。どうすればいいか、思案にあまる。宿のものにひとッこりゃ相談してみた上で」

「旦那々々、笑談《じょうだん》いっちゃ困る。そんな七面倒なことはこっちが嫌いだ。兄弟、腕ずくで形をつけちゃえ」

というより早く杉太郎が、竹垣をまたぎ越そうとした、それに遅れじと玄造が、足を竹垣にかけたとたんに、古くなって腐れの多かった垣が、七、八尺、波を打って内へ倒れた。その竹垣の波に乗せられて玄造は四ッ這い杉太郎は横に倒れた。

と見るより松三郎は、ひらりと起って片巻屋を踏みたおさんばかり、表口へ向かい家鳴りをさせて駈け抜けた。

「野郎待てッ、逃げただけですむものかッ」

「兄弟、家の中を突ッ切っちゃえ！」

杉太郎と玄造とは、掌の泥をはらういとまも惜しげに、片巻屋のなかに二筋、風を巻いて、宿の往来へとんで出た。

二階の女

中食《ちゅうじき》の時はずれで泊りの客足にもまだ早過ぎるころの桶川宿の往来で、とんで行く松三郎の灰色の顔色に、ひたと足をとめた歩み合わせの人たちは、それを変事の前触れとみて、きょろきょろと前後を見廻した。

病人にしてはちと足どりが確かすぎる松三郎が、十二、三間先の横にまがった、と見て往来の人たちは、追いかけて出てくる者を待受けたが、そんな様子のものとてはなく、ただ片巻屋から杉太郎と玄造とふたりが、小急ぎの足のはこびのほかに、何の変りもない態《てい》で、往来の中ほどへ出て歩いた。

「玄造。おい兄弟」

「なんだ」

「往来の奴らの面をみろ。何かオッぱじまると思やがって嬉しそうに、あっちこっち見廻してけつかる。弥次馬という奴はいつ見ても好かねえなあ」

「こいつらは他人の怪我なら面白いという代物だ、そのくせ、怪我しちゃったあとでは気の毒がる奴だ、おれは嫌いだ」

「そこに突ッたっている馬面の奴なんか、まるで祭の練り物を待ってるような顔色をしてやがらあ」

「あんなのに限って、刃物持たずの女殺し、松みたいな奴を痛めつけてるのを見ると、仔細も知りやがらねえで、松の味方をする奴だ」

「また突ッ立ってる奴があらあ」

「訊いてみようか、どんな気でいるんだか」

「よせよせ」

「もしもし、何かございますのですか」

駈けて来ていま立ちどまり、あたりを見廻した宿の男に、玄造のからかい口がむけられた。

「はあなんだか知りませんが、そこの横町の酒屋の桶の陰に、青い顔した男が逃げこみましたので、何があるのかと思って飛んできましたのですが。別に何もねえようですが、ああ、片巻屋の前に五、六人集ってこっちを見ているが、もし、あんた方は、あちらから来なすったようだが、何があったかご存じないのですか」

「なんだか知らねえがあったようでしたぜ」

「そうかね、では片巻屋前まで行ってみようか」

その男が駈けて行くうしろ姿を見送りもせず、玄造と杉太郎とは、いまの話の酒屋の桶に急いだ。

「杉。ここだ、それ、あれにつくり酒屋の桶が干してある」

「桶はあるが野郎はいねえ」

「そこらに潜っているのだろう、蟇《がま》の妖術を知ってる奴でもねえから、行ってみれば直ぐ知れらあな」

塀をめぐらした酒つくりの大きな家の前に、人ッ子ひとりいなかった。

「いねえぜ杉」

「いねえな。ははあ、この酒屋の中だろう」

「構うもんか、へえって訊いてみろ」

勢いをつけて、槻《けやき》づくりの巌畳《がんじょう》な門へむかった男ふたりに、どこからか女の声で呼びとめるものがあった。

「ちょいとちょいと、お待ちよ」

「えッ」

「杉。あすこの二階だ、そら、柳の木の脇の素人屋《しもたや》だ——見な、色の白い女だぜ」

「ふうン」

「見恍《みと》れてちゃいけねえや」

「見恍れやしねえが——まさかあの女が松三郎を隠匿《かくま》ったのではなかろうな」

「あれッ、人を喰った阿魔《あま》だ、手招ぎしてやがらあ。杉、行ってみよう」

「ああ、行こうとも」

日があたって明るい二階家の下まで行った玄造と杉太郎とは、二階の女の顔をもう一度あらためて見直した。

「玄造。阿魔め笑ってけつかる、よッぽど人を喰ってやがるぞ」

「下ッ腹に毛のねえ海山に千年ずつの古猫だろう、だが、美《い》い女だ」

その美い女が、二階から白い手でまた招いだ。

「ちょいとお話がございますから、そこの横にある台所で、草鞋を脱いで、水瓶《みずがめ》に水がありますから足を洗って、二階までおいでなすってくださいまし。お尋ねの方なら、この二階にきて、ブルブルふるえておりますから」

玄造と杉太郎はいやな顔をして眼を見合った。こうなると女の美しいのが、美しければ、美しいほど、反感の種になった。

縛られ男

二階は八畳に四畳半、あかりの取り方がいいので、来てみると春の深いのがひとしお深く、くわッと色を撒いたように、四辺《あたり》から映じていた。

杉太郎、玄造は、間どりを見廻し、逃げるに都合のいい場所はと、はいると直ぐ見届けて座についた。

「はじめまして」

と女はぞんざいながら挨拶の頭を軽くさげ、

「あたしゃお蝶《ちょう》といって、当時この宿にくすぶっているもの。して、おふたりの名は？」

と、手短く訊いた。

「おれは玄造。こっちは兄弟《きょうでえ》で杉太郎」

「お蝶さんとやら、松三郎はどこにいます？」

「松三郎とどんな次第《しでえ》の人かぞんじませんが、仔細あっておれたちは、あの男を探していたんだから、そのつもりでいてくださいよ」

「兄弟の玄造が申したとおり、雨にうたれ風に吹かれ、探し歩いてきょう見つけた井桁松三郎はどこにおります」

と男ふたりが、相手が初めから尋常の女でないとわかっていたので、いうことが女相手にしては荒々しかった。

「松三郎ですか、そこの押入の中にふるえていますよ」

「左様でしたか。お蝶さん、ありがとう存じました、お礼を申上げます。杉、早速だが貰って行こう」

「そうだな。お蝶さん、おかげ様で探しものが手にはいりましてありがとう存じます。さっそくながら松三郎を頂いてまいります」

「ちょいと待っておくれ」

「へ？　玄。お蝶さんが待てとおっしゃったぜ、どうしたものだろう」

「待ってみるか。もし、お蝶さん、待てとおっしゃいますと、松三郎は渡されねえとでも」

「玄造、何をいうのだ、まさか、そんなことはおっしゃるものか」

「いいえおっしゃるね」

とお蝶はいたずらそうに笑っていった。

「え」

「杉太郎に玄造と名乗ったが、どこの杉太郎、玄造だかあたしゃ知らないが」

「へええ。おめえそれじゃ松三郎の身状《みじよう》については知らねえのか。玄造、この女のひとはやッぱり世間にあり触れた女の子だったらしいぜ」

「おやッ、杉太郎とかいったね。世間にあり触れねえ女ってのがあるのかい」

「なんだと、それが聞きてえか。玄造、そこの押入だというからからかみを開けて品物がいるかいねえか見てくれ」

「おッと心得た」

と起ちかかる玄造の前へ、膝をむけてお蝶が、にこり笑った。

「玄造とかいったね、おまえ、そこにすわっていてもいいやね、あたしが押入をあけて、松三郎とかいう男を見せてやろうよ」

「それには及ばねえ」

と起ちかかる玄造を強《た》ってはとどめず、お蝶は朱羅宇《しゆらう》の煙管《きせる》をおもちゃに扱って笑った。

押入をあけた玄造も、坐ったなりで見ていた杉太郎も、中のありさまにあッと驚いた。

「どうだい杉太郎、玄造、そうしてあれば、逃げも隠れもできやしまい、ホホホ」

白い手を赤い唇へあてがって、からだをそらしてお蝶は笑った。

「ふうむ」

と杉太郎は眉に縦皺をたてて、押入の中へ、うしろ手に縛られ、荷物のごとくほうりこまれている松三郎を眺め、

「思いがけねえ松の姿だが。お蝶さん、こりゃどうしたわけですね」

「ハハハ、杉。瘠せても枯れても男一匹だのに、女に縛られて押入の窮命《きゆうめい》とは、女たらしの身に相応したザマだ。ハハハ」

とおかしがる玄造に眼もくれず、お蝶は煙管をなげ出し微笑んだ。

「どうもこうもないさ。この男には曰《いわ》くがあるので、逃げこんできたのを幸いここへ連れこみ、刃物を突きつけて後手《うしろで》ッこさ」

「そのわけを聞きてえね」

「わけか、聞かせてもいいがそれよりは、おまえ方のわけから聞こうか」

「詳しい話は負けてくれ、摘《つま》んで話せばこういうわけだ。おれにも、ここにいる玄造にも、重々の恩になった女の人があったと思ってくれ、その女の人を底知れねえ谷底へ蹴落したのがその野郎なのだ、だからおれたちは」

「待った杉太郎。それじゃその松三郎って奴が、女を谷底へ蹴落して」

「そうじゃねえ。その野郎は女みたいな面を獲物に、ぬしある女をたぶらかしたんだ」

「ああ、浮気な女を引ッかけたという話か」

「浮気女にされちゃ合点しねえ」

と玄造が眼を怒らせ、

「その野郎は刃物持たずの女殺しだ、おれたちはそいつのために、谷へつき落されたも同然な人のため、供養をしに草鞋をはいたんだ」

「男と女の一件は、片ッ方だけではできない話さ。野郎がいくら水を向けても、阿魔が堅けりゃモノにゃならねえ、野郎の誘いの水にのッかって、流れるままに任せたのでは、罪があったら女も同罪、そうじゃないかい」

「おッと待ってくれ。おめえその男を助ける気だな。杉、この女はやッぱり松に惚れてやがるのだ、それだったら文句をいくら並べても始末におえねえ、早いところでこっちへ受取り、埒《らち》を早くあけたがいいぜ」

親の仇

「玄造がいうとおりだ。もしお蝶って人。おまえさん松三郎の味方だろうが、おれたちは敵だ、こっちはそいつを貰って行くというし、おめえは多分やらねえというだろう、そんなことで時刻を消すのはつまらねえから」

「おいおい。早合点しちゃ困るよ。助けるものか殺すのだよ、何をってわかってるじゃないか、押入の中の品物さ、松三郎はあたしにとっちゃ親の敵《かたき》さ」

「なんだ親の敵。てへッ。いいかげんな芝居をうつのはよしねえ」

「玄造、何を知ってそんな口をきくのだい」

「知るも知らねえもあるか。その野郎を助ける工夫が、親の敵だ。押入の中へ縛りこんだ手品の種は見え透いてらあい」

「知ったかぶりをしやがるない」

「なんだとッ」

とむきになって、長脇差をつかんで起ちかかる玄造の袖を押さえて杉太郎が、皮肉な顔をお蝶に向けた。

「もしお蝶さん。だんだんと様子を見聞きして、親の敵討はまぎれもねえ本当だと思います」

「杉太郎さんはモノがよくわかるねえ」

「そこでお蝶さん。詳しいわけを聞くがものはねえ。敵なら討つが定法、早速、討つがようございます、といっても、昼日中はそうもゆくめえ、晩になったらお討ちなさるがいい」

「ああ、ご親切にありがとう」

「玄造とふたりで、お蝶さんの仇討を、きっと見物いたします」

「え」

「松三郎は卑怯でしょうから、逃げ出さねえものでもねえから、おれたちふたりは、いまッから外にいて、おれは表、玄造は裏、双方から見張りをいたしておりますからお蝶さん、ご安心なすって夜になるのをお待ちなさるがいいね」

「おいおい杉、そりゃ何をいうんだ。みすみすこの女が出鱈目《でたらめ》をいって松の野郎を助けようとしているのがわかってるくせに、その手に乗ることがあるものか」

「いいんだよ玄造。おれとおまえとで、見張ってればそれでいいじゃねえか。あとになって敵でねえなんていったとて承知するものか、手を持添えても、松の首ッ玉へ刃物を突ッこませ、きっと敵討をさせてやらあな」

「あッそうか、そういうわけか。よしそれなら今夜まで待とうだが、外で待つことはねえ、ここで待とう」

「それもそうだ、じゃ、ここで待とう」

梃《てこ》でも動かぬ顔つきの男ふたりに、胴ぶるいしていた松三郎は、お蝶に悲しそうな顔を向け、硬ばる舌でクドクド、歎願しはじめた。

お蝶はろくにそれを聞かず、すわったままでからだをくねらせ、手をのばして鏡台を引き寄せた。

「おやッ」

と玄造が怪しむを杉太郎が低声《こごえ》で制し、お蝶の振舞の不思議に見入った。

お蝶は意地悪い笑みを浮かべて、鏡台を組み立てた。

「さあお蝶さんがお化粧をして、美《い》い女に化けるんだ。眼の毒だとおもったら下を向いてな」

人もなげにいってのけ、諸肌《もろはだ》をぐいとぬいだ。

玄造も杉太郎も、あまりのことに呆気《あっけ》にとられた、それにもまして眼を丸くしたのは、いまのいままで、色ざめた顔に涙を光らせていた松三郎だ。

お蝶は雪の肌をあらわに、腋の下をおしげもなく、両肘をあげて化粧にかかった。

「呆れたな玄造」

「なんて女だいこの女は」

と悪態は口にすれど、お蝶のすがたから眼を放たぬ、男ふたりに冷笑を飛ばせて、やがてお蝶は立ちあがった。

「おい、お姫様のお召替えだ、男ふたりとも目通りは許さないよ、階下《した》へ行って待っていな」

「なにをいやがる」

「なんて玄造、てめえあたしのお召替えに見惋《みと》れていてえのか」

「この阿魔はどこまで人を喰ってやがるんだか」

「方図《ほうず》の知れねえあつかましい奴ならそこにいろ、裾でほこりを立てて、浴びせてやらあ」

「あきれたなあ杉太郎」

「玄造。こうなればこっちも意地だ、あの女が松を討取るまで五分も動くな」

「おれははじめからその気だとも」

ふたり男は、お蝶にすこし失望の色が出たのを横にみて、眼を白くして頑張った。

色手練

杉太郎、玄造が、それからしばらくの後、白い眼をお蝶に向けて、宿の十手持ちに曳かれて行くのを、身ぶるいして見ていた松三郎は、急に頭を畳にすりつけて泣いた。

「ありがとうございます、おかげさまで松三郎は一命助かりました。このご恩は私の身でできますことなら、何とでもいたして、せめて万分の一でもお返しいたしたく存じます」

泣き喋りに松三郎は、息もつかずにいった。

「そんなに言わないでもようございますよ」

男ひとり助けた嬉しさに、お蝶は頰に笑みを絶えずたてていた。

「あなたという人がございませんと、松三郎はあの男たちに、どんな目にあったか知れませぬ。本当にどうもありがとう存じます。このご恩はどういたしたらお返しができましょうかしら」

「恩も糸瓜《へちま》もありゃしませんよ」

「つかぬことをうかがいますが、あなたは松三郎をご存じでお助けくださいましたのでしょうか」

「なあにいっこうに知りませんよ、けど、ここの家のひとが片巻屋のお針《はり》さんなので」

「へええ、左様でしたか、するとあすこに奉公しているお鎌《かま》さんの伯母さんですね」

「そんなことをいってましたっけ、あたしゃ二、三日にしかこの土地にはならないから、詳しいことは知りませんのさ」

「あの、なんですかしら、あなたはどういうご身分のお方でしょうかしら」

「身分もなにもありゃしません。旅から旅と流れ歩いているたよりない女なんですよ。今度この宿で働く口をみつけたいと思い、ゆうべからこの二階借りですよ。そうそう、いまの男ふたりとの押問答で、たいした莫連《ばくれん》なところを見せてしまって、いまさらお恥かしいねえ」

「いえどう仕りまして、まことに男まさりで、たのもしいことでございます、こう申してはなんでございますが、松三郎にもあなたぐらいの姉があると、世の中を渡るのに安心でございますのにねえ」

「じゃ探したらいいでしょう、このくらいの女は、世間にいくらも落ちていますよ」

「どういたしまして、あなたぐらいの方が、そうそうあっていいものですか。どこの方か知らないが、羨ましいことでございます」

と松三郎は頭をたれて泣きはじめた。

「おや、松三郎さん、何を泣くんです」

「いえ、どうぞわらってくださいまし。松三郎は羨ましいのでツイ涙をこぼしました、相すみませんでございました」

「へええ？　何がそんなに羨ましいのでしょうねえ」

「あなたほどの方を、いかなる果報の月日の下に生れた人か存じませんが、まことに羨ましいことでございまして」

「そりゃ何のことですね」

「お聞きくださいますなお蝶さん」

「そう、それじゃ聞くのはよしましょう」

「――こんなことなら、あいつらに、殺された方がようございました。いえ、こんなことを申して相すみません」

「松さん、遠廻しに何かいってるようですが、言いたいことがあったら、はっきり言ったらどうですえ」

「へえ。いっても構いますまいか。では――怒っては松三郎申しわけのないことになりますから、どうぞわらってくださいまし、実は、面目ないことでございますが、松三郎は、死んだ方がいいと存じましてねえ」

「へええ、それはまたどういうわけで」

「お蝶さん。松三郎はあなたになら殺されてもいいと思っております、本当でございますよ」

「それは松三郎さん、どういうわけなんです」

「なんてお蝶さんも意地の悪い、わかっているではございませんか」

「そうすると松さんはあたしに気がある?」

「どころではございません、殺されても構いません、とは思いましても、あなたと松三郎では、とても釣合いがとれますまい」

「あんまりそうでもなさそうですよ」

「ではお蝶さん。松三郎をいやな奴だとお思いになっているのではございませんのでしょうか」

「松さん、おまえあたしが好きかい」

「命も要りません」

「ふうむ」

「お怒りになったのでございますかお蝶さん」

「惚れられて怒るわけにもゆくまいじゃないか」

「それではお蝶さん。松三郎を憎いとは思わないでくださいますのですね」

「まあね」

「じゃ、お蝶と呼ばしてくださいますか」

というより早く松三郎は、こんなことでは手練を積んだしたたかものだ、お蝶の手をとろうとからだをすりよせる、そのからだを、ひょいとかわされ、畳へばッたり両手をついた。

「お蝶や、からかわないでおくれ、松三郎はいままで千人近い女を知ってきたけれど、おまえほどの女にはただのいちども会わなかったんだよ。ああお蝶や、お蝶――」

「なにをいやがるんでぇ」

とお蝶は松三郎の肩を小突いて、遠く逃げるようにからだをかわし、赤い唇をそらして華やかに笑った。

松三郎は、いままでの経験から推《お》して、女がここまでくれば、もはや、他人のものでないと確信し、さっきの灰色とはこと違った顔の色艶になってきた。

もう日が暮れそめた。

泥刑罰

武州川口《ぶしゅうかわぐち》から渡し船に乗って、岩淵《いわぶち》へあがった杉太郎と玄造とは、岩淵宿の中ほどから横に切れて板橋へ出る裏道をとった。

「杉。さっき岩淵の宿で聞いたのには、お蝶の阿魔と松三郎と、手に手をとっての、旅らしいがあの阿魔も、ひどく鉄火なものだったが、女はどこまでも男に劣らあ。あんなくだらねえ男と旅をするとは、馬鹿さかげんがわからねえ」

と玄造は腹をたてているようにいった。

「お蝶の阿魔の馬鹿よりも、こっちこそ馬鹿をみた。桶川の志戸屋助七《しどやすけしち》がものわかりのいい人だったからよかったが、さもねえととんだことになったぜ。それにしても松三郎なんて、あんな奴をどうして女が好くのか、おれにはわからねえ」

「女は情ねえね。松三郎みたいな奴が、何かうまいことを言うと、すぐ迷いやがる。片巻屋のお鎌という女だっていうじゃねえか、おれたちのことを助七さんに訴《さ》しやがったのは」

「お鎌って女もだが、お蝶みたいに気のきいた恰好をして、ポンポン啖呵のきれる阿魔が、松の野郎にはすぐ迷やがる、こうしてみると、女が迷う男ってものは値打のねえとしか思えねえ」

「でもいいよ。松三郎ひとりの旅じゃつまらねえが、あんなことのあったお蝶だけに、吼《ほ》え面《づら》かかせるには張合いがあらあ」

「あんな阿魔でも、自分の男となったからには、おれたちが私刑《しおき》をするのをみて、どんな風に狂乱するか、こいつあ面白えぜ」

ふたりとも、人家のない山坂をのぼりくだり、畑地のうねりを左右に見て、やがて、雑木林の向うに富士山をみつけた。

「この辺は、いい景色だなあ」

と杉太郎が足をとどめるのに構わず、景色に興味をもたぬ玄造は、先に歩いて行ったが、たちまち立ちどまって口を押さえた。

と見て杉太郎が声をかけようとするのを、手を振って玄造は押しとどめ、口へ再び手蓋《てぶた》をやり、片手で招いだ。

様子に何かありと覚って杉太郎が、そッと近づくを待ちかねて玄造が、耳へ口を寄せて囁いた。

「杉。面白えものが見つかった。あれをみろ」

と指ざす玄造の示す先は、畑地のうねりの陰に、ひと叢《むら》茂る草を裾に、十五、六本ひとならびの雑木の林。その空いっぱいに西廻りの夕日が明々と照っていた。

「何だあすこが」

「ちらりと女の姿がみえたのよ」

「田舎娘じゃ仕様がねえ」

「それがよ、お蝶なんだ、確かにおれはお蝶とみた、なんだったらひと勝負《ぼん》いってもいい」

「お蝶?」

「叱《し》ッ――お蝶ひとりってことはねえ、松の野郎もいっしょに違えねえ」

「人家のねえこんなところで、ふざけた奴らだ。玄造、さあ行こう」

「まあ待ちなよ。おなじことなら様子をすッかり見聞きした上で、さあ野郎めととび出そうじゃねえか」

「なるほど、それもそうだ。ええと、あすこなら、そッとこっちから行けば、ちょうど奴らの裏へゆけそうだ」

「とてものことに、奴らの気がつかねえように行きてえな」

「玄造。さあ、そッとこい、音をさせるな」

草が立てるかすかな音にも気をおいて、杉太郎も玄造も大骨折って忍び寄った。

そこは裏道からはずれていて、目の前に富士山が、裾を雲にぼかされ、頂きの雪をみせ、その下一帯は、波のうねりをそのままの、草木の緑と大地の黒さのほかには、人目はもとよりないところだった。

草に潜んで聞き耳たてる男ふたりに、手にとる如くきこえる声は、案に違《たが》わずお蝶の声、松三郎の声だった。

「松。もうそれッきりか」

「ええ、もうそれだけでございます」

「千人近い女を知っているといったくせに、半分ぐらいのものなんだなあ」

「それはそうでございます。いくら松三郎でもそうそうは」

「からだがつづかねえというのか」

「いえ、本業がございますからさ」

「で、てめえのために身売りした女はざッと四、五十人か」

「ええ、それも確かではございませんが、まあそのくらいはあるだろうと思います。松三郎ぐらいの男に生れると、そのくらいのことはあっても仕様のないことですよ」

「かわいそうに」

「え？」

「かわいそうにといったんだよ」

「それはかわいそうかも知れませんが、松三郎のためにする苦労だから、四、五十人のうち一人だって、悔んで身売りしたものはありゃしません」

「首くくり、投身《みなげ》はどのくらいある？」

「そんなものはありません」

「ねえのじゃねえ、後は野となれ山となれだから、てめえ知らねえんだろう」

「お蝶さん、そんないやがらせをいうものじゃございません」

「亭主に斬られた奴はどのくらいある」

「そんなのはありゃしません」

「嘘をつけ」

「嘘をつくものか吐《つ》かないものか、桶川からこれまで日数はわずかでも、この松三郎の心はお蝶さんにわかってるじゃありませんか」

「わかっているよ」

「ねえお蝶さん、わかってるのならわかってるように、もういいかげんに堪忍してくださいよう」

と松三郎が、若い売女《ばいじょ》が客に物をねだる調子に鼻をならしたのを聞いて、杉太郎と玄造とは、息をのみながら顔見合わせた。

「堪忍しろとは何をだい松や」

「何をだいじゃありませんよ、板橋で今夜は泊るんでございましょう」

「板橋泊りか野天泊りか、その時にならないとわからないとよ」

「野天泊り結構でございます、そのかわり今夜は」

「なんだい」

「いままでのようではいけませんよう」

「なにがいけねえ?」

「なにがって、松三郎の手足を縛るのは殺生ですよ」

「まあいいさ」

「よかありません。どこの国に、男と女と二人の旅寝の宿で、男だけが手足を縛られ座敷の隅ッこに転がされるなんて、かわいそうではありませんか」

「そのかわり女は手足をフンばり、楽々と寝ていられらあ。それがいやだったら勝手にしろ」

「勝手になんかいたしません、松三郎はもうお蝶さんのものなのでございますから」

「てめえなんか欲しかねえ」

「えッ」

「お蝶さんはな、てめえみてえな、男自慢をする奴と毛虫とは大嫌いだ」

「なんて、それは嘘でしょう、からかってはいけませんよ、ね、お蝶さん、松三郎はいままでどんな女でもこの眼でじッと、こうして見つめたら、必ずその女の心をつかんだものです」

「お蝶さんにだけは、それがきかなかったんだね」

「とんでもない。松三郎がそんなことをするのは相手によります、早い話が梁田の栗山の太郎七親分のお妾お辰なんて、気嵩《きかさ》な女でも、松三郎が必死の腕をふるったら必ずモノにしたものです。お蝶さんだって、腕をふるえば必ずモノにしてしまえるのですけれど、どうも、あなただけにはそんな気になれませんので遠慮しているのでございます」

「へええ。なにもそんな遠慮はいらないよ」

「じゃ、何をしてもいいのですか」

「度胸を据えてかかるならかかれよ」

「ようし。お蝶さん、夜になると松三郎の手足を縛ったのは、あなたが負けてる証拠です、松三郎に想いをかけてるのを、自分で食いとめる方便に、縛っておくのじゃありませんか」

「己惚《うぬぼ》れてやがらあ」

「ねえお蝶さん、それはまあいいとして」

「奴《やっこ》、手を変に出すと斬れてしまうぞ」

「えッ」

「やい、てめえの面を売物にする気が小癪にさわるから、旅籠屋では荷物同様に縛ってやったのだ。己惚れの強えのは怖いもので、それを惚れられた証拠だといやがらあ。己惚れやがるな、男一匹を馬鹿にして、夜更の寝ざめに、てめえのザマを見て笑っていたんだ、この馬鹿野郎」

「そんな痩我慢をいわないで、女は女らしく本音を聞かせてくださいよ」

「野郎ッ」

　ぴかりと光ったのが杉太郎、玄造にわかった。

「ひえッ」

「野郎ッ、本当にお蝶さんに惚れているなら、この匕首《あいくち》を怖がらずにかじりついてみろ」

「…………」

「できまい。怖かろう、命が物騒だと思うだろう」

「助けてくださいまし、お蝶様」

「泣き声を出してもだれも来やしねえぞ」

「ああ――この女は、いったい、人間かしら」

「なんだ?」

「いえ、どうぞお助けくださいまし」

「てめえ、いま、この女は人間かといったな」

「いえ、そんなことはいやしません」

「人間だ、人間の女だ、てめえみたいに面を売物にする野郎に、女一代を棒に振ったなれの果ての女ばくち打ち、つかまりゃ獄門が待っている兇状旅《きょうじょうたび》のお蝶さん、とこいつぁ仮の名、本名はとッくの昔に女らしさといっしょに打棄《うっちゃ》ってしまった女だ」

「あ――」

「さあ、女の泥足で面を踏まれて思い知れ。女の敵め、それ、それ、思い知りやがれ」

やがて、雑木林を出て行くお蝶が、呆ッ気にとられている杉太郎、玄造を振返って、にこりと笑って、立去って行った。

「玄造、世の中にはあんな女ってものがやッぱりあったのだなあ、野郎どうしてる」

「気を失ってやがらあ。ほう、あの女め、もうあんなところへ行っちまやがった」

「なあ玄造。あの阿魔は――やッぱり、松三郎のいうとおり、惚れてはいたんだな」

「そうか知ら」

「おれはそうだと思う、だが、惚れてるくせに惚れられねえんだあの女は」

「杉、見や、この野郎、ザマはねえぜ」

男ふたりは長脇差へ黙って手をかけた。

髯題目の政

夜明けの血

野州今市《やしゅういまいち》の背中を流れる大谷川《だいや》を越えて間もないところで、旅寝の鳥の政五郎《まさごろう》は、血のしたたる長脇差をひっさげ、明けゆく朝の薄い光を空に仰いで、歎息を口のうちで長くひいた。

「――これでいいのかなあ俺は」

朝の雲のたたずまいか、嵐にも動かぬ山すがたか、光り明けてゆくはるかな方に、雪をいただく峰つづきと見ゆるを、見るともなく見て、政五郎は、白刃をぴゅっと振り、血をおとした。

「斬られて死ぬのがいやさに人を斬る――俺は本当にこれでいいのかなあ」

ふところ紙を出して刃《やいば》の血を拭ぐった。朝の光はしだいに加わって、血黒いものの拭きとられた刃に、冷たい光がたのもしくぴかりと輝いた。

政五郎の浮かぬ顔に、嘲りを投げるよう、近くの大きな松の梢で、古鴉《ふるがらす》が二声、三声、艶をうしなった啼き声をたてた。

「いまもいまとてこいつらは、黙って発《た》たせればいいものを、男の意地の張りのといって、夜中から待伏せてでもいたのだろう、通る俺に名乗りかけ、首を置いて行けとぬかしやがった」

朝の光りはまだ弱いが、政五郎の足もと近く見せているのは、たったいままでこの世にいて、筋が通るの筋違いのと、四角八角の小理窟をならべ、長脇差の鍔鞘《つばざや》を叩いて鳴らした二人づれが、血に染ってあの世へ去った、人に生れて終り儚《はかな》い姿だった。

「なあおめえたち、まだ魂がそこらに残っているのなら、俺のいうこと聞くがいい、俺はおめえたちを斬ってあの世へやるほど、怨みも仇もねえ者とは、俺よりおめえたちがよく知っているはずだ、だが俺はおめえたち二人をこの世からあの世へ住み換えさせた――こいつ実に俺にもつまらねえ、おめえたちにもつまるめえ。そのつまらねえことをして死んだおめえたちもいまになってさぞ後悔をしているだろうが、斬った俺も血刀の糊《のり》を拭くか拭かねえに、こいつは下らねえことだったと後悔している」

長脇差を鞘に納め、さっき投げた菅笠と風除け合羽を拾いに行き、もう一度振返って、うめきもせずに横たわっている鐘叩《かねたた》きの梅吉《うめきち》に鎧通《よろいどお》しの三次郎《さんじろう》と、名乗ったので知っているあの世へ去った二人を眺めた。

「多寡《たか》が賭場《とば》の口喧嘩、馬鹿めたわけめとおたがいに唾《つばき》といっしょに悪口の投げあいでたくさんだったに、どう虫の居どころの悪さからか、妙に怨みを持った様子に、俺はことなかれと早発《はやだち》して、用もねえ大桑《おおくわ》とかいうところ指して出かけたのを、先廻りして白刃で攻めるとは、おめえたちの気が俺にはわからねえ」

笠の紐を腮《あご》に結びながら、血飛沫《ちしぶき》が指に黒く残っていたのに心づき、政五郎はふところ紙を唾で濡らし、拭きとりながら歩き出した。

「だが、梅吉、三次郎、たしかに俺はおめえたち二人を斬ってあの世にやった。人の命をとったということは、しょせん、俺のヒケ目になることだが、俺は隠さねえ、訊かれればだれにでも話をする。白刃と白刃をぶッつけ、勝ったがえらいか負けたが馬鹿か、わかったことじゃねえからな」

問いつ答えつのうち、足は大桑に向っていた。

「お早うござります」

土地の人とみえて仕事着の中年の男が、見も知らぬ旅のもの政五郎とすれ違いに、慇懃《いんぎん》に頭をさげて行った。

「へい、お早うござい」

遅ればせながら政五郎も挨拶した。

「あの人は、道ッぱたに転がって、虚空をつかんで死んでいる梅吉、三次郎を見て驚くだろう――」

と、気がついて振返ってたたずみ、しばらく見送っているうちにいまの男は、細径《ほそみち》をたどって横にきれて行った。

「待てよ、俺はこの先の大桑とかいうところへ出たところで、何の的《あて》もねえからだ。梅吉、三次郎に怨まれているらしいからこそ、用も的もねえ方角を選んだが、あの二人が世を去れば、わざわざ行くには及ばねえ」

くるりと踵《きびす》を返した政五郎が、川手前の松の下、いまし方の斬りあい場所を、再び通ったときは、朝日が染めて、連山の雪、紅《くれない》に鮮かだった。

「――二人ともに歯を剝いて、片頬ずつ大地に押しつけ、眼をねぶっているが、おめえたちがそうならなけりゃ俺がそうなっているんだった」

朝日の赤い光りに横顔を染められ、黄色く萎《しな》びた二つの顔を、政五郎はじっと見入っていたが、ふいと天を仰いで歎息した。

「俺はここでもまた二人斬った、行く先でまた人を斬らねえものでもねえ。それでいいのか俺は――」

意地を長脇差に賭けて、血煙あげる過去から引きつづく現在かけて未来まで、一代、たれよりも危ぶみ、たれよりも疑い、たれよりも不幸としているものは政五郎自身だ。そのくせ、政五郎は、敵対《てきた》うものあれば、容易に斬って斃《たお》せたのがいままでの常だった。

行倒れ

どこからどこと約束のない旅寝の鳥の政五郎は、年あらたまって春の浅さが去って、きょうもあすもの旅の笠に、いまし方、はらりと落ちてとまった桜の四分咲き女夫花《めおとばな》を、そのまま気もつかず、若葉にかおる街道を歩いていた。

「おやあ」

道端に倒れ伏している旅の男に気がつき、近寄って声かけた。

「どうなすった、病《わずら》ってなさるのか」

気力を失って口がきかれぬらしいその男は、ちらと政五郎を見ただけで、地に腮《あご》をつけ微かにうなった。

「口をきく力もねえとみえる」

と政五郎はあたりを見た。やや遠く空駕《からかご》に首を突ッこみ、もう一人は棒を斜にかついでくる駕丁《かごや》があった。

「おうい駕丁」

と呼ぶ政五郎の声に、気を張った旅の男は、歪めた顔をやっと向け、病苦に悩む眼のうちに、必死の力を微かにみせた。

「打棄《うっちゃ》っといてください」

やっとそれだけ、色を失った唇を動かしていった。

「おう駕丁、病人を乗せて行ってくれ」

政五郎は病人の言葉に耳を藉《か》さず、近づいてきた駕丁にいった。

「宿《しゅく》までですか、へい。相棒、駕《かご》をおろしな」

「おい来た」

「駕丁、病人のことだ、やわやわやってくれ」

「へえ。宿にゃ、いいお医者様がいます、安井さんといってね」

「竹庵《ちくあん》さんじゃ命があぶねえ」

「こうこう相棒、本当のことをいっちゃご病人ががっかりすらあ。親分、さあ、支度ができました」

といわれて政五郎はわれに返った。もとよりこの旅の男は見も知らぬものだが、なんとなく、政五郎の顔から眼を避けるのが不審だった。あるいは、こっちで忘れていて先方でおぼえのあることか、訊いてみようとは思ったが、苦悩の様子が激しいので、一ツでも口をきかすは気の毒と、わざと黙って顔をみる、その眼を避ける男の様子が、ますます政五郎を不審がらせた。

「駕丁、気の毒だが、この人を乗せてやってくれ」

「ようがすとも。相棒、お抱き申そうぜ」

「おい来た」

前後から手をかけて、駕に抱いて乗せようとする駕丁の手を、力なく払って旅の男は、苦痛に歪む顔を、政五郎に振向けた。

「打棄っといてくれ」

と眼をつむって動こうとしなかった。

「そりゃつまらねえ遠慮だ」

「なあに遠慮じゃねえ」

ぱちりと眼をあいた旅の男は、苦しそうな顔をして力のない声でいった。

「おたがいのために、世話になりたくねえ」

「妙なことをいうね。まあいい、世話になるもならねえもねえ、病人が道ばたに寝こんでいるのを、知らん面ができるものか」

「いや、そうじゃねえ」

「駕丁、病人の我ままに遠慮は要らねえ。早く乗せて宿へ行ってくれ」

「待ってくれ。じゃ、どうでも世話するというのか」

「恩に着るのがいやだというのか」

「うむ」

「恩に着ねえがいい」

「えッ」

「病人にざッと世話をしたぐらいのことで、恩に着せるほど吝《けち》な根性でもねえ」

「恩にも着ねえし又」

「わかっているよ。駕丁、乗せてくれ」

「ちょいと待て。恩を仇にする日がねえともいえねえが」

「え？」

「おめえ、政五郎って人だろう」

「知っているのか俺を」

「因縁を結びたくねえから打棄っといてくれ」

「そうか俺を知っているのか。どこで知っているのだ、いやそんなことはいまあどうでもいい。駕丁、遠慮しねえで乗せてくんな」

「待ってくれ」

「待ってくれ待ってくれと、手がかかって駕丁にも悪いじゃねえか」

「面倒かけてすまねえが、俺はこのままがいい」

「手当もしねえで、行倒れて死にてえのか」

「それも運だ」

「そんな奴があるものか」

「世話になれば義理ができらあ」

「ふうン。するとおめえは、俺に怨みでもある人のひッかかりか」

　政五郎の眼がキラリと光った、が、すぐあとから打消すようにおだやかになった。

「そうか。訊いたが返辞のねえからは、俺に怨みのある一類だろう、だがそれもいい、多寡が、俺も旅渡りのばくち打ち、たいした者じゃもとよりねえ、おめえも俺同様のくだらねえ男だ。おたがいがつまらねえ男同士なら、どっち転んでもいいじゃねえか」

「え」

「怨むなら怨め、病人の世話ぐらいで、怨みの帳消しをしろなんては言うものか」

「えッ、そんなら俺が何をしてもいいか」

「俺も生きている、おめえも病人ながら生きている人だ、好きにするさ」

「そうか――」

旅の男は緊張《ひきしま》った顔をちらりとして、下を向いて黙りこんだ。

七人武者

秋が山々に浅々《あさあさ》ながら訪れてきたころ、諸国からあつまった善光寺参詣の人々数多《あまた》のなかに、武州《ぶしゅう》高井戸《たかいど》の旅宿《はたご》、杉本屋《すぎもとや》善右衛門《ぜんえもん》が、供の男をひとり連れて混っていた。

参詣後の善右衛門が、だらだら下りの道の両側にある、みやげ物屋の一軒に、屈託のない顔でたたずんだ。

「お客さんそれは名物の牛でございます。昔々あるところに、強欲非道の婆さんがありました、ある日のこと、野放しの牛に、干しておいた布をとられ、取返そうと追いかけて、やっと追いついたところがこの善光寺様の御前でございました。それから婆さんは一念発起いたし、信心深い良い人になったという、縁起が詳しくかいてある刷り物が、一ッ一ッ付いております」

と口慣れて早口な言いたてを、聞いていた善右衛門の肩を軽く叩いたものがあった。

「もしやおまえさんは、高井戸の杉本屋さんではございませんか」

「はいッ、わしは杉本屋でございますが」

と振返ってみる眼の前に、着流しの三十一、二歳、色の浅黒い、ばくち打ちかと思える男が立っていた。

「不思議とお目にかかりましたねえ」

「そういうあなたは」

「見忘れるはずです、ちょいと寄っただけですからね。今年の春、桜の花の咲きはじめたころ、勝《かつ》造《ぞう》という男を駕で担《かつ》ぎこんだ者でございますよ」

そういわれると善右衛門は、紙をめくって下を見たようはッきり思い出した。

「なるほど、お見それいたしました。どうもこれはとんだ不重宝《ぶちょうほう》をいたしまして」

「いえなに、杉本屋さん、あれから勝造はどういたしました」

「あなたのおかげであの方も、からだの方は追い追いよくなりまして、この五月の中ごろに、無事にご発足《ほっそく》でございました。それにつきあなたにもしもお眼にかかったら、是非お耳に入れておきたいと思うことがございますが」

ここは往来、聞く人の耳も多し、話しにくいと善右衛門が、店の前の人だかりから離れた。

「杉本屋さん、聞かせる話がございますなら、ここの家の縁側を借りましょう。いえ、ここは知っている家ですから、遠慮には及びません」

みやげ物屋の亭主が、ここを先途《せんど》と人だかり相手に、次々と商売に精出しているのをうしろに、土間から横に小庭に出た。

そこは鉢の菊が二、三十、色とりどり美しいのが、表から見たのと違う風雅さで、善右衛門の眼を喜ばせた。

縁側に腰をかけた善右衛門は、やっといまおもい出して、その男の名をいった。

「政五郎さんとおっしゃいました?」

「あの時に名前をいったおぼえがねえが、勝造から聞いたとみえますね」

「へえ、ずッとあとになってうかがいました、それまでは政五郎さんは、あの勝さんの友だち衆とばかり思っていましたが、詳しい話を聞いて実に驚きましてなあ」

そこへ小娘が、莨盆《たばこぼん》と茶と、ここらでは茶菓子同様につかう香の物の丼をもってきたので、善右衛門は驚きましてなあの後の話の腰を折った。

色の白い小娘が去ったのを見澄して善右衛門は、小膝をすすめた。

「政五郎さんは勝さんが、どういう人か知っておいでなさいますか」

「さあ、よくは知りません」

と政五郎は、さらりと答えた。

「そうでしたか、ではお聞きください。もっとも、勝さんもこの話は、もし、縁あって政五郎さんが高井戸を通ったら、いってくれろと言ったことですから、一存でお話しするわけでもありません。政五郎さん驚いてはいけません、勝さんは政五郎さんを殺そうとて出た旅先で、持っている金はばくちで取られ、からだはその前から無理を推《お》していたのがとうとう祟って、あんな風に道端に倒れていた、とこういうわけで」

「そうでしたか」

「そうでしたかといって政五郎さんは、まるで驚いておいでにならないが」

「そんなことかも知れねえと思っていましたから、いまさら、驚くのでは遅うございますからね」

「では、勝さんがどこの者だかご存じなので」

「知りませんとも。ありゃどこの者でした」

「いや驚きましたなあ、どこの者とも知らず、また、ご自分に仇するものと薄々わかっていて、それでもお世話をなさるとは驚きました」

「勝は何をいってました」

「さ、そのお話です。勝さんは宇都宮《うつのみや》近くの黒塚《くろづか》の貸元さんで、権左衛門《ごんざえもん》さんという方の身内だそうで、その権左衛門さんの、同じ身内の梅吉、三次郎とこの二人を、政五郎さんがどうかなすったとやら、こりゃ勝さんがいうのでございます」

梅吉、三次郎といえば、大谷川が目と鼻の、野州今市の裏で斬ったばくち打ち、あれは去年の冬の中ごろ、風が骨身にしみる夜明けに、白刃勝負で斃《たお》した記憶が生々と出てきて政五郎は、ひと筋の埃《ほこり》ッぽさを感じて黙りこんだ。

「でその梅吉、三次郎二人のお葬いが、黒塚の権左衛門さんの指図で、お通夜だけで、仮葬い、本葬いは追ってということになり」

「ふうむ」

さすがに政五郎も、ここまで話がくると、聞き耳をたてた。

「権左衛門さんは身内の主だった人を集め、こう言ったそうでございます。子分といえば子だ、俺の伜が殺されたからには、殺した者に仕返しをしてからでなくては、親として本葬いが出せないと、その時を勝さんが話しましたが、権左衛門さんは床飾りをすッかり取ってしまい、神棚には白紙を貼り、肥っている人だそうで、いつも胡坐《あぐら》をかいて話すのを、その日ばかりは、きちンとすわって話したということでございます」

「そうでしたか。じゃ、勝は、この首を狙っているのだ」

鼻を弾《はじ》かれて怒ったような顔を政五郎がした。

「左様なのでございます。政五郎さんを狙っているのは勝さんだけでなく、喜次郎《きじろう》、千蔵《せんぞう》の二人の組と、石太郎《いしたろう》、熊吉《くまきち》、与兵衛《よへえ》と三人の組とがあるそうで、勝さんももとは岩吉《いわきち》という人と二人ひと組だったそうですが、岩吉が中途でそれてどこかへ行ったので、独り武者になったのだそうでございます」

「へぇえ、すると、勝のほかにまだ、喜次郎、千蔵と石太郎に——」

「熊吉、与兵衛でございます」

「石太郎、熊吉、与兵衛か、二人ひと組に三人ひと組と独り武者の勝と、仲間をそれた岩吉か、かれこれあわせて七人がかり七人武者か、ふン、賑《にぎ》かなことですねえ」

顔色ひとツ変えぬ政五郎の度胸に、善右衛門の方でかえって驚いた。それよりも驚いたのは、縁側の隅に遠慮がちに腰かけていた善右衛門の供の男だ、肝をつぶした顔つきで腰を浮かし、政五郎にきょろきょろと見入っていた。

馬鹿遊び

善光寺境内に、寂びて尊くかがやく常夜燈よりも、真黒くみえる山にぽつりと瞬く、苅萱堂《かるかやどう》の一ツ灯よりも、遊び信心の男たちの心を惹く権堂《ごんどう》の廓《くるわ》では、燭台の蠟燭《ろうそく》があかあかと、旅ごころを照らしていた。

その廓の中でひときわ傍若無人に振舞うものは、黒塚の権左衛門が、六十余州へ放った七人武者のうち、鎌切りの石太郎、摑みの熊吉、金床《かなどこ》の与兵衛の三人組、押切屋《おしきりや》の広間に陣取り、皿小鉢を叩きたてて遊び狂っていた。

「へへへ。なあ熊、権堂々々と耳にたこだが来てみると極楽が地獄だ。まるで俺は化けもの退治に銭をつかいに来たようなものだ」

と細くて長いからだの石太郎が、赤くなった顔を振って愚痴をいった。

「石、そんなに言うな、おめえは化け物退治でも、熊の奴は乙姫《おとひめ》様退治みてえなものだ」

「与兵衛、何をいやがるんでえ、てめえのだって小野の小町か素通《すどお》り姫かって代物じゃねえか、他《ひ》人《と》のことをいうない」

「熊、素通り姫って奴があるか、そとおり姫だ」

「おんなじこった」

「熊、おんなじことならてめえの女を俺によこせ、その代り貰い放しにはしねえ俺の女をてめえにやる」

「石、何をいやがる、化けものを貰ってどうなるんだ、俺は見世物師に商売換えはまだしねえ」

「熊がいやだってのなら石、俺がやろう、口銭《こうせん》を取らねえで取換ッこぶとう」

「与兵衛、てめえの女じゃ俺のとおんなじで、人間三分の化けもの七分だ」

三人の女たちは表に笑って、悪口を笑談《じょうだん》と聞いていたが、肚《はら》のうちでは憤っているのが、なにかにつけて現われた。

「さあ熊、与兵衛、どうで面白くねえ遊びだ、せめて騒げるだけ騒いで、少しでも面白くしねえと、つかった銭に対して面目ねえ。やいやい熊、なんだっててめえそんな女に酒を食らわせるんだ、もったいねえじゃねえか、無代《ただ》の酒じゃねえんだぞ」

「それじゃ頂きますまい、どうも悪うございました」

と熊吉の相手の女が、むッとして、盃を下に置いた態度に、石太郎の癇の虫が発した。

「なんだこの阿魔！」

平手が飛んで女の肩を叩いた。

「痛いッ」

女はあおむけに倒れ、うしろにあった燭台を倒した。蠟燭が火の舌をふるって、一間ばかり飛んで、障子紙を焼き抜いて廊下に落ちた。

「あれッ」

あとの女二人が障子に飛びつき火を揉み消した。

「なんでえ、燃えついたら燃しとけ、こんな面白くねえ家は灰になるがいいんだ」

「石やい、やい石、そんな悪態つくな」

「熊、この野郎め、うぬだけいい女にぶつかったと思やがって、ここの家をかばってやがらあ」

「そうじゃねえけど、この女を見ろよ、おめえに叩かれて泣いているじゃねえか」

「へええ、この女これで泣いているのか、俺は笑っている面だと思ったら、なるほど、涙がこぼれているから泣いているらしいな」

石太郎がもっとも憎まれ、与兵衛も熊吉も、ますます快くおもわれずにいた。

「石、熊、どうでこうなったらかわいがられるはずはねえ、どうだ、根太《ねだ》が抜けるほど騒ごうか。俺たちの節々が痛くなるか、ここの家が壊れるかってまでやろうぜ」

「与兵衛、その気になったか。よかろう騒げ」

「ようし、この熊あにいも騒いでくれらあ」

大の男が三人揃って、踊り狂う騒々しさに、相客はことごとく閉口しながらも、相手が旅のばくいち打ちと聞いては、迂闊《うかつ》に苦情をいえばたちまち損がゆくと、苦りきっている一方では、押切屋でも閉口し、とうとう、店の者がおだやかに故障を入れた。

「いかがさまでございましょう、あちらへ行らっしゃいましては」

手を揉んで世辞で丸め、この始末の悪い三人を、早く睡りに陥入《おとしい》れようとした。

「あちらとはどちらだ。やい番頭、俺たちをあちらへ行けとは邪魔だっていうことか」

石太郎が搦《から》んできた。

「いえどう仕りまして、地獄へなどお供いたしません、善光寺様のご利益で、行きますところは必ずもって極楽で」

「番頭。俺たちが地獄行きか極楽行きかおめえだれに聞いた」

と横から与兵衛が引取って搦んだ。

「石、与兵衛、そいつに聞くことがあるか、地獄行きはその番頭にきまってらあ」

「ご笑談で」

「なにをッ。ご笑談に歩いてなんかいねえ、俺たちはこうめえても剣の刃渡りの旅先だ」

「へい」

びッくりして番頭が、逃げ腰になる目の前へ、面を突き出した石太郎が、歯をむいて食ってかかった。

「与兵衛がいまいったとおり、俺たち三人は、剣の刃渡りの旅なんだ、嘘だと思うなら、ここへ相手を出せ」

「へ?」

通りかかって廊下の外で、押切屋の看板女お藤《ふじ》が、なんとなしに聞きこんだ。

「相手だよ、相手を出しな、相手といったって、人三化七《にんさんばけしち》の女などじゃねえ、政五郎を出せ」

「政さんを?」

「おや、心安そうに政さんだってやがらあ、てめえ、政を知っているのか」

「いえ、なに、へえ、存じません」

「存じませんという面は、もう少し人間がかっている、存じているのだろう旅寝の鳥の政五郎を」

「へッあの政さんで、いえ、いっこうに存じません」

「なんだなんだとこの野郎、熊、与兵衛、聞いたか。この野郎、あの政さんですかと口走りやがった。ひッぱたけば泥を吐くだろう。二人とも行って長脇差を持ってこい、俺のを忘れるな。やい番頭、てめえ、旅寝の鳥の政五郎を知っているといったな」

「いえ、存じませんと申しましたので」

と番頭は青ざめた顔になって答えた。

「知らねえ奴がなんだって、あの政さんでといやがった。うぬは寝鳥の政五郎の手先になり、俺たちの様子をうかがいに来やがったんだろう。やい与兵衛、熊、おめえたちはなんだって長脇差を取りにゆかねえんだ、俺がこんなに、一心不乱になっているのがわからねえのか」

「騒ぐなよ石。てめえがぎゃあぎゃあいって騒いでいるうちに、俺たち二人は相談したんだが、この番頭が全く知っているのなら、野郎をどこかへ呼び出させ、今夜のうちに形《かた》をつけてしまおうというのだ。その方がいいだろう」

と熊吉が真顔になっていった。

「熊がいうとおりだ、いくらなんでも、こんなところで騒動にしたのでは、聞えが悪いから、お定まりだ、どこかへ誘《お》びき出し、文句をひととおり聞かせてから、真剣白刃どりということにしたがいい」

という与兵衛の顔から、赤い酔いは逃げ去って、青白い色が気味悪く出ていた。

「おめえたちのいうのももっともだ。ではひとッこの番頭に政五郎を呼び出させるとしろ。やい番頭、てめえ、自分の命が大事か、それとも要らねえか、どッちだ」

相手の悪さがわかっているので、小理窟の一ッ二ッはこね返すはずの番頭が、二の句がつげずに黙っているのを見て、石太郎、熊吉、与兵衛はいよいよ信じて疑わず、嵩《かさ》にかかって責め問うた。

注進女

荒物屋の二階を借りて、当座、旅寝の鳥の翼やすめ、独り居の政五郎は、きのうの昼間、はからず会った杉本屋善右衛門から聞いた話が、忘れもできずこびりついていた。

梅吉、三次郎とは賭場の口喧嘩、解ければ水に流せるものを、命を血潮で塗り消した、もとは向うの心の浅さと、政五郎はおもい定めているものの、狙うといい、討つというは、理窟でなくて事実なので、聞いたその時から出会い次第、七人武者に岩が欠けて残る六人、討って取るか討取られるか、運は、われ人ともに知らず、勝手にしやがれと多寡をくくった。

「もう四ッか」

今夜はどこへも出る気がせず、飯は店屋物《てんやもの》をとってすませ、さっき階下のかみさんが、のべてくれた寝床で仰向き、古びた天井板の木目に茫《ぼう》と視線をむけ、過ぎ越し方といまの身の上、やがて廻ってくる勝負のことなど、まとまりもなく思いつ消しつ時経った。

「俺はこれでいいのかなあ」

喧嘩沙汰から血をみたことも再三再四、その一々に政五郎は、いつも運よく勝ち抜けて、ここまでは来は来たが、いつも胸に往き来の疑いは、俺はこれでいいのかなあ、だった。

「一人欠けて七人武者が勝を入れて六人、二人も三人も勝ひとり、出会えば三度、勝負も三度、そのたンびに俺が勝ち抜けて、長脇差に血ぶるいさせる、それで俺はいいのかなあ」

突きつめた考えというではないが、ぼんやりひろがる疑いに、政五郎は、どこか近所で戸を敲《たた》き呼ぶ人声に、気はついても耳を藉《か》す気になれなかった。

「六人斬って勝った俺はどうなるのだ。敵対からいままでに、人幾人も斬ってきたが、それが何の役に立つのだ、他人には歎きをかけ俺には何の得にもならねえ。むかし戦《いくさ》の時ではなし、敵を討つが誉《ほま》れというわけには行かねえ」

戸を敲いたのはこの荒物屋で、来たのは女で、声がした。

「斬ったはッたを豪《えら》そうに、身の来歴を飾るものとこの道のものはみんな言うが、斬って勝つとは、犬猫の喧嘩同然、ごくつまらねえことと気がついていて、それでいて白刃をふるい、身をかばうために勝ち抜けする、そいつも段々重なると、去年の冬の梅吉、三次郎の時のように、相手を倒してほッとする一足前に、俺はこれでいいのかなあと思ってしまう」

繰り返す糸のように、政五郎は思い返して、果てしもなく惑う途中を、階下から駈けあがるかみさんの足音に、長い慣いではッと起きあがると、蒲団の中に入れてあった長脇差を片手が引いてとり、片膝立ちに腰を浮かせた。

「政さん！」

階下のかみさんの声が、息詰っていてふるえていた、訊くまでもない、何か変事だ。

「何か起こりましたか階下のおかみさん」

という政五郎の声は静かだ。

「政さん、いま、あげますよ」

「え。あげるとは」

「お藤さん、早く政さんにおいいなさるがいい」

「お藤?」

権堂の狭い苦界《くがい》で浮き勤めのお藤は、この土地へ来たその晩からの、馴染《なじみ》だった。

「政さん、大変だよ」

梯子段の中途で、かみさんと入れ替ったらしい押切屋のお藤は、座敷からそのままの媚《なま》めかしい姿だったが、顔にも声にも、一点一線の媚めかしさも、消えて跡なく緊張《ひきしま》っていた。

「大変じゃわからねえ、何が」

「石に熊に与兵衛と、三人づれの奴に心当りはないかえ」

「石太郎、熊吉、与兵衛。ふうむ、そいつらなら知っている」

「来ているよ、うちへ、押切屋へさ」

「で」

「ひょンなことからうちの惣《そう》どんが、その三人に責め立てられ、とうとうおまえさんが、この土地にいることをいっちゃったんだよ」

「そうか」

「そうかといって、どうする気なの」

「俺か、まず、着物を着かえるんだ」

「じゃ、手伝うよ」

お藤は政五郎のうしろに廻った。

「政さん、おまえの方から仕かける気かえ。相手は三人だよ」

「三人でも一人でも——俺の思案はまだきまらねえんだ」

「逃げる気かえ、まさか、そうではないだろうねえ」

「逃げてはならねえとおめえいうのか」

「堅気《かたぎ》ではなし、どうせ、この道へはいった男だもの、わけは知らないけれど、狙っている奴の裏をかいて、逃げたのでは恥だろう」

「お藤、おめえそりゃ本当にそう思うのか。いくら考えても後悔しねえそれが考えか」

「おや、おまえさん、そんなら逃げる気なの」

「あいつら三人の命を、血で消して取るか、俺がかわして無事にしておくか、まだ思案に迷っているのだ」

「ちょいとおまえさん。逃げるくらいならわたしゃ、怖い思いして、こんな姿《なり》で、いくら夜だとはいえ、恥かしいのを我慢して、駈けつけてはこないんだよ」

帯を結び終った政五郎は、眼に光りさえ帯びて見上げている女の顔に、薄笑いの顔を向けた。

「お藤おまえは、俺に軍鶏《しゃも》の蹴合いがさせてみてえのか」

「そうじゃないけど、三人と聞いて逃げたのでは、後日おまえさんの疵になるだろうから」

「俺は間違ってこの道のものになったが、なったばかりか、血刀の間を、どうやらこうやらすり抜けてきたものだが、このごろ、白刃勝負のくだらなさに気がついた」

「ええ——じゃおまえさんは本気で逃げる気なの」

「かわすといえば言えもするが、まことを言えば逃げる気だ。ほう、俺の思案がもうきまった」

「そう」

「お藤。あっ気《け》ねえのでがッかりしたか」

「本当いえば、政さんはそんな人じゃないと思ったよ」

「おめえも俺を絵にかいた勇士にしていたのか」

「わたしゃとび出すときは夢中できたけど。後であいつらが気がついて、憎らしがっていやしないか知ら、政さん、とてものことに、わたしもいっしょに連れて行ってくれないか」

「そいつは俺が困るなあ」

「困るなんて薄情じゃないか」

「薄情といわれても仕様がねえ、俺もおめえも、深くはなったが廓で咲いた一時の花だ。お藤、世間は何より金がものを言う。もし、三人の奴らが四の五のいったら、そら、その二十五両を渡しとくから五両あたりから切り出して、せいぜい三人に十五両までで、奴らは文句を切り上げるにきまっている、持って行きな」

「政さん、そのくらい物がわかっていて」

「待ったお藤、外が変になった」

「えッ」

外へ、政五郎が察しのとおり、番頭を脅かしながら、酔のさめない石太郎、熊吉、与兵衛が声高にやって来ていた。

階下の夫婦は、表戸に錠をかけ、押入の中にもぐっていた。

変り思案

「ここだな番頭、違うと承知しねえぞ」

と熊吉が戸を敲いた。

「今晩は――今晩は」

内では押入の中で夫婦が、抱き合って息を殺していた。

「熊、俺が掛合ってやる」

と石太郎が足で戸を蹴った。

「やいやい。政はいるだろう、用があるから出てこい」

「おいおい石、のッけからそんなことをいったら、政五郎が要心してしまうじゃねえか」

「なにをいってやがる。こっちは三人だ、ビクビクするない」

二階にはそのときただ一人、お藤が残されて、梯子段の隅を踏んで政五郎は、そッと台所へ向っていた。

表では、熊吉と石太郎が、角突《つのづ》きあいになりかかっていた。

「だれがビクビクしているんだ」

「ビクビクしていなけりゃ、それで文句はねえじゃねえか」

「まあいいじゃねえか、石よせ、熊おめえもよせ、肝腎の時に、内輪もめする奴があるものか」

と与兵衛が仲裁をいい機会《しお》に、番頭は五、六間先へ、軒下伝い逃げて行き、天水桶に姿を隠した。

「おや、番頭め、逃げやがった、太え奴だ」

と熊吉が心づいて、四辺《あたり》を見廻し、舌打ちした。

「なんだ逃げたと。ことによると野郎め、いいかげんなところへ、俺を連れ出したのじゃねえかしら」

「だったら、帰りに寄って、首を引っこ抜くからいいじゃねえか熊」

と与兵衛が宥《なだ》めた。

「熊、与兵衛、番頭の奴、呼んでみろ、やい番頭、押切屋の番公」

呼ばれた当人は、天水桶にぴッたり引きついていたが、返辞は荒物屋の樋《ひ》あわいから聞えてきた。

「おう」

声の相違に気がつかず、呼んだ石太郎も熊吉、与兵衛も振向いた、その眼の前へ、すうッと出てきたのは政五郎だった。

「おやッ、てめえ、政五郎だな」

と咽喉が嗄《か》れたように石太郎が叫んで、ひらりと後へさがったが、荒物屋の雨戸をどンといわせた。

その音に催促されたよう、与兵衛も熊吉も長脇差を抜き放った、遅《おく》ればせに石太郎も長脇差を抜いた。

政五郎は片拳を長脇差にかけ、二間幅の道路の真ン中にすッくと起った。

「俺は政五郎だが、てめえたちは」

「野郎ッ」

世間いっさいのこと、早いもの勝《がち》と心得ている石太郎が、仲間を超えて突いて出る刃をかわした政五郎、抜討ち左袈裟に割りつけた。

「だッ」

と横筋斗《よこもんどり》うって倒れる石太郎の姿に、見ているうち血が逆上した与兵衛と熊吉が、左右から一どきに斬ってかかる刃を、政五郎はうしろへ引いて避けた。

「野郎ッ」

と異口同音に、二の太刀をふるう二人を一人ずつ、邀《むか》えて政五郎が斬って返した。

「うッ」

「ああ！」

熊吉と与兵衛と、二人、入れ違って倒れるのを見澄して政五郎は、どこへ飛ぶ気か足早になった。

「ああ、ちょいとちょいと——おまえさん！」

世間に気をかねていながら、お藤の呼ぶ声は、甲高かった。

「ええ」

見上げる二階窓の土格子に、内から食いついているような白い顔が、ほンのり見えた。

「お藤。いまの二十五両、勝手につかいな」

「お金のことなんかどうでもいいんだよ、それよりは、おまえさん、どっかへ行っちまうのかい」

涙声が、二階の窓から降るように聞えた。

「旅の者の約束で俺も今夜が立つ鳥よ、お藤。忘れちまいな。おうそうそう、階下のご夫婦にそういってくれ、この間お貸し申した金はそのままお貸しくだされにいたしますとな。じゃ、お藤、年期が明けたら良い亭主を持ちな」

「おまえさん、政さん、待っておくれ、わたしゃ、末始終よりいまが大事なんだよ、いまさえよけりゃそれで本望さ、年とってからのことなんかどうだっていいんだ、苦界の女は世間の女と違って若いときだけが命じゃないかよう」

泣き声高く聞えるうちは、近所の者が知っていてのぞきもしなかったが、わッと泣くお藤の声を聞くと、ぽつぽつと、向う三、四軒両隣りの戸窓があいて、怖々《こわごわ》ながらに人が出た。

政五郎は、もうとッくにいなかった。

娘買い

「もしもしおまえさん、どうかなされたか」

と呼びとめたのは旅の五十あまりの僧だった。秋が長《た》けて風が歯に沁みる、吹き晒《さら》しの上州中山越えの途中、人家のない崖の下腹の横うねりの道で、風にそよぐ草をうしろに、旅杖をついて白手甲《てっこう》の黒い手をあげた形が、どこかで見た画のおぼえを、呼びとめられたとたんに政五郎は思い出した。

「おまえさん博徒だな」

「お察しのとおりです」

「何を凋《しお》れているのだ」

「凋れてはいねえ。呆れ返っているのです」

「呆れ返ったか、なるほどのう、して、何でな」

「ご出家さん、私が呆れ返っているのは世間ありふれのことで、早くいえば銭がねえからです」

「博奕《ばくえき》の元手かな」

「そうじゃねえ、銭なんてものは、要らねえ時はあって要る時はねえ、底意地の悪いのにあきれもしたし、憎くもなったし、また、こんな、銭のありがたさを知らねえ道へはいった身に崇るのだとも思いましてね」

「ほほう、おまえさんが要らぬ時に銭があるとは、どういう時かな、聞かせて貰えまいかな」

「どうせ行く道は同じだから、話をしたって構わねえが、私が要らねえ時に銭があるというのは、遊んだりばくち打ったり、のらりくらり、酒や女に不自由しねえ時のことですよ」
「それがおまえさんには、もっとも楽しみの時とは違うのか」
「さあ、楽しみともつかず、楽しみでねえともつかず、そんな時は、ただ、ぶらぶらとくらしています」
「それでは、立入って妙なことをもう一ッ聞かしてもらいたいが、要る時に銭がないとは」
「きょうなんです、きょうくらい銭のないのが情けねえと思ったことはありません」
「どういう銭の要り先じゃな」
「ご出家さん、もう少し前に、娘ッ子が三人通ったでしょう、鬼みてえな野郎が二人、揃いも揃って薄情そうな面をして付添ってね」
「ほうほう、いかにも通った、妙な道づれじゃが、これはどこぞへ妙なものに売られて行くのじゃと、見送っていたのじゃが」
「銭が要るといったのは、あの三人の娘ッ子に要るのだ、ありゃ、出羽《でわ》と越後《えちご》からはるばる売られて行く、お百姓さんの子なんだ」
「ほうほう、するとおまえさんは銭があったら、あの娘ッ子の借りた金を払ってやりたいと、こう申されるのか」
「要らねえ時はいくらでも、盆茣蓙《ぼんござ》の垢が手に寄りやがって、要る時には、財布にあるのは皺だけだ」
「おまえさん、何という名じゃ」
「政五郎といいます」
「掛合ってみたのか、それとも、掛合ってはまだみないのか」

「掛合ってみたのさ、この先の泊りは渋川《しぶかわ》だろうから、そこでひと晩待合わせてくれ、そうしたらどこかで盆を争って」

「盆とは博奕の勝負のことか、ははあなるほど、で」

「必らず娘ッ子三人の借金の倍増しに払うからと掛合ったが、まるで奴らは受けつけません。にいさんおまえさんにはすまねえ、こっちは商売だからいけませんと、慣れている奴で口が達者だ」

「政五郎さん、わしの頭をみなさい」

笠をとって突き出した旅僧の頭に一ッ、瘤《こぶ》があった。

「え――どうしたんです、その瘤は」

「おまえさんの掛合いは銭無しだからきかぬはずじゃ、妙ではないかなわしは銭を出して掛合ったが、断わられる代りにこの瘤をもらったのじゃ」

「殴られたんですか」

「うむ殴られた、わしは坊主で弱いからな」

「ご出家さん、銭を出してくれますか、銭といっても二人は一両二分、一人は二両だと聞いたが、元金だけでも五両要るが」

「五両なら持っているが、おまえさん行って掛合いの仕直しをしてくれるかな」

「さあ、五両じゃむずかしいが、せめて七両もあったなら話はきっとつけるが」

「七両なら持っている」

「え。ご出家さん、七両出すのですか」

「わしの持っている金は、人様から頂いた預りものだ、さあ出しますぞ」

「まだ追ッつけるに違いねえ。ご出家さん駈けてくれ」

「いやいや、わしは足が遅い、それ、七両」

「じゃ俺ひとりで追いついてみる。だが、ご出家さん、娘ッ子を国へ帰すにはどうなさる」

「わしが引連れて行くから心配無用じゃ」

「じゃ、行ってみます」

「待った政五郎さん。行ってみますがあるか」

「えッ」

「追いつくのじゃ、断然として追いつくのじゃ」

獅子が吼えたように旅僧はいった。

「よし来たッ」

政五郎は勢いついて追って行った。

背の金色

が、政五郎の追跡は空しかった、どこで道が変ったか、その日の夕ぐれ近くなっても、目ざす娘三人を買って旅する男二人に追いつけなかった。

政五郎は疲れはて、薄ぐらく滅入りこんで、預りの七両をふところに、旅僧を待ちうけた。

「うう、寒い」

草を尻に膝をたて、見おぼえの旅僧を待入るうちに、腹のへった政五郎は秋冷えをひとしお感じ、ふと気がついてみる肌が粟だっていた。

「うう、いやに寒い。おう、やッとこさで来た、なんてあの坊さんは足が遅いのだろう」

やがて近づいた旅僧が、政五郎に向き直ったとき、うしろに夕日を負ったので、ちょっと眩しくなって政五郎は、眼を瞬《また》いて小脇に寄った。

「寄るな政五郎」

と、さっきと違って言葉が峻厳《しゅんげん》だった。

「えッ——折角でしたが、運のねえというものは仕様がねえもので、この先半里ばかりも追っかけたが、どこで聞いても、そんな人たちは通らなかったと言います。仕様がねえから諦めた。ご出家さん、さっきの七両をお返し申します」

「手を引ッこめろ！」

「えッ」

「なぜ、諦めた」

「そりゃ無理だ、どこで聞いても通らねえというんだ」

「地上を行くはずの人が五人、消えるものか。なぜ、通った方へ行かぬ」

「それがわからねえんですよ」

「わかるようにはなぜせぬのか」

「そりゃ難題だ」

「仮りにも人を救うというに、容易にゆくと思うか、たわけ！」

「たわけだとッ」

「おのれッ、たわけではないか、鈍痴《どんち》のしれ者」

「なにをいやがる、そんなことをいうなら自分がやれ」

「なんのためにおのれは若く健《すこや》かなのじゃ。金七両を折角授かりながら、救助ができぬとは、怠け者め」

「なにをいやがる！」

「おのれの働き不足に心つかず、罪をなりゆきに帰しておのれの罪とせぬか」

「そんな勝手な奴があるか」

「ある、ここにある」

旅僧は杖をあげてただひと打ちに政五郎の肩を、しかし、軽く打った。

「政五郎、わしをよく見ろ」

「え」

「わしをよく見て、わしのいうことをよく聞け。その七両、ふ、と、こ、ろ、にして追いかけろ」

「えッ」

背に輝く夕日が、老いすがれたというほどでもない年の旅僧の、年齢《とし》を超え、また、生死を超え、この世あの世を超えたものにした。

政五郎は眼をつぶり、また、開いて閉じた。

「追いかけろ。きょう追いつかずばあす追いつけ。あす追いつかずばその次の日追いつけ」

「えッ」

「今月追いつかずば来月追いつけ、追いつくまで身も命も忘れて追いつけ。今年追いつかずば来年追いつけ！」

「来年？」

「この怠け者。二年三年五年十年の間でも、追いつかずば追いつくまで追え！」

「…………」

「承知か、怠け者！」

ぴしりと杖が風を截《き》って、再び政五郎の肩に落ちた。

「その七両を酒色につかってみろ、喧嘩沙汰のとき膾《なます》刻みにあってこの世を終るぞ」

「………………」

「怠け者、起ちあがれ」

「へい——だがご出家様」

「なんじゃ。俺ばかりに追いかけさせ、坊主おのれは何をすると訊きたいか」

「いいえ、そんなことはうかがいませんが」

「訊きたかろう。わしも身を責める、きょうからわしにはわしが罰を食わせる」

と旅僧は杖をすてて合掌した。

「ご出家様、私はいまっから追いかけましょう」

政五郎がさげた頭に旅僧は、南無妙法蓮華経と——そう政五郎は聞いたように、後々になって思い出された。

政五郎は預りの七両をつかってしまった。ばくち打つより他に何の収入《みいり》の途のない悲しさを、つかい果して後にしみじみさとり、心に寒さを感じた。

「南無妙法蓮華経——」

と、時どき政五郎は罪を詫びたが、それだけで気が軽くなったことは一度もなかった。

「いけねえなあ。俺の眼の先が薄ッくらくなってきやがった」

瞬いて見れば何でもはッきり見えたが、いつとなく、また眼の先が薄ぐらくなる気がした。

「ちえッ、こんなでは仕様がねえ」

と思い直すその下から気がついてくるのは、梅吉、三次郎の仕返し七人武者のことだった。石太郎、熊吉、与兵衛の生死は知らないが、その他にそれた岩を除いてもまだ三人、喜次郎、千蔵と勝造があった。

「あいつらの形《かた》をつけてみるか」

ふいとそんな気が起ってきた。

「どうでろくなことのねえ俺に違えねえ。なんといっても坊さんの金を七両つかってしまったんだからなあ」

忘れても思い出し、眼について離れぬ背に夕日を負った旅僧の姿を、夢にも見たし、現《うつつ》にもみることが再々だった。その果てが、身を棄鉢《すてばち》の荒い気にまで落させた。

「ようし、どうでやるなら本元の黒塚の権左衛門にぶつかってやれ」

その方が、旅僧のいったとおり、喧嘩沙汰には膾刻みにあって死ぬものか死なぬものか、言葉の真偽がはッきりすると、気もちが横に這って依怙《いこ》地が張った。

覚悟がつくとすぐさま、上州路から次々に、一宿一飯をたどりたどって、宇都宮はずれまできた政五郎は、その日の夜の木枯しに吹き送られでもするように、宵から黒塚の権左衛門の家の廻りを徘徊《はいかい》した。

「どうも家にはいねえらしい」

と思ったのがあたって、その晩、権左衛門は、このごろ旅先から呼び返した千蔵、喜次郎、勝造の三人に、疵養生をして帰っている石太郎、与兵衛、熊吉を加えて、六人揃って、妾に出させている怪しい渡世の、酒臭い家へ行っていた。

政五郎がそこを嗅ぎつけたのは、権左衛門の女房が、悋気《りんき》に燃える胸の火のやり場がなく、子分たちに当りちらすその愚痴を、往来中で三下者が三人口軽く、ぺらぺらと話合ったのが因《もと》だった。

「遊ばしてくんな」

安っぽく赤提灯が出ている前を二、三度通り、二階の賑いを権左衛門の親分子分と見きわめた政五郎は、赤提灯にちらりと照らされ、酒の燗《かん》がつき過ぎて、ぷンと悪く匂う家の中へはいった。

「おや。何だねえおまえさんは」

ひと目で知れる権左衛門の妾が、二階へ行くついでに気がついて振返った。

「遊ばしてくんな」

と政五郎は歯をみせていった。

「なにをいってるんだい、おまえみれば旅人らしいが、いまごろこんなところへ来て何のことだい。そら一分やるから、そこらへ行ってドヤ（宿屋）につきな、家じゃ今夜は客をあげないんだよ、あしたの晩だって旅人は客にはしないから、よくおぼえといて他家《よそ》へ行くんだよ」

親分の威を借用して、妾のいい方は高飛車だった。

政五郎は黙って突ッ立っていた。

妾の声高に気がついて、台所あたりで手荒く障子をあけて出てきたらしい大きな男が、ひょいと突き出した顔をみて、政五郎の方でも見おぼえがあり、大きな男の方でも忘れてはいなかったらしく、うしろ向きに仲間を呼んだ。

「なあ鬼作《きさく》、ちょいと見てくれ、この男じゃなかったかしら」

あとから出てきた鬼作という男が、面つき出して政五郎をのぞき見した。

「あッこの男だ。やいてめえはよくも、中山越えで変ないいがかりをつけやがったな。お岩姐御《いわあねご》、この男ですよ、玉を三人つれてくる時、途中で文句をつけやがったのは」

「ふうン、この男かい、じゃ、鬼作と鮒太《ふなた》と二人で、ひッつかまえとけ。あたしゃ親分のお耳に入れて、お指図をうけてくるからね」

とお岩があがる梯子段へ、一足《いっそく》飛びに飛んで廻って政五郎が、三段飛びに二階へ駈けあがった。その煽《あお》りを食ってお岩妾が、梯子段を踏みはずし、仰向けざまに鬼作、鮒太の足もとに転がった。

「南無妙法！」

なんと思ったのでもなく、口を衝いて出たまま、大声に唱えて政五郎は、たったいま、惣立《そうだ》ちになった二階座敷へ、勢《いきおい》、風のごとく駈けこんだ。

「逆寄《さかよ》せをして来やがった」

と叫んでからだをふるわせたのは、疵が因で右に首が傾ききりの石太郎だ。左手が不自由になった熊吉と、不具《かたわ》にはならぬが疵痕が大きい与兵衛とは、ものを言わずにいるが、眼に怯《おび》えが出ていた。

旅帰りの喜次郎、千蔵と権左衛門の股肱《ここう》のもの八作、七五郎とは、素早く裾をからげて長脇差の鞘を棄てた。

政五郎はまだ素手だ、胸先に両腕組んで、キラリと光る眼で一座を見廻した。

「他の奴は口出しするな。権左衛門、返答しろ」

「なにもぬかさずに返答しろという奴があるか、小僧、戸惑やがるな」

と肥って足掻きの悪い権左衛門は、合計八人いる屈指の子分を頼んで、ゆッたりと政五郎を冷かした。

「これから訊くから返答しろ、子分どもは口出しするなということだ」

子分の中に混っている勝造は、高井戸宿のときと違っていい血色で、眼の色が冴えていたが、政五郎の顔をみたその刹那から、冴えた眼が曇りそめ、いまでは顔色がいつぞや行倒れのときに似寄っていた。

「返答も糸瓜《へちま》もあるか」

と喜次郎が横から斬りつける刃の下を、掻い潜って政五郎は、足蹴にかけて蹴放した。

がらがらとからだでつき抜いた障子とともに喜次郎が、二階の低い手摺《てすり》で筋斗《もんどり》打って往来へ落ちた。

「なにをしやがる」

と千蔵が突いてかかるを、斜めに体《たい》を振って政五郎が、ものも言わず抜討ちにかけた。

「なんでえこのザマは、たった一人の俺に、談合半ばに白刃の振舞いか。こんなだから子分たちがみんな短っけえんだ、背じゃねえ肚《はら》のことだい。梅吉、三次郎は何で斬られたかうぬら知っているか、長脇差で斬られましたと返答するだろう大べラ棒め、梅吉、三次郎が斬られたのはうぬがうぬに斬られたんだ、俺は喧嘩をかわして、用もねえ方角へ早発《はやだち》したのに、待伏せやがってとんで出た。やい考えてみろ。斬るという奴に斬らせては人間幾つ命があってもたりるものか、だから俺は斬って生きた、命をかばうにはこの手よりほかに途はねえ、さあ、これだけ言ったらわかったろう、わからなくっても俺は知らねえ。もとの善悪をたださずに、強がり一方の権左衛門、七人武者とかをオッ放し、狙わした命は俺のここ胸にある。さあ、どうするんだ返答しろ」

「小僧、長口上の種が尽きたら、権左衛門が見懲《みごら》しの私刑《しおき》をする。それやッちまえ」

八作、七五郎にいつの間にか上ってきていた鮒太、鬼作と四人が先陣、後陣は石太郎、熊吉、与兵衛の古疵組三人、ひとり勝造だけは眉を眼にひそめて息をつめていた。

「うぬらに膾《なます》ができるのか」

と政五郎は、血に染まった白刃を斜《しゃ》に構え、目にあまる敵を睥睨《へいげい》した。

政五郎が膾といったが、膾とはなんだと、たれ一人聞き返す余裕《ゆとり》がなく、先陣の四人、後陣の三人、勝造も権左衛門も死んだように口をきかなかった。

「だれかかからねえか」

政五郎が催促した。

「かかれ」

と権左衛門が身ぶるいして叱ったが、だれもかからなかった。

「かかってこねえのか、腐るほど目白押しをしてやがって、うぬら肘がつかえて動けねえのか、よし動くな」

と政五郎が先陣四人に割ってはいった、と見て四人は左右に開いたが、そのとたんに八作が尻を斬られ、鬼作と鮒太は逃げて階下へ転げ落ちた。

「さあどうだ、さあどうだ」

と政五郎は怒鳴りながら、盲滅法に斬り捲り、燭台を切って倒したのを最後に、ほッと息をついて見廻すと、千蔵、八作が廊下の隅でうなっているだけで、古疵組は逃げて姿なく、青くなった権左衛門をかばって勝造が、頬をすこし赤くして突ッ立っているのみだった。

「権左衛門、勝負とこい」

眼玉が飛び出しそうな眼をむけて、政五郎が燈火の乏しくなった中で、向って行く前を勝造が、長脇差を抜いて遮《さえ》ぎった。

「勝、てめえだってやッつけるぞ」

という政五郎の足もとへ、はらりと勝造が何か投げた。高井戸の道端で、政五郎の笠から落ちた桜の女夫花《めおとばな》だ。

「政五郎。恩は恩、義は義だ。親分の前で勝造の討死ぶり、見てくれ」

と勝造がにッと笑って前へ出た。

「勝その花の押したのは何だ、何のまじないだ」

「高井戸の花だ」

「なんだと──」

くるりと政五郎の眼が動いて、足があとへ三、四歩さがった。

「高井戸の花というと、何だ」

「お前さんの笠から落ちて、俺の袖について、杉本屋まで来た花だった」

「ふうむ」

政五郎の顔に、妙な光りがちらりと打った。

「勝負とゆこう政五郎」

と勝造が一足出た。

「いやだ」

「なにッ」

「俺は七両つかいこんだが、膾にはならねえらしい」

「なんだ?」

「俺は逃げたくなった」

「え」

びッくりする勝造のうしろで、権左衛門が、低く弱く囁いた。

「あいつ逃げてくれれば勝おめえの手柄だが――」

据えていた眼に爛々と輝きをもってきた政五郎が、はッきり言った。

「そうだ俺は逃げよう、だが勝、出羽から一人越後から二人、買ってきた娘ッ子を俺にくれ」

「妙なことを急にいい出して――」

「おうそこにいたか」

いままでのドサクサまぎれに、だれの眼にもとまらなかった女三人が、醜く厚化粧を施した顔をすれ合わし、床の間の上に縮んでいた。

「おうおまえたちは俺におぼえがあるか」

といわれて女の一人が、頭だけで知っていると答えた。

「坊さんも知っているな」

他の二人がうなずいた。

「じゃ、おまえたち、国の親のところへ帰るんだ」

と政五郎がいい終らぬうち、三人の女は、相抱いて、死ぬかの如く泣き出した。

「どうしたんだ。うむ、嬉しくって泣くのか」

と政五郎の眼も涙に曇りかけた、が、女の一人が、濡れた眼をあげて、噛んで吐き出すようにいったのを聞くと、急に涙が乾いてしまった。

「いまさら、帰っても仕方ねえ。おらたちぁ三人とも――もう娘でねえもの、なあ」

二人の女も悲しい声で、言葉ならぬ声をあげ、抱きあって泣き伏した。

それから間もなく、命を投げ出している勝造と、命を大切にしたがっている権左衛門の眼の前から、政五郎が下を見つめて階下へおりて行った。

階下では、お岩妾がとッくに逃げて、だれひとりいなかった。

その後、風のたよりが勝造に聞かせたのは、肌につけた白衣に、髯題目《ひげだいもく》をかいた旅人があるということだった。

その旅人は、だるま、草餅、夜鷹《よたか》なんど、そういう女の売れ残りをみると、ひとつかみの銭をいつもやる——。

三ッ角段平

老いの恋

「段《だん》の奴は、なんだってあんな変な面をしやがったんだろうなブキ竹《たけ》」

と隈《くま》の半左衛門《はんざえもん》が、膏《あぶら》ぎって緊った赤ら貌《がお》に、一抹の不快を漂わして訊いた。

ブキ竹は半左の子分のうちで、腰巾着と名をとったぐらい、お気に入りで、素早くもあり、口も達者な上に、陽気で剽軽《ひょうきん》だった。

「そりゃね親分、あの人は身内でも指折りの親分孝行だから、年甲斐もなく親分が」

「なんだとこの野郎。もう一度はッきり言ってみろ」

「えッ。言うよ、あのね、あの人は身内でも指折りの親分孝行だから、感心なものだ」

「終《しま》いの方が違ってらあ、感心だなんててめえいわなかった。この野郎め馬鹿にしやがって」

「そうだったか知ら、俺は考え考えものをいうのじゃねえから、まれには胴忘れもする」

「余計なことをぬかすな。さあきッぱり言ってみろ、ごまかすと承知しねえ」

「じゃ、もう一ぺん、はじめから言ってみらあ。あの人は身内でも指折りの」

「そこは間違ってやしねえ、その先だ」

「指折りの親分孝行だから感心だ、何度いってもひとッことだよ親分」

「ごまかしやがって太え奴だ。そうじゃねえてめえが最初いったのは、感心だなんて文句はねえ、年甲斐もなく親分がといやがった、何が年甲斐もなくだ、ブキ竹、その先をありていにいってみろ」

「そんなことをいったかしら、親分々々」

「なんだ。頓狂な奴じゃねえか、大きな声を出しやがって」

「バラバラ音がするが雨じゃねえかしら」

「天気のことを訊いてやしねえ。いまのつづきだ」

「つづきというと何だっけかしら」

「段の奴のことだ」

「そうそう段さんは直ぐ出かけましたよ」

「そんなことを訊いてやしねえ、殴るぞこの野郎め、親分をからかう子分がどこにある」

「人聞きの悪いことを言いッこなしだ」

「現在いまおれをからかやがったじゃねえか」

「ああ、親分と花吉《はなきち》の話か」

「白ばッくれやがって、抜け抜けとあんなことをいやがる、すべらした口を消そうとて、いろいろ様々ぬかしやがる。なあ竹、もしや段の奴が今度のことに不服を持っているのじゃねえか」

「花吉を親分が女房にするという話ですか」

「ブキ竹、仮にも俺の女房にといっている花吉を、呼棄てにする奴があるか、近えうちに姐御といって侍《かしず》く女じゃねえか」

「だからさ俺は花吉さんといっているのに、親分は年のせいで耳が遠いんですよ」

「また年のことを言やがらあ」

「俺が違ってやがった。親分の耳のせいじゃねえ、俺のいい方が悪かったんだ、ああ悪かった、花吉さんのさんが小ちゃくって聞えなかったんだ」

「ツベコベと言う奴だ。なあ竹、段の奴は俺のことを、親分が年甲斐もなく若え女に鼻毛をのばしてとかなんとか、陰口をいっていたのか」

「親分、雨がやみました」

「段の奴は何といっていたんだ」

「ああご覧なせえ日が照ってきた」

「野郎ッ」

と半左が湯呑を鷲《わし》づかみに、糸底を長火鉢の猫板にとンとぶつけた。

「へい」

「ブキ竹、甘えことを言っていると、てめえはいつもの伝で、ごまかしたりはぐらしたりしやがる、承知しねえぞ」

眼が据わっているのを見て、ブキ竹は首を縮めた。いつもならこんな怖い顔をする人ではないのにと、肚《はら》のうちで勝手違いに驚きながら、怖気も少しついて来た。

「俺は段の奴に、松屋へ行ってかみさんに会い、花吉のことをきめてこいといいつけたが、あいつ、いままでにねえ変な面して行きやがった」

「へえ、全く段さんはきょうに限って、いままでにねえ変な面して行きやがった」

「口真似をしやがるな」

「へい」

「もっとこっちへ来てくれ、殴りやしねえ」

「小づかいをくれるんですか」

「小づかいだと、うむやろう、それ三分やる」

「ありがとう存じます。そこで親分、小づかいを貰ったから言うのじゃねえが」

「うむ、段の奴が何といった」

「言やしねえが、胸の中はわかってまさあね。俺に怒っちゃいけませんぜ、段さんの肚《はら》の中でいうことを立替えるのだから、ようがすか親分。うちの親分もいい年をして、あんな若え女を姐《あね》さんにするとは困ったものだと」

「そんなことをいってやがったか」

「なにね、いやぁしねえがさ、溜息をついて、眉間に皺を寄せ、たいそうな不機嫌で出て行ったから、口に出さねえでもわかってます」

「竹。花吉と俺じゃ、均衡《つりあい》がとれねえか」

「悪いってほどのことはねえが、いいってほどのこともねえ」

「はッきり言え」

「世間にありふれたことだと俺なら思いますね」

「そうか——竹、あっちへ行け。早く行っちまえ」

「お茶でもいれて来ましょうか」

「うるさいッ」

半左は急に渋面をつくり、握り拳を額にあて、長火鉢に腕杖をついた。

年五十六の隈の半左衛門が、二十年下の女房に離縁状をやったのが先月のこと、その後、世間の噂では三人ある妾のひとりを家へ入れるだろうとあったが、そうでなく、今年二十一の松屋の流行《はやり》ッ妓《こ》花吉を、家へ入れる気になってたのが、この頃中からやっとはッきりわかってきた。したが、花吉は半左を好いていなかっただけでなく、意中の男は、半左身内の段平《だんぺい》だった、それではまるく納まるわけがない、その段平がきょう、身の代金を持たされて、身請《みうけ》の交渉に向けられた。

ただ一ッの幸いは、段平の意中に花吉がないことだ。

人身御供

松屋でかみさんのお百に、花吉身請の話を切出した段平は、気の進まぬことながら、親となり子となった義理の柵《しがらみ》で、一応は断ったが強《た》ってといわれて引受けたからには、否が応でも、身請話だけはまとめる気だった。

が、お百は当惑して溜息をついた。

「おかみさん、いかがでしょう、三百両のところを即金百五十両、あとの金は来月五十両入れて、盆には百両きっと入れますが」

「段平さんそりゃお金のことは、どうともご相談に乗りますが、困ったことには当人が」

「へええ。言っては悪いが、この土地で、水稼業をしていながら、浮いた噂一つ聞いたことのねえ花吉さんでも、やっぱり深えのがありましたか、そいつぁ無理とは思いませんが」

「それがねえ段平さん、困るんですよ。あの妓《こ》はご存じでしょうが、家の芸者には違いないが、縁を引いた女ですから、赤の他人というわけではないので、他の妓のことより深いことをあたしは知っていますが、他人にもいわず胸の中で、ちゃンときめている男がありましてね」

「そうでしたか、そう聞くとかわいそうだが、あっしにしてみれば親分は親、子の眼からみても、あの年で花吉さんを女房に据えるのは、褒めた話とは思っちゃいませんが、親分孝行もしなくちゃならねえ義理があります。気の毒とは思うが、その男のことをあきらめさせてくれませんか」

「さあ、それがねえ、なにぶんにも心を知っているわたしには、いじらしくってねえ」

「いったいその相手とは、どこの男です」

「段平さん、それは当人に訊いてくださいまし。それにまたもう一ッ困ったことは、きのうから鷹《たか》の茂十《もじゆう》親分からも身請の話が出ていましてね」

「えッ、茂十から」

「その方はいまもお断り申したんですが」

「おかみさん、茂十が身請と切出したとあっては、意気張りずくでも、家の親分のものに花吉さんをしなくちゃならねえが」

「さあ、そのために、騒動になっても困りますしねえ」

「たとえ騒動になったところで、こちらにご迷惑はきっとかけません。だけれどおかみさん、茂十と家の親分では、火と水の仲、出会ったらただですまねえだろうと世間でも噂しているほどの仲です。ねえおかみさん、どうか花吉さんを茂十にゃ渡さねえでください」

「だからいまもお断り申して来たところなんです」

「茂十は承知しましたか」

「花吉が想っている男への心中立なら、綺麗に手を引いた上で、所帯でも持つときは、鰹節《かつぶし》ぐらいは祝ってやるが、想ってもいない人のところへ身請されるのだったら俺の方が先口《せんくち》だと、こうおっしゃいます、その時はまだ段平さんからお話がなかったので、承知いたしましたと言って来ちゃいましたんでねえ、余計、話がつけにくいのですから、困りましたねえ」

とお百の言葉が終らぬうちに、ぬッと廊下から障子をあけてはいってきたのは鷹の茂十、瘠せてみえても筋骨ががッしりしている四十年配、隈の半左より二、三寸も上背があった。

「おや親分、まあ、こんなところへ」

「ご免よ」

じろりと段平を見て上座《かみざ》についた。

お百は商売柄の愛想よさ、悪い顔はすこしも見せないが、肚の中では当惑していた。日ごろ不和の隈一家と鷹一家、その一方の指折りの段平と一方は総大将が出会ったからは、花吉の身請争いからたちまちもつれて行くのが眼にみえた。

「段平さんや。挨拶は抜きかえ」

茂十は鷹揚《おうよう》に挑戦した。

「略させて頂きます」

横を向きたそうに段平が返辞を吐き出した。

「なぜね」

「ちッと内密の話の席へ、いきなりはいっておいでになったんで、きょうのところは略します」

「内密話《ないしょばなし》か知らねえが、茂十々々と呼棄てにしてくれるな、俺は若え者にいいつけて、半左衛門とか半左とはいわせていねえ、必ず、さんづけをさせている」

「左様でございましたか、相すみません、以来きっと心得ます」

「そうかい。そこで段平さんや、相談だが」

「なんでございます」

「花吉のことだ。ありゃ俺が先口だ」

「へえ」

「半左さんも花吉が欲しいとなあ、そうかも知れねえ、顔もよし、姿もよし、第一には気象《きしょう》がいい、だれだって欲しかろうさ、だがのう」

「へえ」

「俺が欲しい心も半左さんが欲しい心も一ッものだ、身をつねって知る人の痛さだ。俺は我慢して譲ろう」

「えッ。家のおやじに花吉さんを譲って頂けますか」

「うむ譲る」

「へえ。で、譲るについて、何か個条でもつきますのでしょうか」

「つくよ一ッ」

「どんな個条か、うかがえますか」

「ああ言うとも、俺は花吉を身請の先口を引ッこめるが、その代り半左さんは、是が非でも、花吉を女房にしなさるか、こいつがたった一ッ個条だ」

「いたします」

「きっとだね」

「段平が男にかけて請合います」

「そうかい、それではかみさん、いま聞くとおりだ、俺は花吉の花ともこの後はいわねえから、安心しな」

「どうも親分、お陰さまで一ッ安心いたしました」

とお百は急にほッとしたが、段平の顔をみると再び曇った顔になった。

「話がついたら俺は引下がろう。段平さん、念を押すようだが、きっと花吉は半左さんの女房にするね」

「へえ、必ずそうなります」

「じゃ、ご免よ」

のッしのッしと茂十が座敷を出て行った。

見送っていた段平が、安心の色を顔に出したのを、お百はちらと見てまた顔を曇らした。

「どうなるかと思っていたら、茂十さんが綺麗に出てくれたので、あッしも肩の重荷がおりた気がする。そこでおかみさん、身の代金だが、さっきも言ったとおり、まことに無理と知りながらのお頼みだ――」

「段平さん、とんだことになりましたねえ」

「えッ、とんだこととは」

「花吉が心にきめた男というのは――困ったねえ」

「なあにようございます、その男がだれだか知らねえが、不仕合わせにならねえよう、きっとあッしも骨を折りましょう」

「そう行きそうもないんですからねえ、困ったことになっちゃった」

「おかみさん、花吉さんとその男とは、堅い約束ができているんですね」

「それはさっきも申したとおり、男の方では、ことによると気がついていないんですから、いいえ、まるで知らずにいるらしいから、それで余計に気をもむんですよ」

「じゃ、どうというわけもなかった男ですか」

「あるくらいなら、こうはなりませんでしたろう」

「いってい、どこの男です、それは」

「さあ、そのことだけは、当人に聞いた上でないと、言っていいことか悪いことか」

「早くいえば花吉さんの片想いか、そんならなあに家の姐御になってしまえば、そんな男のことは忘れるでしょう。じゃ、あッしも名もところもうかがいますまい」

「えッ、聞かないでもいいのですか——そうかも知れませんねえ。けれど、ねえ、段平さん、どうでしょう、この話をなんとか水に流すことはできないでしょうか」

「花吉さんのためにはそうするがいいが、家の親分のためには、そしてまた、子分としては、そうはいたせません」

「もし、後で悔むことがあってもですか」

「悔むとは家の親分がですか、そんなことはございませんよ」

「それじゃ段平さん、せめて、当人にじかに、この話をしてみてくださいませんか」

「そいつは堪忍してください。もともと、五十六の婿に二十一の嫁という話だ、婿には会えてもお嫁さんには会いたくねえ」

「そんなことをいわないで段平さん」

「へえ、百五十両、内金でございます。すみませんが受取りを一本書いて頂きます」

「ねえ段平さん」

「おかみさん、金は封を切って、数をよんで頂きます」

「段平さん、そんなことをすると後で怨まれますよ」

「花吉さんにですかい、そいつぁもとより覚悟の前で致方がございませんや。おかみさん、縁あって親分子分となったからは、少しは無理でも、子分は親分を嬉しがらせてえものなんです」

「それはそうかも知れませんが」

「おかみさん、すみませんが、百五十両内金入りの一札、お早く頂きます、あッしは早く帰って親分を喜ばせます」

「じゃこうしましょう。花吉はお詣りからもう帰ってくるでしょうから段平さんと花吉とあたしと、三人でとッくり話合って、その上でのことにしましょう、それまではこの百五十両は受取りますまい」

「おかみさん。いやなことを言うようだが、初手《しょて》から無理と知って段平はやって来ています。あッしはねえ、親分のために、気の毒ながら花吉さんを、ここだけの話なんだが人身御供《ひとみごくう》にあげる気だ」

「えッ、それでは段平さんは」

「気の毒ながら泣かせますよ」

「で、段平さんは」

「あッしが。なんです」

「段平さんはそんなことになって何ともないのですか」

「あッしがですかい。寝ざめは少し悪いか知れねえが、なあに、そのうちには、花吉さんもかえってこの方が仕合せだと思うようになるかも知れませんや」

話が通じたようで、段平にはとうとう通じなかった。いかに親分思いの段平でも、花吉の想う男は段平とわかっていたら、こうまで押切ってかかったかどうだかわからなかった。

「じゃ段平さん、内金の受取でなく、預り証をかきましょう」

「なぜ、受取がかけません」

「花吉の料簡を聞いた上でないと、いくらなんでも書けませんよ」

「そうですが、では、預り証文でもいいとしましょう。なあに、いまも茂十さんから念を押されているんだ、この縁をまとめねえと、段平、男でねえことになりますから、書いたものは何であろうと構やしません」

段平は自分で自分を、深い谷間に落しているとは、まだこの時は気がつかなかった。

男の名前

隈の半左衛門は、百五十両の預り証文をふところに、気に入りのブキ竹をつれて、松屋へ遊びにきたのがその翌日の午《ひる》過ぎだった。

「花吉はまだ顔をみせねえがどうした」

来て間もなくから半左は、気にして催促した。

「親分そうセカセカしねえもんだ。お婿さんに見せるのだもの、お嫁さんだって、念入りに白粉《おしろい》を塗るだろうから、まあ一ツ飲《い》きましょう。だが女中たち、なるべく早く顔をみせるように、花吉さんに言ってくれ」

愛嬌に挨拶にきた女中のひとりに、半左かブキ竹か、どちらかが催促に怠らなかった。

「竹。てめえ行って花吉をつれてこい」

いくら待っても顔をみせない花吉に、怒りを含んで半左がいきまいた。

「親分そうジャンジャンいうものじゃありませんや」

「大きにお世話だ。てめえが催促にゆけなければ俺が自分で行ってくる」

「そんなことをしちゃ嫌われるぜ親分」

「そうか、嫌われたくはねえから、じゃ、我慢してここにいて待とう。だが遅いなあ」

「親分きょうは雨ですぜ、降り出したらきのうと違って地雨になり、二、三日つづきますね」

「天気のことなどはどうでもいい、黙ってろい」

「ほい、叱られた。親分々々とうとうやって来たらしい」

「また天気のことか」

「違いますよう、花吉さんがさ」

「本当か」

ひょくりと半左は、われを忘れて起ちあがったが、さすがに気がついて座についた。

やがて、はいってきた花吉をみて、半左よりもブキ竹が、腹を立てたような顔色になった。

花吉は、酒の席へ出る姿でなく、白粉けのないふだんの花吉をむき出しだった。

「花吉。待たせたなあ。さあ、一ッ飲《や》れ」

と半左が杯をさしたが花吉は、辞儀をしただけで手を控えた。

「おや、どうかしたのか花吉」

「親分。花吉は、きょう、本名のお花でお話がいたしとうございます」

「本名のお花で話す、いいとも、俺もその方が嬉しいのだ。実はな、そのことで、自分で相談をじかにした方がいいと思ってやって来た。日はいつがいい、俺の方は早えがいいのだが」

「だからさ、日はいつがいいのだ——おや、おめえさっきから、にこりともしねえが、腹でも痛えのか」

「本名のお花でお話がいたしたいと申しましたのは、そのことでございますが」

「婚礼の日だよ。俺とおまえの」

「その日とおっしゃいますのは」

「親分、きのうお人がみえて、わたしの身請のお話だったそうでございますが」

「うむ、喜んでくれ。百五十両内金を入れて受取を貰ってある」

「いいえそれは違います。ここの家では親分へ、内金の受取は出さないと聞いています」

「なんだとッ。じゃ、身請が気に入らねえのか」

と、面色を変えて膝を立て直した半左の脇でブキ竹が、ぐいと両膝をむき出しに、煙管《きせる》を逆に握って花吉を睨んだ。

「おうおう。気をつけて口をききな。悪いことは言わねえから、いいかい、わかったかい」

と、一ッには半左に忠義を見せ、一ッには花吉を脅した。

「証文をよくご覧くださいまし。身請の内金でなくって、ただの預り証文でございましょう」

「おうおう花吉さん、悧巧そうに何をいうんだ。内金だろうが預り証だろうが、一ッことじゃねえか」

「竹、黙ってろ。なるほど、預り証だが、その素性をいえば、知れたこと、おめえの身請の内金だ」

「いいえ、あたしは身請が不承知でございます」

「なんだとッ。俺に不足があるというのか」

「おうおう、親分のどこに不足があるのだ」

「花吉、きッぱり言え」

「返辞しろ」

半左もブキ竹も、座蒲団から乗り出し、腕捲りして詰寄った。

覚悟をして来た花吉だったが、半左の権幕、ブキ竹の脅しに、はッと言葉が詰った。

「さあ花吉、何とかいえ」

「おう何とか返答してくれ」

半左は膳を片寄せて乗出し、ブキ竹は花吉の膝近くまですでに来ていた。

ようやく花吉は、固唾《かたず》を呑み切って口をひらいた。

「なんとおっしゃっても、あたしは不承知でございます」

「そんなことは返辞にならねえ」

「親分、あたしは想う男がございますもの、親分のおかみさんにはなりません」

「そんな話を段平から聞くことは聞いたが」

「えッ段平さん！」

「うむ、きのう段平がここから帰ってきての話に、花吉には、片想いの男があると言っていた」

「なんですって、片想い――あたしのことを片想いとは。親分、段平さん何も知らないからそんなことをいったのです」

「知るもんかそんなことは、だが、段平もいっていたが、深い約束をしたというわけではなし、女だけが胸に抱いている恋なんか、風邪ひいて出た熱みてえなもんだから、そのうちには引くのがお定まりだと、あれで段平はいうことがなかなか旨え奴さ」

「片想いでも親分、あたしは身請はいやでございます」

「なにをッ。そういったものではねえよお花。若え時はえてしてそんな夢をみるものだ、いまに年をとるとよくわかってくるんだ。悪いことはいわねえ、片想いじゃおめえつまらねえじゃねえか、それよりは俺だ。すこし老けているが四、五年もたてばちょうどいい年ごろになるからのう」

傍のブキ竹がクスリと笑った。たとえ五年たっても、半左は六十、花吉は二十五、ふたりの年頃がぴッたりするのは、五十年か百年も経たなくてはなりっこない。

花吉は半左の咽喉を鳴らすような撫声を耳にも入れず、蒼白になった顔に、細かい露ほど、膏汗《あぶらあせ》をみるみるかいた。

「親分、あたしはただいまきッぱり申上げます」

「何だそんな蒼い顔になって」

「あたしは親分のおかみさんにはなりません。いいえ。強《た》ってするとおっしゃっても、あたしにも癇の虫がございます」

「何をぬかすんでえ、馬鹿にするねえ」

子分へ恋

半左が急に怖い顔を花吉に向けた、その脇に控えていたブキ竹は、ものものしくふところに手を入れ、すわといえば、匕首《あいくち》でも抜き出しそうな恰好を見せた。

が、花吉は、口もとをぴりぴりさせただけで、身動《みじろ》ぎもせず半左の顔を見返した。

「片想いでもなんでも、この人こそと思いつめたからには」

「黙れ阿魔《あま》ッ」

「あたしは死んでも想い切りはいたしません」

「黙れというのに阿魔ッ」

「いいえ、親分、黙っていたのでは花吉の身が立たなくなります。あたしはその人と想いを遂げるか、死ぬか、覚悟を据えて参っています」

「愛想づかしをよくもこの阿魔はしやがった、そのままにしておくものか。竹、この阿魔は太え奴だ、引きずり倒せ」

「おッと合点だ。おう花吉さん、親分のいいつけだから手荒くするぜ」

ずいと、凄味をみせて起ちあがったブキ竹に眼もくれず花吉は、射返すように半左の眼を見つめた。

「弱い女を手ごめにして身請をなさるんですか、親分」

「なんだと。好きでするのではねえ、阿魔のくせにあんまり人を馬鹿にするからだ。何をボンヤリしてやがる」

「だって親分、この女は、びくりともしねえ。女という奴は、不貞腐《ふてくさ》れになると怖いものだ」

「馬鹿野郎め。やい花吉。てめえの想っているというのは、どこの男だ。片想いだなんてぬかして、実は夫婦約束をしてやがるのだろう。なあ花吉、いまは一図にそんなことをいっているが、気を落着けてよく考えてみなよ。若えと思うのは短いうちだ、第一、若え男なんて気がムラで本当の親切なんてあるものじゃねえ、そこへ行くと、浮世のことを、よく心得ている俺などは、どうすれば女は喜ぶか、すッかり知っていて大事にしてやるから、気迷いせずに、よく考えろ」

「なんとおっしゃってもいやでございます」

「俺の親切がわからねえか」

「親切は他人様でもしてくださいます。夫婦は好きあってこそでございましょう」

「この阿魔め、優しくいえばツケ上りやがる。やい、男の名をいえ、竹、ひっぱたいて白状させろ」

階下から駈けつけたかみさんのお百が、仲にはいりかけたのを半左が廊下へつき出し、心配そうに右往左往する女中たちまで、犬を叱るようにして階下へ追いやった。

「男の名をいえと親分がおっしゃるのだ。いわねえか阿魔ッ」

「言ったらどうなさる気でございます」

「そんなことを俺が知るか。あ、親分、この阿魔が、男の名をいったらどうすると訊きますが」

「この馬鹿。そんなことをいうひまで叩き殴れ」

「おッと合点だ」

ブキ竹は半左へ忠義の手をあげ、花吉の蒼白な顔をぴしりとうッた。

花吉は殴《ぶ》たれても、顔をそらさず、眦《まなじり》の切れそうな眼で半左を見つめた。

「女をぶっていわせるのが立派なことでございますか」

「竹、もっと殴れ」

「親分、あたしは怖いから、片想いの男の迷惑を顧みずに、その名をいってしまいます」

「言うか、よしッ、聞こう」

「親分は聞いて後悔はなさいますまいねえ」

「後悔するのは阿魔てめえか、その男か、どっちかだ。さあ言え」

「何も知らない男に、あだをなさるのなら、いっそあたしは、このまま打殺された方がようございます」

「なにをいつまで言ってやがる。竹、匕首を阿魔の腮へおッつけろ」

「おッと合点だ」

花吉は、膏汗のしたたる腮《あご》へ冷たい刃物を感じたが、眼をつむって、激しく打つ動悸をこらえ、唇をそらして言った。

「じゃあ言います。片想いの男の名は」

「だれだ！」

「三《み》ッ角《かど》の段平さん」

「えッ」

さすがの半左もこれはあまりに意外なので、開いた口がふさがらなかった。ブキ竹に至っては、あきれて半左の顔を見つめるばかり。

「親分、でも、段平さんはそんなことは知らないのですから、その心算《つもり》で、あたしは打殺されても構いませんが、あの人だけはどうぞねえ」

「なにをいってやがんでえ」

と罵って半左は横を向いた。事実そうだったら、この始末はどうつけていいか、半左には、容易に判断がつかなかった。

男の名を口にしたあとの心の苦しみから逃げたいのか、花吉は、あり合う盃洗《はいせん》の水を肴皿にあけて、酒を呷《あお》りはじめた。

「竹――こい、耳をもってこい」

棒立ちになっていた半左が、深く刻んだ顔の皺を眉間にたてながら、叱るようにブキ竹を呼び寄せた。

「なんです親分」

「竹、あれを見ろ。阿魔は不貞腐れて杯洗酒をくらってやがる」

「質《たち》の悪い阿魔だ、叩ッ挫《くじ》きましょうか」

「よせ。なあ竹。俺は、こうなれば意地だ、是が非でもあの阿魔を嬶《かかあ》にする、そうしなくては腹の虫が承知しねえ。そこでな俺の考えでは段平だが」

キラリと花吉が酒を呷るのをやめて、険しい眼を半左に向けたが、段平と、ただ聞えただけで、後《あと》も前《さき》も聞えなかった。

「なあ竹、段平の奴に用をいいつけ、十里も二十里も先へ使にやり、その間にこの阿魔を俺が嬶にしてしまう気だが、どうだ」

「そうですね、それがいいだろう、親分、それから、このことは、身内のだれにも聞かせねえがいい、中には段平びいきで、親分に対し、変に意見がましいことをする者があるといけねえ」

「それは大丈夫だ、俺に口返答のできそうな奴は、ちょうどいねえ時だから安心だ」

それは半左のいうとおり、身内でめぼしいものは、同業の交際《つきあい》で、三ヵ所へ、半左の名代《みょうだい》になって行って留守、一家の年寄り株の一人は患って湯治に行っているし、一人はつい先ごろ死亡していた。

「じゃ、早えがいいから、いまから行って段平を発《た》たせましょうか」

「うむ。だが、どこへ発たせたものか、竹、いい考えはねえか」

「さあ、相手が段平だから、いいかげんのことでは駄目だが――親分、成田《なりた》の甚平《じんぺい》さんが急病で命があぶねえということにして、直ぐ発たしたらどうでしょう」

「馬鹿言え。あの人はピンピンしてらあ」

「それは構うもんか。風の便りの聞き違えとすればいいんだ。けど親分、こいつは俺がいったのではいけねえ、親分が自分でいわねえと、本当らしくねえ」

「それもそうだ。竹。いっしょにこい」

「おや、あの女を置去りにして行くのですか」

「うむ、階下へ行って、長脇差《どす》を抜いて、かみさんに駄目を押しておく、こうなれば女よりもここの家が相手だ。そうしねえとまとまらねえやな」

花吉を尻目にかけて、半左はブキ竹をしたがえて階下へくだって行った、やがて、お百を脅迫するらしい大声が二、三度聞えた。

その声に花吉ははッとして起ったが、急にこみあげてくる悲しさ味気なさに、ひれ伏して、号泣した。

外は日が照って、おだやかに風がそよそよ吹いていた。

足の錘

翌日は、糠雨《ぬかあめ》がくらいうちから降りそそいでいた。

成田へ旅を命ぜられた段平は、何の気もつかず草鞋をはいたが、さすがに心の底のどこかに、いつにない甚平へ病気見舞の使者とは、珍しいことと思ってはいた。

半左の家を出て小半里《こはんみち》、草の青い二股の道にかかった段平は、雨がやんだので、なんの気もなく空を見あげた。そこは、一軒ばなれの飲み屋、桜屋《さくらや》という安っぽい家の前だった。

「おうおう、段平さんじゃねえか」

「えッ。どなたかと存じましたら」

「鷹の茂十さ。おめえどこへ行く、草鞋ばきで」

と、桜屋の中二階の廊下に出ていた茂十が、にやにやしながら段平を見下した。

「まさか段平さんおめえ、俺との約束ができそうもねえので、姿を隠すのではなかろうなあ」

むッとしたが段平は、ひそかに胸をさすった。

「いいえ、親分のいいつけで、成田の甚平さんへ、お見舞いにあがります」

「成田のがどうか、したというのか」

「患《わずら》っておいでなさるという、風の便りを聞きまして、てまえ親分が心配いたし」

「ぶッ、笑談《じょうだん》だろう、甚平さんならピンピンしてらあ。けさ成田から甚平さん一家の仁助《にすけ》が来ての話だから確かだよ。半左さんは何を寝呆けているのだろう」

「左様かも存じませんが、あッしは使いでございます。ご免ください」

「段平さん待ちな。おめえ、俺との約束をきっとやり通す気か」

「花吉のことですか、やってお見せ申します」

「そうか。だがよしてもいいぜ」

「え」

「俺もおといまでは知らなかったが。いやそれよりは、きのう半左さんが松屋で、かみさんはじめ家中の者に、白刃を抜いてみせて脅したそうだ」

「えッ」

「その時にはじめてわかった話だが、段平さん、とんでもねえことになりそうだ。実は、花吉が想っている男とは、他でもねえ——だれだか知っているか段平さん」

「いっこうに存じませんが。あッしには用のねえこと、あッしはただ親分の望みさえ遂げさせればそれでいいんです」

「花吉はどうでもいいのか」

「薄情のようですが、人間はとかく依怙《えこ》ひいきなもの、遠いものより近えもの、まして親と仰ぐ親分のためには、花吉のことなどは」

「どうでもいいのか。だが、それではかわいそうだ」

「年が年ですから、少々無理がございますが、致方がございません」

「そうかい。親となり子となったのだから、自分のことを忘れて尽すのは立派だが、なんとしても花吉がかわいそうだ。段平さん、花吉は死ぬぜ」

「死ぬ、へええ、そりゃなぜでしょう」

「知れたことだ。好かねえ男に身請されるのが口惜しいからだ」

「売り物、買い物の身となった因果で、致方がねえと存じます」

「惚れた男の親分に身請され、想う男を目下にして、腮《あご》でつかうなんて、あの女にはできるものかよ」

「なんですって茂十さん」

「しまった、つまらねえことを、口がすべった、聞かねえ以前と思ってくれ段平さん」

「変なことをうかがいました。花吉の想う男は、家の親分の身内だったのですか」

「喋ったからには隠しもできめえ、じゃ話そう。段平さん、花吉が想っている男とは、おめえだよ」

「えッ」

　そう言われてみれば、さてはと思うことの、再三再四、まんざらなかったのでもないと、段平はひそかに思いついた、しかし、不和の相手の茂十の言葉に、どんな肚黒さが隠されてあるか、油断してのせられては取返しがつかないことと、段平は容易に信じなかった。

「おめえ、俺がいっただけでは本気にしねえだろうが、この話は本当だ。成田の甚平さんが丈夫でいるのに、病気見舞いにおめえをやり、そのあとで花吉を家へ入れる半左さんの考えだ、ちッとこれは水臭えが、若えおめえに惚れている女を、女房にしてえという年寄りの嫉《ねた》みで、一応はもっともなようなことさ。まあ、成田へ行ってみな、それから帰ってきてみな、花吉は半左さんの女房にされているから」

「それでよろしいのでございます」

「おめえ、なんともねえか」

「なんともありません」

「花吉がふびんでねえか」

「へい。あの人はあッしと何のこともねえ仲です」

「そうかい、それじゃ致方がねえ。おい段平さん、花吉を半左さんが女房にできねえ時は、約束どおりだよ」

「承知でございます」

「じゃ、これまでだ、行きな」

　二階座敷のうちへ茂十の姿が消えたあとで段平は、踏出しは出したが、足に錘《おもり》がついているようで重たかった。

知らぬ以前がいまさらよかった、嘘か本当かわからないと心に叱りながら、段平の眼にちらつくものは花吉の顔かたちだった。

雨がまた降り出した、これでまた花の色が一段と褪《あ》せるのだろう。

――いけねえなあと段平は、糠雨に濡れながら、道の中ほどに、ともすると立ちどまった。俺もやッぱり心の中では、露想いもしねえ気でいながら想っていたのかしら、それでなければこんなに変に沈んだ気になるはずはねえんだ。と思う傍から打消して、花吉は親分が惚れ抜いている女だ、たとえ俺が惚れていようとも、こいつは歯をかみしめても忘れるべきだと、心に鞭うって歩き出す足がまた重くなった。

――どうして俺は急にこんな、変な気になったんだろう、全くのところは俺の方でも花吉に想いを寄せていたんだろうかと、段平は往きては立ちどまり、立ちどまってはまた僅かに歩いた。

段平のその態《てい》を、桜屋の二階から、半身乗出して見ていた茂十身内の杢太郎《もくたろう》、多助《たすけ》が、いちいち、注進するを聞いて茂十は、片頬に笑みを浮かべて、酒を飲みつづけた。

「ヘッヘッヘ。そのうちに半左と段平と、たいした啀合《いがみあ》いをはじめやがるから、ヘッヘッヘ。奴らの運も先が詰ってきやがったのう」

近く、勝利を自《おの》ずと得るものとみて、茂十は、上機嫌だった。

縞目の月

晴れわたった日の夕方に風が出て、夜に入って閉《た》てきった雨戸が、がたりと鳴り、ぴしりと鳴った。

半左は酒に酔っていながら、真青になっていた。その傍《そば》にはブキ竹だけが、おどおどしてすわっていた。

「親分、それは悪いよ、そんな短気なことはいけねえ、第一、百五十両出しているのじゃねえんですか」

「なにをッ、こうなれば銭金じゃねえ、男の意地だ」

「意地はいいが、殺したんじゃ金が無駄でさ」

「ヘッ、てめえなどの知ったことか、退けッ。邪魔するとてめえも叩ッ斬るぞ」

「短気だよ、それじゃ段さんが帰ってくるまで待って、相談したらどうです」

「馬鹿なことをいうねえ。あの女は段平の奴に惚れてやがるのだ、あんな奴に相談してみろ、ろくなことになるものか。とめると承知しねえぞ」

ふらりと起ちあがる半左の右腕に、獅咬みついたブキ竹は、泣くような声でしきりにとめたが、半左はそうされるとかえって勢いづいて、とうとうブキ竹を取って投げた。

「野郎、邪魔をするな」

「痛えじゃねえか親分」

「痛かったら、あの女の味方みたいなことをぬかすな」

「だって親分」

「うるさい」

蹴倒されてブキ竹は、障子に背中を打ちつけた。

「親分、ひでえことをするぜ、まるで狂気《きちげえ》だ」

「なにをッ狂気だと。大きにお世話だ」

歯をむき出して叱りつけた形相は、ブキ竹がいま口にした狂人《きちがい》に近かった。

半左は物置にむかって行った。

「親分、悪いことはいわねえ、短気は損気だ」

「うるさい奴だ、退けッ」

「困ったなあ、こんなことになるのだったら、みんなを隣り村の賭場《とば》へやるのじゃなかった」

「余計な愚痴をぬかすな」

いかに制してもブキ竹では押さえきれず、半左は険しい面色で、荒々しく、物置にむかった。

台所の広い土間を通るとき、櫺子《れんじ》から外の風が、月に染められでもした如く吹き入っているのに、半左もブキ竹も気がつかなかった。

「親分、どうしても花吉さんを殺すのか」

とブキ竹が、物置の戸の前に立ちふさがった。

「花吉さんがあるか、花吉といえ」
四、五日前と違って半左は、ブキ竹が花吉に、さんづけしていうのさえ腹が立った。
「花吉をそんなことしちゃ損だ、百五十両というもの入れてあるのじゃありませんか」

「やかましいやい、退けッ」

半左はブキ竹を引退けて、物置の戸を手荒くあけた。

「竹、阿魔を引ッぱり出せ」

「えッ」

「引ッぱり出すんだ」

「親分、どうでも殺すのなら、いっそ俺にくれませんか」

「何をいやがる。引ッぱり出せ」

致方なしにブキ竹が、物置の中へはいったが、ことさらに手間どった、そうしている中に、だれか来れば、この形勢が一時納まるだろうと、頼みにならぬ頼みをかけたが、だれひとり来合わせるものがなかった。

「花吉さんおめえよくよく運が悪いんだ」

と、ブキ竹が哀れがって息をついた。

花吉はいままでに二、三度殴られ、いまはうしろ手に荒縄で縛《いまし》められ、猿轡《さるぐつわ》さえはめられているので、生きているのか死んでいるのか、横たえたからだが、物置の闇にあるだけだった。

土間では半左がいきり立っていた。

「やいやい、早く引きずり出せ」

「へえい。花吉さん、おめえの強情からこんなことになるのだ。俺を怨んでくれるな」

やッと引き出した花吉が、広い土間に横たわり、櫺子越しに映《さ》し入る風の月に、縞目に照るを見て、半左はつかつかと、立寄って、罵った。

「やい、阿魔、うぬはよくも俺に赤ッ恥を掻かしやがった。もうこうなれば、てめえも意地を存分に張れ、俺も我慢をもうしねえ」

花吉は、猿轡だけは除かれたが、何とも答えなかった。

「なあ花吉さん、じゃねえ花吉、考え直したらどうだ。段さんのことは忘れてもいいじゃねえか。段さんがおめえに惚れているわけではなし、いわば足袋屋の看板で片ッ方だけのことだ。親分がこれほど、年甲斐もなく夢中になっているんだ、かわいそうだと思ってよ」

「竹。なにが年甲斐もなく夢中だ」

「いえ、これは花吉を説得しているんだから、親分は聞かねえでいてください」

「てめえは引っこんでけつかれ。やい花吉」

「…………」

「花吉、やいお花、畜生ッ返辞しろ」

「親分それは無理だ、さっき、あんなに殴ったんだもの、風が荒くあたれば折れそうな花吉さん、じゃねえ花吉だ、ちッといたわってやるといいのに」

「この野郎め、女だと思やがって親切ぶりやがる。やいお花、てめえ、俺には返辞ができねえのか」

「…………」

「黙ってやがるな。イケ強情な、この阿魔は」

と足蹴に五、六たびかけるのを、ブキ竹が横から抱きとめた。

「よしなよ親分」

「邪魔するな、こんな阿魔は蹴殺してやる」

「だっていま、ううむとうなったんですぜ」

「えッ」

さすがに半左も、花吉が気絶したと聞くと、にわかに弱くなった。

「なあに、目をまわしたふりをしてやがるんだ。竹、水を飲ませろ」

「へえ。ちッとひどいよ親分のやり方は」

介抱したが、花吉は、ぐたりとなって、息を戻さなかった。

「親分、駄目だ」

「えッ死んだか、そんな馬鹿なことがあるか」

「だって、死んじゃったもの、ご覧なさい」

半左は狼狽して、抱きつかかえつ、ブキ竹を叱り叱り介抱したが、ついに花吉は甦《よみがえ》らなかった。

「竹、とんだことになった」

「荒過ぎるんだもの、こんなことになるんだ」

「どうしたらいいかなあ」

半左は腕をこまぬいて、途方にくれた。

「親分、だれか母屋の方へきたようですぜ」

「えッ――風の音だろう。それよりは、困ったなあ。俺だってこんなことにする気じゃなかったんだ」

「どうもだれか来ているようだ」

ブキ竹のいうとおり、母屋に来ているものがあった。成田へやられた段平が、騙された旅に気がついて、苦い顔をして旅支度のまま、だれもいない半左の居間の次の間にすわっていた。風は、月が咽《むせ》んででもいるように、ところどころの戸障子を鳴らしていた。

女殺し

「親分。成田では甚平さんは、風邪一ッ近ごろひいたことがねえとおっしゃいました」

にこりともしない段平の顔を、眩しそうにみて半左は、息づかいの荒い口でいった。

「そうか、そりゃとんだ間違いで、ご苦労だった、丈夫とありゃなによりだ」

「へえ、そういえばそんなものでございます」

「段平、気に入らねえ使いだと、腹を立てているのか」

「腹を立てていませんが、情ねえ」

「なにが情ねえ」

「親分。花吉を無理やりに家へ連れておいでなすったそうだが」

「百五十両入れてある女だ、当り前だ」

「女を連れてきたのはいいとして、親分、ちッと水臭えじゃありませんか、あッしが邪魔だと気を廻して、嘘をいって成田へやるとは」

「俺を嘘つきだというのか」

「そんなことは構やしねえが、あッしは、親分が怨めしい、なんでこの段平を騙して旅へやるんだ。あッしという人間がわからねえんですか」

「成田のが患《わずら》ってると聞いたのは本当だ」

「親分はなぜあッしをここへおかなかったんだ、親となり子となった義理で、無理なことだと承知しながら、段平は花吉の話に乗出しましたぜ。いったい、花吉はどうなりました」

「どうなっても大きなお世話だ」

「承知しましたか」

「…………」

「不承知をまだ言っていますか」

「承知したら、てめえどうする気だ」

「喜びます、親分のためにね、それに鷹の茂十との約束もあり、いやが応でも花吉は親分の姐さんに納めねえと段平はこのからだを茂十の前にほうり出さなくてはなりません」

「ほうり出したくねえんだろう」

「ほうり出せというのですかい親分は。生きている者の常で、好きでしたい者はありませんが、是非なくなれば仕方がねえ。あッしのからだはいいとして、その次は茂十と親分との騒ぎになるから、そうさせたくねえと思うんです」

「段平。そんなことはいっているが、実はそうじゃあるめえ。てめえ、花吉のことで俺を怨んでいるのだろう」

「いいえ、怨みやしません」

「花吉がだれに惚れてやがったか知っているか」

「女の質《たち》が、こんなことにさせたんだが、しかし親分あッしはねえ」

「だれだか知っているかと訊いているんだ」

「ええ、旅へ出る前は知らなかったが、いまは存じています」

「段平、てめえだということを知っているか」

「知っています」

「そうか。段平、それを知っているのなら、花吉をくれてやろう」

「いいえ、それはいけねえ」

「貰え。その代り、阿魔は、死骸《しげえ》だ」

「げッ」

「惚れられた冥利《みようり》だ、冷たくなった女だが、貰ってやれ」

「親分！」

「今夜たったいま、くれるから持って行け」

「そうでしたか。死んでしまえば――貰いましょうぜ親分」

「ブキ竹、その阿魔ここへ持ってこい」

と半左がいう声を聞いているうちに、段平の眼に涙がみるみる溢れた。

やがて、月下に出た段平は、髪のこわれた花吉の死体を背負い、風に吹かれて歩いた。行きあう人はまれだったが、それでも三丁あまりの我が家までに、七、八人に出会った。だれもかれも、段平の背にある女の姿に驚かぬものとてはなかった。

朝霧

その晩、松屋へきて遊んでいた鷹の茂十の左右には、杢太郎、多助をはじめ、他に高吉、弥五郎と腕のいい子分がついているのは、きょうの夕方、段平の姿を見かけたので、用心のためだった。

段平が半左の家から花吉を背負って出たことは、たちまち遊びの席の茂十の耳にはいった。

「ふうン。すると段平め、花吉を盗み出したんだろう。ヘッヘッヘ、うめえことになってきた。みんな、近えうちに半左と段平とがとんでもねえ喧嘩になり、双方とも自滅とならあ、ヘッヘッヘ」

と茂十は手を拍《う》って喜んだ。

「いやに風の吹く晩だ。あ、いい月だ、見ろ、障子の外は昼間みてえだ」

いい機嫌でいた茂十が、かみさん、女中に送られて、外へ出たのは夜更だった。茂十はこれから妾のところへ行く気だった。

子分の杢太郎が、何をみたかぎょッとして立ちすくんだ。

「なんだなんだ」

と子分の多助が訊いているうちに、高吉、弥五郎のふたりは、血相を変じ茂十の左右にぴたりと付添った。

茂十はぎょッとしたが、四人いる子分を恃《たの》んで、あらためて鷹揚な態度をとった。

「そこに起っているのは、段平さんじゃねえか」

段平は旅支度を解きすてて、晴れ着と着換えて突ッ起っていた。

「茂十さん、三ッ角の段平です、さきほどからお待ち申しておりました」

「そうかい、何の用だか知れねえが、松屋に俺は遊んでいた。遠慮なしにくればいいによ」

「へえ、そうもできねえものですから」

「して、何の用だ」

「花吉のことでございます」

「約束どおり、是が非でも半左さんの女房にするのだろうなあ」

「それがそう行かなくなりました」

「段平さん、まさかおめえが女房にするのではあるめえね、万が一、そんなことだと、半左さんより俺が承知しねえ。約束の堅えのは俺たちの建前だからのう」

「花吉は死にました」

「死んだと」

「死ねばいっさいなにもかも、帳消しにしていいと存じますが」

「いけねえ、俺は花吉が生きている時だけと約束しなかった、花吉とだけ言っての約束だから、死のうと生きていようと、約束は約束だ」

「松屋へは後で話をつけに行く気ですが、茂十さんにはまずもって、この話をと存じまして」

「段平さん、おめえも男だ、死んでも花吉と半左さんは祝言をさせるだろうねえ、約束は堅いはずだ」

「親分半左衛門がいたしません」

「それでは話が違うぜ」

「茂十さん、おめえさんは」

「なんだおめえさんだと」

「まあお聞きなさいまし。おめえさんの肚《はら》に一物《いちもつ》は、親分子分の間にヒビを入れることだ」

「そんなことを俺がするか、鷹の茂十だ」

「約束どおり行かねえ時の約束を、段平はやりに参りました。頭をさげます、大地に手をつきます、花吉をあッしの女房と呼ばせてくださいまし」

「半左さんは何といった」

「死骸をあッしにくれました」

「俺はいやだよ」

「花吉はあの世のものですぜ茂十さん」

「此世あの世どっちでも、俺は約束が堅いのが好きだ」

「そんなことをおっしゃらずに、花吉をふびんと思ってください、死んだものへ供養と思い、花吉にあッしの女房と名をつけさせて頂きとう存じます」

「いけねえ。おめえよく考えてみろ。死骸にしてからくれる親分を、おめえは怨みと思わねえのか」

「情けねえ人とは思いますが、怨み憎みはいたしません」

「それじゃお門《かど》が違うぜ。段平さん、よく考えな、みんな行こう来な」

「待ってください茂十さん。家の親分にかかわりなく、約束の縺《もつ》れのいっさいがっさいはこの段平だけだ、ようございますか、わかりましたか」

「子分のことは、ことによると親分に掛合うよ、その時にならねえと、俺の考えはどうつくかわからねえな」

「そうですか。それじゃ面倒で仕様がねえ。茂十さん。あッしはこれから家へ帰りましょう。大事の用があるんだ、だれが故障を入れてもこいつは段平が聞くもんか」

「その代り、半左に掛合いが行くかも知れねえ」

「そんなことをさせるものか」

「そうかよう、ヘッヘッヘ」

「待て茂十ッ」

「なんだとッ」

「命がけだった花嫁に、花婿が行きがけの駄賃、親分の邪魔な草にひと鎌入れて刈ってやる」

「野郎、売る気か。それッ、油断するな」

と茂十の声に応じ、四人の子分は茂十の四方をがッしり堅めた。

段平は落差《おとしざ》しの長脇差をぐいとおこした。

「さあ、約束どおりにできなかった時の約束だ、行くぞ茂十ッ」

抜き放した白刃を引ッかぶり、棄身で飛びつく段平に、四人の子分は茂十ぐるみぱッと避けた。

「野郎ッ」

と高吉が突いて出るを段平は、引ッぱずして横なぐり。

「逃げやがれ」

と、ひと太刀浴びせた。

「畜生ッ」

と李太郎、多助が左右から突いてかかるを、眼にもとまらずひと太刀ずつ浴びせた段平は、味方の怪我に驚き慌て、青くなっている茂十に肉迫した。

茂十の前には腕の弥五郎と名をとった大男が、へらへらと笑いながら、白刃を提げ護っていた。

「段平、聞いたよりてめえは冴えた刃物捌《さば》きをする奴だ、がのう、折角だが俺には冴えねえぜ」

「なにをいやがる」

無二無三に突いてかかったが、段平の腕より弥五郎の腕ははるかに優っていた。

と見て茂十は、いままでの蒼い顔に元気を取戻し、弥五郎の必勝を疑わず、鷹揚そうに片手を腮《あご》に、傍《かたわら》にさがり見物した。

「どうだ段平、上には上があるとわかったか」

と傲《おご》った弥五郎は、必死の刃を振りこむ段平に切り捲られはじめた。

「しまった！」

石を踏返してのめった弥五郎に、さッと斬りつけた段平の白刃が、その時、われ知らず首を振ってかわした弥五郎の髷《まげ》をそいだ。髷は月下の宙に飛んで、吹く風にたちまち散った。

「だあッ」

弥五郎は頭を半分とられたと思い、眼を廻した。

段平はその時、逃げて行く茂十を追いかけ、やがて追いついて、右腕をとった。

「段平、我慢してくれ、あとで話を充分につけるから」

さっきの鷹揚さは影も形も、茂十から消えてなくなった。

「茂十さん、斬りやしねえ」

「えッ」

「突きもしねえ」

「えッ」

「いっしょにきてやってくれ」

「ええッ」

「いやならいやといってくれ、段平はその気になるから」

「行くよ、どこへでも行くが、いっていいどこへ」

「あッしの家へだ」

「おめえの家へ行ってどうするんだ」

「家じゃ、お袋が妹とふたりで、死んだ花吉に、お化粧をさせています」

「ええッ」

「茂十さん、あッしはね、死骸と祝言します」

「ほうッ」

「そうしてあすの朝は草鞋をはきます。あッしゃね、花吉という女の心に対し、せめて、祝言でもしてやらなけりゃ、すまねえ気がします」

そのころ、段平の母親と妹とは、死骸の花吉が、息を吹返したので、一時、腰を抜かすほど驚いたが、すぐそれは喜びに代って勇んだ。

その翌朝、花吉のお花は駕籠、段平は旅姿で、朝霧のなかを、いずくへ行くか旅立った。

人斬り伊太郎

一

芳町《よしちょう》で巾のきく顔役、弥太五郎源七《やたごろうげんしち》が、出先から子分に持たせて寄こした手紙を見た女房おげんの顔の色がさッと変り、直ぐに近所にいる重立った子分数人を呼び寄せた。

「みんな早速来てくれてありがとうよ、実は出先から親分が、こんなことをいって来たのだ、まあ見ておくれ」

短い文句の手紙を、子分たちが、寄り合って読んでみると、

「いの字をとり逃がすな、おれは直ぐかえる、気どられるな、いいかいいか」と走り書きだ。いの字といえば、この中《じゅう》から転がりこんでいる上州者《じょうしゅうもの》の、名草《なぐさ》の伊太郎《いたろう》のこと、そのほかにいの字のつく呼び名の男はいない。

「何のことだかいっこうわからないが、深いわけがあるのに違いないからおまえたちを呼びにやったのだ。親分が帰ってくるまで、伊太郎を逃がさないようにしておくれ、いいかえ」

「承知いたしました。で、野郎は」

と、一の子分桶熊《おけくま》が口をきった。

「湯に行くというから、はげ松《まつ》をいっしょにつけてやったよ」

「松は、この手紙の一件を知っていますか」

「あまり悧巧者でないから、わざと知らさずにあるのさ、だから一人、浅の湯へも行ってもらいたいね」

子分の一人が、直ぐ立って行った。

「ねえ姐《ねえ》さん。伊太の奴を取り逃がすなとは、ぜんたい何のことでござんしょう」

桶熊が、小首を傾けて尋ねた。

「あたしも仔細《しさい》が知れないよ。だけど、伊太郎という男は、どうせただ者《もの》とは最初から思っていなかったねえ」

「まさか、大泥棒というわけでもねえでしょうね」

「何とも知れないよ。親分はこの中から、どうもあの野郎には妙なところがある、変だ変だと口癖のようにいっていたからねえ」

「フン縛って突き出すのなら、なにも、出先から急状を寄こす親分じゃねえ。野郎に理解をいって聞かせ、自訴《じそ》をさせるのが弥太源一家の家風のはずだからね。こいつあだいぶ深いわけがあるのだろう」

「叱《し》ッ——伊太郎が帰ってきたようだよ」

湯から帰ってきた名草の伊太郎が、呼ばれて何気なく入ってきた茶の間、姐御《あねご》はいつものとおり愛嬌のある顔で、長煙管《ながぎせる》をひねくっているが、桶熊を頭に数人の子分はシラケ返って控えている空気に、すばやく何か感じたらしい眼つきになった伊太郎といって、平常《へいぜい》と少しも変るところなき伊太郎に直ぐ戻って、

「姐御、ただいま。これは桶熊さんはじめご一同さん」

ペコリと下げる伊太郎の頭に、数人の眼がいっせいにそそがれた、と知っていて知らぬふりの伊太郎は、やがて桶熊その他をズラリと見廻し、

「みなさん方のお顔の色が、少しばかり例日《いつも》と違っていますが——はあ、間違いでもござんしたか」

「うむ、間違いがあったんだ伊太郎どん」

と桶熊が、膝を少し伊太郎に進めた。

「桶熊さんはじめご一同さん、ケチな野郎ですが伊太郎は、厄介になっている親分一家のことなら、理窟を糺《ただ》さずにとび出します、カケ合い中でござんすか、それとも、すぐ斬りこみをかけるのでござんしょうか」

「親分が、もう直《じき》に帰ってくる、その上でのことだ。伊太郎どん、それまではちっとも外へ出ねえでいてくれ」

「仰せまでもございません」

後は話が杜切《とぎ》れてシラケわたった。なんとなく異常に気構えている子分たちの、無口な様子が、かえって事ありげに見せている。

伊太郎が、なにげなく起《た》った。

はッとした子分の一人が、急《せ》きこんで、

「どこへ行く！」

と鋭く聞いた。

「へへへへへ」

と伊太郎は笑い顔を向け、手真似で用便に行くのだと、して見せた。

茶の間を出て行った伊太郎の足音が、厠《かわや》のあたりで消えるのを待って桶熊が、

「野郎め感づいたらしいな」

といった。

「逃げられちゃ面目ねえ。行こう」

と二、三人が起ちかけたトタン、庭とは名ばかり、狭い空地の植込みの辺《へん》で、急に起ったドタバタという音。

「助けてくれッ」

と悲鳴も起った。

それッと桶熊を先頭に、一同が駈けつける濡縁《ぬれえん》のところで、青くなっているのは手紙を持って帰った子分の三吉だ、咽喉のところを無性に撫ぜて、フウフウと息を喘《はず》ませている。

伊太郎は泥足になり、小庭に突ッ立って、苦笑いをして、駈けつけた一同を小馬鹿にしたように眺めている。

「なんでえそのザマは」

と桶熊が訊いた。三吉は眼をつりあげて、

「桶熊のあにい、この野郎あ、ズラかる気だ」

というも待たずに子分たちは、伊太郎の四方をそれとなく包囲してしまった。

「あッしが当人だから、当人から申しましょう、その方が確かでいい」

と、伊太郎はビクともせずにいった。

「あッしはね、みなさんの様子があまり変梃《へんてこ》だから、身の一大事じゃねえかと思った。もしそうなら愚図々々してるのは馬鹿の素天辺《すてっぺん》だと思い、逃げ出そうとするところを、この野郎がとび出して

きたから、縁側へ圧しつけ、咽喉仏を押さえつけ、すこしの間、気を遠くさせとこうと思ったんだ、わけというのはこれだけでござんす」

二

桶熊は、ぐッと癪にさわった面構えとなり、突ッかかるように訊いた。

「伊太。お世話になった弥太源親分のところを出て行く挨拶がそれなのか」

「とッとッと桶熊さん、あッしはまだわけは知りませんよ、わけは知らねえが、みなさんの様子が変だったからねえ」

「何が変なことがあるもんか、そう思うのはてめえに邪心があるからだろう」

「何だか知らねえが、あッしには変に見えた。まるで、囚人《めしうど》を捉《つかま》える前のように、どなた様の顔も、いやに青黒くなっていた。だから逃げる気になったんだ」

「逃げるとて逃がすものか。てめえには用があるんだ」

「そらご覧なさい、そのとおり、あッしの身の上に何かあるのだ。ねえ、何か曰《いわ》くがあるならあるといえばいいに、そうすれば逃げも隠れもしねえものを」

「何をいやがる、現に逃げかけたくせに」

「わけがわからねえから底気味わるくなり、それで逃げる気になったんだ、いまだって逃げる気でいますぜ」

「なんだとこの野郎」

と、子分たちがザワめくのを制して桶熊が、

「いいかげんに強がっておけ、三吉ひとりの時とは違うぜ、弥太源一家の粒が揃っているのだ。た

やすく逃げられてたまるものか」

「なぞと問答してもはじまらねえ。一体ぜんたい、あっしをどうしようというのですね」

「そいつは親分の胸にあるんだ」

「みなさんご存じがねえのか。もし、障子の隙間から窺いているのは姐御でしょう。姐御、親分はあッしをどうする気なんでしょう」

障子をガラリと半ば開け、全身を見せたおげんが、

「あたしも知らないよ」

と、黒く染めた歯を見せていった。

「知っているのは親分だけか——妙だなあ」

「妙かも知れねえが、伊太、思い当ることがあるから逃げようとしたのじゃねえか」

と桶熊は、伊太郎から眼をはなさない。

「そんなことを考えるのはあッしには無駄だ。変だいやだあぶねえと思ったら逃げるのがあっしの流儀さ」

「こうなっては逃げもされめえ、また、逃がしもしねえから観念して、親分のお帰りを待ってろ」

「なに、逃げて逃げられねえこともねえが、そうするにゃ二、三人バラさなきゃァならず、バラしたところで得のゆかねえ手合だから、差し控えておいて、親分の帰るのを待つとしようか」

「どこまでも、人を人と思わぬ憎体《にくてい》な奴だ」

と、桶熊はじめ一同は思ったが、殴りもせず刺しもせず、ただ取り逃がさぬようにとのみ心がけた。で、勢い態度は消極的だ。そこをつけこんで伊太郎の方ではいいたい三昧の腮《あご》を自在に叩いている。

「伊太、泥足を洗って上へあがれ」

と桶熊がいえば、かぶりを振って伊太郎、

「この方が勝手でさあ。親分の話を聞いた模様で、逃げるかも知れねえあッしだからね」

いよいよもって、太い根性の男だ。

夕ぐれになってきたので、空の一方は赫《かっ》と夕日に染められた。塒《ねぐら》へもどる夕鴉が、啼いて飛ぶその向うの空に、火の見櫓《やぐら》がぬッと立っている。

行燈《あんどん》が、濡れ縁に持ち出された。

一同はいつの間にか、長脇差をめいめい腰にして、手に赤樫《あかがし》の棒、縄などを用意した。

そういう支度を縁端に腰をかけ、冷眼《れいがん》で見ていた伊太郎は、クスリと笑って下を向いた。

弥太五郎源七が帰ってきた。四十に近い男盛り、様子を聞くとすぐ、ツカツカと縁側へ出てきた。とッぷり暗さが加わって、伊太郎の顔が少し朧《おぼろ》に見えるころである。

「伊太郎」

「親分、お帰りなさいまし。あッしに用とは何でしょう」

「この態《てい》では、てめい――勘づいて逃げかけたのを、家の者に取り巻かれたのだろう」

「おっしゃるとおりでござんす。あッしは逃げ出し損ねた。が、用とはいったい、何でござんしょう」

「ほかでもねえ、てめえの身の終りがきたんだ」

「へええ。どういう身の終りでしょうね」

「てめえ、親の敵《かたき》とつけ狙われるのじゃねえか。隠すなよ、みんな知れてるぞ」

「そんなことがあるかも知れませんね。で、敵討がやって来たんでござんすか」

「そうだ」

「足を洗って上へあがりましょう。そうなら何も逃げ出すには当らねえ話だ」

弥太五郎源七が、敵討の手引するのだと、はッきりわかっているのに、かえって安心した態度の伊太郎だ、その心もちがわからない。

変な男だ。

三

「てめえ、上州大間々《おおまま》で人を斬ったろう」

と、源七がいった。

「ええ斬りました、その方の口ですか」

「なに？　その方の口かだと？　まだほかにもあるのか」

「ねえこともねえんで」

と伊太郎は、ケロリとしている。

「他のことは知らねえ、大間々でてめえが斬ったのは秋田様のご家中、横芝一右衛門《よこしばかずえもん》という方だ。そうだろう」

「人を斬るのに、名前やところをいちいち聞くものか、斬られた方で、そうだというなら違いありますまい」

不貞腐《ふてくさ》れているのだと思って、源七が、

「物とりだか遺恨だか、わけは知らねえが、斬られた方の御子息が、俺に頼んできたから、ようござんす、立派に勝負をおさせ申しますと約束をして帰ってきたんだ。まさか、勝負を嫌って逃げはしまいな」

と、顔を見詰めた。

「勝負！　ええようがすとも、やりましょう。縛っておいて首にされるのなら逃げ出すが、尋常の勝負なら、たッたいまでもやります」

「さすがは男だ。よくいった」

「なに、当り前《めえ》のことでさ。先方が勝つときまっているものでもねえから、そんなに悪い気もいたしませんよ」

負け惜みかも知れないが、それにしても、伊太郎のいい分は並はずれている。

「で、親分、勝負はいつやらせますので」

「今夜、間もなくだ」

「それもいいでしょう。どっちかといえば、こんなことは早い方がようござんすからね」

自分のことではないようにいう伊太郎だ。

「場所はどこです」

「ここの家の庭でやろうというのだ」

「それもいい、第一、面倒臭くなくてね」

「先方では、ならず者が敵なのだから、天下晴れてやりたくない。こッそりと片づけたいとおっしゃるのだ」

「相手が立派でねえというのですか。フウン、巫山戯《ふざけ》てやがる」

笑いごとのように、軽く伊太郎はいった。

やがて、人品のよい中年の武士が源七の家へやって来た。その武士は伊太郎に悪い意味の一瞥《いちべつ》を

くれて、源七に挨拶をしてから、

「いろいろと骨折り、ありがたい。して彼めの仕度は」

といった。

「伊太郎、先様は仕度がいいとおっしゃる、てめえも仕度をしろ」

と源七がいうのを、皆まで聞かずに伊太郎、

「あッしの方は、待ったなしです」

その返事を、小癪なと聞いたらしく、中年の武士はギロリと一瞥を伊太郎にくれた。が、伊太郎はビクともせずにいる。

ほどなく縁側へ出た伊太郎は、庭の一方に軽装して待つ若い武士にすぐ気がついた。

庭の諸所に提灯《ちょうちん》をぶら下げ、左右前後を照らすように、これは桶熊が親分の命をうけて、準備を整えたものと見えた。

晴れた夜ではあるが、星の光りだけで、庭の隅には闇が這いつくばっている。

縁側に立った伊太郎は、弥太五郎源七を楯につかって、討《う》っ人《て》に声をかけた。

「勝負の前に聞いておきますぜ。万が一、あッしが勝ったらどういうことになります」

立会後見人と見える、以前の中年の武士が、言下に答えた。

「一太郎《いちたろう》が敗北したら次は拙者だ」

「あなたも敗《ま》けたらどうなります」

と伊太郎の言葉が、直ぐ追いかけた。

「左様なことはない」

と中年の武士は確信に充ちて答えた。

「だが、あったらどうなります」

と伊太郎も語勢が強くなった。

「勝手にいたせ」

冷殺《れいさつ》するように、中年の武士が答えた。

「そうかがっておけば気がすみます。もし、旦那、いまのお言葉を空《くう》には聞きませんですぜ。そこで、あッしが大間々でやった人は、横芝一右衛門という人ですとね、今夜、親分から聞いてはじめて知りました。あの人を斬ったのは、意趣遺恨ではねえんですが、わけを知ってますか」

庭の一太郎も、縁側の一方にいる中年の武士も答えない、がその殺人事情は、かねてから知りたがっている事柄だ。

「あれはね、あッしの友だちが、あすこを通る武士はよッぽど腕ができそうだ、といったのがはじまりで、あッしが、どんなに腕ができても、斬り方一つできっと斬れるもんだといった」

「なにッ」

と中年の武士が、あまりに軽率な殺人原因らしいので、思わず反問を放った。一太郎も同じ気持だ、その刹那に乗じた伊太郎が、源七を片手で突き飛ばす、ヒラリと躍って一太郎を斬る、これがほとんど同時で、眼にもとまらぬ神速《しんそく》さだ。

「あッ」

と一太郎がよろめく。

子分達が愕《おど》いて度を失う、さすがの桶熊も狼狽して親分源七を庇《かば》った。

「おのれ！」

と中年の武士が庭へとぶのを、邀《むか》えて一撃をくれた伊太郎、提灯を二つ三つ叩ッ斬って座敷を駈け抜けた。

四

上州無宿者の名草の伊太郎が暗きを選《よ》ってそッと歩いている。右へ行けば九十六間の両国橋《りょうごくばし》、左へ行けば、籾蔵前《もみぐらまえ》の川に架けられた百八間の新大橋《しんおおはし》。

川面を撫でて吹きわたる風に、襟許《えりもと》のうすら冷たさを気にする人も絶えてない夜更けに、ぽつりぽつりと二つの人影が寄り添うてピッタリ一つになって行く。そこは、星はあれど地上は暗い河岸《かし》通り、船蔵前《ふなぐらまえ》から水戸《みと》家石置場と、二人が一つに相寄った黒い影は、まさに男と女。

もしその女の鬢《びん》を吹く風しもにいたなら、白粉《おしろい》の芬《ぷん》としたかおり、髪の油の媚《なま》めかしさで、まだ年の若いのが判断されただろう。が、そこらにたたずむ者とては他にないから、男ごころを時めかす香りも、伊太郎以外には、ただ徒《いたず》らに暗きに漂い、吹き消されるばかり。

二人はやがて、一《ひと》ッ目《め》弁天《べんてん》の鳥居も立木も墨色に、ほのかにそれと見られるあたりまで来た時、女は怺《こら》えかねて、

「もし」

と低くいって、涙に咽《むせ》んだ。

男は泣き入る女の肩を、優しく抱いて慰めたのだろう、低声が夜風に紛れて消えた。

春ではあるが時々は、今夜のように冴え返り、また冬がきたかと思わせる時候癖《じこうぐせ》、とはいえ別《べっ》して冷たいこんな夜、連れ立ちさまよう二人の体には、いずれ眼に見えぬさだめの神が凶と刻印を打ったのだろう。一ッ目弁天前に曲って、拝礼の型ばかりもせず二人は、脇手に黒い橋のすがた、月の下にさし潮の匂いが高い川水を見て、たたずんだ。

やるな！　と、伊太郎は身構えた。

夜風に揉まれて川面には小さく刻む波がキラめく。あたりに繋《もや》い船《ぶね》はなし、川を挟んで両側の家という家はただ黒い。どこともなく聞える鼾《いびき》、それがかえって凄いくらい、惨憺たる静寂だ。

二人はやがて河岸に立った。目に立たぬほど淡々しく、岸に近い川面は、命を棄てる男と女の若い姿を逆さに映したが。

「わッ」

と咽び返る女の声。男もそれと同じ悲しみを、咬《か》み殺して怺える唇から、漏れて出る泣き声を、伊太郎はじッとして聞いている。

程なく二人は、生死のどたん場に起った。たがいに抱き合って用意の腰紐で、死んでも離れじ、と結びつけはじめた。

「おきょう！　もうこれまでだよ」

と男の声。女の返事は喘ぐ息だけ、声らしいものは出なかった。

「さ、いいね。おきょう、い、いっしょに、死んで行くのだよ」

男は必死の力を絞り、のた打つように体を動かせ、結び合わせた女の体に犇《ひし》と腕を巻きつけて、起っているとは名ばかり、よろめいて漆黒の巨大な鏡、川にむかっていまや投じ水音をあげて消え入ろうとする時。

名草の伊太郎は、隼《はやぶさ》のように飛んで出て、男の肩をぐいとつかみ、

「よせよせ、くだらねえ真似をするな」

と、引戻した。引戻されて男も女も、結び合わせた体の不自由さで意気地なく地に倒れたのを、伊太郎は頓着せず、力があるを幸いに、何の懸念もしん酌《しゃく》もせず、ずるずると引きずって往来の真

ン中までくると、ようやく手を放し、

「馬鹿あ、てめえたちぁ心中するのか」

と冷たくいった。二人は、地に倒れたまま泣いている。

「不景気な奴らだ、結構な世の中を見限るとは僭上至極《せんじようしごく》の奴らだ」

叱言《こごと》とともに結び目を解いた。二人は起つ気力もなく、地に坐って相抱き、声を忍ばせて泣き入っている。

「おめえたちぁなぜ死ぬのだ、といったら返事は紋切型で、添うに添えませんから死んであの世で祝言いたしますというだろう――それとも別に、仔細があるとでもいうのか」

返事を待ったが二人とも、泣いているばかりである。

「まさかおめえたち、揃って耳が遠いわけでもあるめえ。なんとか返答をしたがよかろう」

さすがは男、膝に縋《すが》って泣き入る女の背に劬《いた》わるように手をかけて、見も知らぬ男の伊太郎を仰いで悪びれもせずに答えた。

「おとめくだされましたご親切、厚くお礼を、申しあげますが」

「助けると思って死なしてくれろか。もッと新規《しんき》な文句はいえねえか」

「はい」といって男はあらためて伊太郎を仰ぎ、

「申しません」

「不器用だな」

「死のうとするのは私ども、今夜ただいまがはじめてでございます」

と食ってかかる調子だ。

「勝手が知れねえ不慣れだというのか、ウフン」

「お棄ておきくださいまし」

「なんだと」

「私どもは、あなた様の身寄り知り合いの者というではなし、赤の他人でございます」

「眼を瞑《つぶ》って、素通りをしろというのか」

「人の生き死に、構ってくださいますな」

これでは、まるで喧嘩だ。

五

「そう頼まれれば、素通りをしてやりていが、一つ訊いとくことがある。おめえたちは死ぬ人だが、懐中に金を持っているか」

「えッ」

「あったらあるだけ遣《つか》って死ねというのだ、死んで持って行く先があるはずはねえ」

男は、冷笑を鼻の先でした。

「では、遣い果して、鐚《びた》一文なし、薩張《さっぱ》りとはたいてしまったというのか」

「そんなことの返事は、私、いたしません」

「俺も強《た》って聞くとはいわねえ。だが水ぶくれになって浮いた時、世話をしてくれた人たちに、浄《きよ》めのお神酒《みき》の代ぐらいは持っているだろうなあ。いくら自儘《じまま》勝手に、好きな女と風流がって心中をする人間でも、空《から》ッけつではなかろうなあ、もし空ッけつなら遠慮なくいうがいい、たいして俺も持合せねえが、早桶代《はやおけだい》ぐらいはくれてやる。二人ともそれを肌につけてドブンとやりな」

いままで、伊太郎の言葉を聞き流し、ひそかに下唇を咬んで辛抱していた女が、鬢のおくれ毛を

ぶるぶると顫《ふる》わせて、

「大きにお世話さま、そのご心配には及びません、あたしたち二人は、金に困って心中する、そんな世間並みとは大違いです」

ズバズバといい切るところが、身許をあらまし語っている。川向うの柳橋《やなぎばし》か、そうでなくてもこの江戸で、左褄《ひだりづま》をとって世を渡る女だ、さもなくて、素性の知れない伊太郎に、いくらその場の機《はず》みとはいえ、こうまで咬みつくようにいえるものではない。

「どんな顔の姐さんだか、あいにくの夜更けでよく見えねえが、ポンポンと威勢のいいことだ」

と伊太郎は、冷かし気味に一酬《いっしゅう》して、

「だが姐さん、金に困らねえでする心中なら、世間の奴がびっくりするほど、大枚《たいまい》の小判を肌につけ、石ころの重み代りにするがいいぜ」

と、辛辣《しんらつ》ないい方をした。

女は男の制するのを肯《き》かず、少し乗り出して、夜目に白い顔をぐいとあげて、伊太郎に毒舌を向けた。

「そんな智恵なら、拝借いたすまでもございません、あたしたち二人とも、そのぐらいの面当てをする智恵なら、前々からいくらも持合せています」

「そうかい。たいしたものだ、そう聞くからは、赤の他人の俺も安心だ。それでは心中に取りかかりな。こんな物は見たいといって滅多に見られねえ、俺はここからドブンと飛びこむところを、見ておくよ」

と、殊更らしく伊太郎は腕を組んで二人を眺めた。

そういわれると出鼻を挫《くじ》かれた心中者だ。見ていろ見せてやると、再び体と体とを真紅の腰紐で結び合せる、それをもう繰り返し得なくなった。こういうふうな死ぬということは、機会を失ったら力が逸れる、いうところの死神《しにがみ》が離れ去ったのだ。

男と女とは、低く囁いていたが、やがて起ちあがった。女は、地に這っていた腰紐を手にとった。伊太郎は、組んだ手を解かず、じっと二人の挙動に眼をつけている。その眼がちらッと動いて、河伝いの左右に光った。

いつの間にか、風が変って、さし潮の香がだいぶ高く漂っている。

二人は伊太郎に眼もくれず、肩を並べて昏《くら》きが中を、いずこに新たな死場所を求める気か、来た路を引返し、三角から左に折れて石置場、ここらへくると百間近い大川を吹いて夜風が冷たく当ってくる。

二人は、犇《ひし》とすり寄って歩いた。

ピタリピタリ、伊太郎は跫音《あしおと》低く、そのうしろから蹤《つ》いてきた。

女が直ぐ心づいて振り返った、男も振り返った。

伊太郎は四方を見廻した、繋い船は近くに見えない。両国橋は薄墨色、あるかなきかに遠くに見える。もちろん、人はなし、犬の声すらなかった。

「姐さん待ちな」

「え」

と男がいった、伊太郎はずッと追いつき、

「おめえに用はねえんだ、姐さんや」

「なんです」

と女の声は、極度に反抗している。

「金に困らねえ身で心中する二人が、面当てに持って投身をするという、大枚の金は姐さんおめえが持ってるんだね」

「え」

と男の声が、愕きと怖れに戦《おのの》いた。

「大きにお世話です」

と女は、男を促して急ぎ足になる。その両人の肩へ一度に手をかけた伊太郎。「あれッ」という隙も与えず、どッどッと河岸へ、遮二無二《しゃにむに》に素早く抱いて行った。

「な、何をするんだ」

という男の肩から手を放すのと、脚を搦ませて突き倒すのと同時、眼にもとまらぬ伊太郎の早わざだ。

「あッ」

と叫ぶ声も半ばにして、男は、伊太郎がくれた二度目の足蹴《あしげ》に度を失って昏い川の中へ、鈍い水音を立てて落ちこんだ。

「あれッ」

と叫ぼうとする女の口に、手蓋《てぶた》を加えて伊太郎は、片手を懐中へ押しこんだ。女は懸命、力限りに争おうとするが、伊太郎は脚をつかって女のからだを、ほとんど斜めに傾けているので、争う気力はあっても自由がきかない。

女の懐中を、乱暴に掻き乱した伊太郎の手は空しく再び川風に晒された。

「阿魔！　金はどこにある」

女は、奥歯をギリッといわせて答えない。

「てめえの歩きつきで、金は懐中《ふところ》と見てとったんだが――懐中には何もねえ」

白い胸に美しい、ふくよかなものもあらわになるほど、伊太郎の手が掻き探して見つけ得ないのだから、懐中にはない。

女は、切歯《はぎし》りしていた口で答えた。

「金は清《せい》さんが持っているのさ。うちの人が持っているのさ、あたしの亭主の清さんが」

「嘘をつけえ。そんな騙しに乗る俺か」

とはいったが、見込み違いかと伊太郎は、少し危ぶむ気になったが、

「うむ。わかった」

女を捉えて伊太郎、猫の子扱いにぐるッと一つ、腕の中で引廻し、帯あげを解きにかかった。

「畜生ッ」

といったらしい女の声と共に、ぐわッと女は伊太郎の手の甲に咬みついた。

「なにをしやがる」

もう一度、腕の中でぐるッと女を引廻し、すぽり、抜いて取った帯あげの、手当りはずしりと重たかった。

伊太郎はその帯あげを地に置き放し、女を抱えて川べりに機《はず》みをつけて押し出した。

「ああッ」

と叫ぶ女の最後の声は、もちろん死ぬる約束が男に果せるのを喜ぶ声ではない、といって心中覚悟の身の上では、生きる望みの尽きた絶叫でもないはずだが、しかし、女の最後の声は岸から宙へ宙から川面を裂いて水音が立つまで、そのわずかの間ながら尾を曳くように叫びが続いた。

伊太郎は帯あげを拾いとり、中の金を掌の上に扱《しご》いて出した。抜き殻は、ひらりと持主の沈んだ

川へ投げてやって、しばらく蹲踞《うずくま》って凝視した。

そこはお旅八幡《たびはちまん》にも、組屋敷にも近い、が、惨憺たる静寂が陸《おか》にも川にもあるばかりだ。川に落された二人は、潮に押されてどっちへ流れているのか透かして見ている伊太郎の眼に入らない。聞き耳たてる伊太郎に、聞えるものは岸を打つ小さな水音の、ピタリピタリというのだけだ。とすると男も女も、はじめの望みどおり、川底深くへ、縦になり横になり、立穴から吸いこむ水の重さにつれて、ぐンぐンと落ちて行っているのか。

蹲踞っている間に伊太郎は、二十五両は封のまま、も一つの二十五両封を破って、小出しの五両をとって置き、残りは一つにして胴巻へ入れた。食いつかれた手の甲は傷になっていない様子だ。

川面に、浮いて出るかと見ている眼先へ、ついに何者も現われないので、四方をよく見澄まして伊太郎、そろそろと岸を離れ、一ッ目さして歩き出した。

が、気がついて、いまの騒ぎで男も女も足から踏み棄てた下駄二足、それを川へ落してもう一度、じっと川面の左右までも振り返った。その後はまるで何事もなかったように、いつもの反り身で足許軽く、サッさッと一ッ目に曲り、二ッ目へは河岸通りを歩いて行く。

六

ゆうべの雨があがった朝、本所割下水《ほんじょわりげすい》の貧乏旗本殿村《とのむら》の古屋敷の通用門から、睡不足眼《ねぶそくめ》を赤くして出てきたのは、小粋ななりをしている名草の伊太郎。向う地の木更津《きさらづ》で、白粉つけた女に稼がせて、啣《くわ》え楊子《ようじ》でいる者だと触れこんで、この一両日、殿村屋敷でばくちに耽っていたのである。

青く澄んだ空を仰いで、爽かな大気を吸いながら、夜明かしをした口が粘るので、唾を吐いた伊太郎のうしろから、

「伊太さん伊太さん」

と呼ぶ声がある。二、三日前の晩に、弥太五郎源七の内庭で、殺しはしないが二人まで傷をつけ、逃げて行く途中で名も顔もわからない心中者から、五十両奪っている伊太郎だ。そしてまた木更津の者と出鱈目を名乗っている伊太郎だ、本名をだしぬけに呼ばれても、ギクリとするところもなく、振り返って声の主の顔をみて、

「なんだ。七三か」

と、ニコリと笑った。さすがに食いつかれた手の甲だけは、なんという気もなく懐中へ入れた。

「七三かじゃねえぜ伊太さん」

と、これもニコリとして近づいてきたのは、年ごろ三十ぐらい、伊太郎とは同じい年らしい、やくざの匂いがどこかにする男だ。

「なにがよ」

「なにがよもねえものだ。おめえあれからどうしたい」

「どうするものか、方々歩いた」

「歩いた末は」

「江戸で、ご覧の如くブラブラしている」

「どうして？」

「どうして、があるものか、そういう日の下に生れたと見える」

「いまはどこに草鞋《わらじ》を脱いでいるのだ」

「俺よりはおまえこそ、どこで草鞋を脱いだ」

「俺かい。俺は草鞋を穿いているんだ」

「嘘をつくな。下駄を穿いてるじゃねえか」

「きょうは休みよ」

「何をしているのだ。宗旨が変ったのか」

「そのとおり。いまの俺は魚屋だ」

「ボテ振りか。で、草鞋を穿いてるといったんだな」

「こう見えても堅気《かたぎ》だ」

「それもよかろう」

「おめえはやっぱりか」

「知れたことよ」

「伊太さん、おめえ、それでいて面白いか」

「さあ、そういわれると挨拶に困る」

「面白えはずはねえ。俺も馬鹿をして方々飛び歩いたが、結句、こうして天秤を肩にあててるのが性に適《かな》ってると見えるよ」

「人間はさまざまだ。俺なんざ一生たっても、堅気にはなれねえ奴さ。七三、久しぶりだ一杯《いっぺえ》やろう」

「ありがてえが、今度の時までお預けとしておこう」

「俺の金だって、穢《けが》れてるわけでもねえぜ」

「そうじゃねえ。実は、妹のことで、二、三日前から飛び歩いているんだ」

「駈落でもしたのか、そんな年ごろのがあったのか」

「駈落ならまだ始末がいいが、生き死の騒ぎでなあ、弱っているんだ」

「生き死？　すると心中って奴か」

「ではねえかと、心配しているんだ。じゃあ、ご縁があったら、また逢おう」

すたすたと行ってしまう後姿に、眼もくれなかった伊太郎だった。

とある小料理屋で、朝酒を浅く飲み、飯を食って出た伊太郎、泊っている知辺《しるべ》の家の門口までくると、俄かに棒立ちになり、引っ返して歩き出した。いやな奴が網を塒《ねぐら》に張っているのだ。往来へ出てしばらく行く、向うに見える三人づれの男、まごう方もなく芳町の弥太源一家の桶熊などだ。

「しまった！」

と思って引返す伊太郎の姿に、早くも眼をつけた桶熊、遠くから声をかけた。

「おう待て、ちょいと話がある」

見つかったか、と思いながら聞き流して急ぐ眼の前へ、路地から出てきたのは、伊太郎の塒にゆうべから張り込んでいた弥太源の子分二人。

「やッ、いたなッ」

挟み打ちだ。もう退《の》ッぴきならぬと思うと、伊太郎は、黒塗りの土蔵の腰のところに突ッ立った。桶熊など三人づれと、泊りこみだった二人とが、左右から近づいてきた。

「伊太。おめえ、やっぱりいたんだな」

と桶熊が、意外だという顔をしていった。

「ええ、この辺におりましたのさ」

「なぜ高飛びをしなかった？」

「銭がねえからね。脚だけじゃ高飛びはできねえね」

「だといって江戸と名のつくところにいたら、身のためになるめえ。いわずと知れることだのに」

「なあに、どうにかなるものさ」

「いい度胸だ」

「褒められるほどでもねえつもりだ。皆さん揃って来なすッたのは、あッしを捉まえに来たんだろう。あッしの仮寝《かりね》の塒《ねぐら》にまで網を張ったのは、さすがに源七親分だ。蛇《じゃ》の道は蛇《へび》とかで、よく嗅ぎつけたものだ」

「こう伊太、親分のお志を聞かねえ内に、当推量《あてずいりょう》でものをいうな。親分はな、おめえがこっちにいるのを聞いて、なんて馬鹿な奴だ。早く高飛びしろとおっしゃるのだ」

「だって桶熊さん、銭なしじゃ仕方がねえ」

「おめえ、ふた言目には銭なしだというが、そのなりを見ると、まんざらそうでもねえらしい」

「見かけ倒しだあ」

「本当に銭なしか」

「伊太郎は舌が一枚しかねえ」

「そうか——割下水の賭場で、たいそうウケ目に廻ってたというのは嘘か」

「知ッてるね桶熊さん。それでは白状するが、銭は相当に持っている」

「では？　なぜ、飛ばねえのだ」

「なぜ？　だって、飛ぶほどのことはねえもの」

「え？　あんな真似をしておいてか？」

「どんな真似だ。なんとか一太郎とかいう奴のことか。あれぐらいのことがなんだな」

「そういうのかおめえは、そりゃ本心だな」

「本心だ。いまのところではね」

「もう少し経つとまた変わるというのか」

「人間だもの、その時の風次第だ」

桶熊の顔の色が急に悪くなった、と、たちまち言葉がひどく和《やわら》かくなった。

「じゃ、おめえの好きにしろ。話はこれきりにして、どうだ一杯つきあってくれるか」

「酒かい、酒なら」

「飲んでくれるか」

「盛り潰すのでなければね」

「そんな卑怯な手は用いねえ」

とはいったが桶熊は、思わず苦い顔をした。熊の策戦では、おためごかしで味方と思わせておき、秋田の家中の横芝一族の来着を待とうというのである。が、伊太郎の方でも感づいているらしい。

七

小料理屋へ連れこんで、伊太郎をそれとなく包囲させた桶熊は、親分源七がどのくらいおめえの度胸と腕とに、舌を巻いているか知れないぞと、くどく繰り返して話した。

伊太郎はそういう話を、少しの感激もなく聞き流しにしていたが、何気なく手近にいる源七の子分の一人に、

「おう、小用《こよう》に行こう、関東の連れなんとかいうから二人で行こう」

「おい」

と起ちあがる子分に、桶熊は目混《めま》ぜをした。逃がすなよ、用心しろ、この野郎は並々の野郎では

ねえのだぞと、それとなく念を押しているのだ。

伊太郎が二人連れで厠《かわや》に立つその後からもう一人、用心のため腕自慢の子分が立って行った。

桶熊は残っている者に囁いて、少しでも変な音がしたら、この家の表と裏とへ手分けをして張りこめ、ことによると伊太の奴は逃げ出す気かも知れないと、手筈をきめて聞き耳を立てている。

ばたばたという消魂《けたたま》しい跫音《あしおと》が、果して裏梯子《うらばしご》の下で起った。

すわッと桶熊が飛んで出る。

「あにい、大変だ！」

「どうした」

梯子段を辷《すべ》るように下った桶熊が、厠へ駈けつけて見ると、伊太郎の姿は見えず、いっしょに下りた子分だけが、真青になって気を失っていた。

「畜生ッ、またやりやがったなッ」

と桶熊は、伊太郎の逃げ口がどこだかを忙《せわ》しく眼で追って見た。

「てめえは残って、介抱してやれ、生き返るかも知れねえから」

といい棄てに、小料理屋の亭主や女中があッ気にとられているのを尻目にかけ、厠の横が吹き貫きになっている、そこから飛び出した桶熊は、小路を隔てて向う寺の境内に目星をつけた。

「みんなこっちへこい、確かにこのお寺の中だ」

足痕が湿った地に印されているからは、伊太郎の逃げこんだ先は、まさに寺内だ。

子分たちは味方を一人やられたので、この間の晩とは大違い、ぐッと殺気立っている。

桶熊が指揮をとり、築地塀《ついじべい》を乗り越して、寺内にはいってみると足痕が、かすかながらついている。それを縋《すが》って行くと一つの小屋へ出た。そこで足痕が消えていた。

桶熊は目顔で、この中へ野郎め隠れやがったんだと一同に知らせた。

その小屋は湯灌場《ゆかんば》だ。横手に半腐れの早桶が、たがのゆるみで、肋骨《あばらぼね》のように散りかけている。

「伊太、返辞をしろ、てめえも男じゃねえか」

と、桶熊が声をかけたが、小屋の中からは返事がなかった。

「いまさら、こうなっては仕方がねえ、男らしく返辞をしろい」

と子分たちも、口々にガヤガヤと罵る、が、小屋の中は静かだ。

気のきいた子分の一人が、羽目板の節穴をみつけ、中を覗いてみたが真ッ暗で、伊太郎がいるのかいないのかわからなかった。

今度は桶熊がかわって覗いた。やっぱり中は暗くて見えない。やがて、鼻をその節穴にあてがった。しばらくすると、ニコリと笑って一同の方を向いた。

「あにい、ど、どうした」

と性急に聞く子分を制して、桶熊は大きな声で、

「騒ぐな。中は真ッ暗でよくわからねえが、どうやらいねえらしい、仕方がねえから横芝様のご連中がくるまで、ここで、一服やって待つとしよう」

といった。

「へえ、いませんか、逃げるのが巧い奴だなあ」

「うむ。あいつは腕も達者だが、脛も達者な野郎だ」

と桶熊はいいながら、一同の者に目混ぜで、小屋の中に野郎は確かにいると断定してみせた。そして手真似で、飲んだ酒の匂いが、中にプーンと匂っていると説明した。

子分たちは、赫《か》ッと殺気立った。直ぐに小屋へ乱入しそうな気勢《けはい》だ。桶熊はそれを制止して、横

芝一族の来着を待った。

と、急に、湯灌場の戸が二寸ばかり、内から開かれた。細長く区切って伊太郎の顔から脚許までが見えた。

「出たッ」

子分達が飛び起つ。

伊太郎は顔だけ覗かせて、体を横に隠した。見えている片眼だけが、ぱちりぱちりとしている。

八

人声を聞きつけて、寺男が出てきたが、異様な光景に肝を潰し、遠くの方で見ているばかりだ。

湯灌場の前では、桶熊たちが無言で包囲をつづけている。

横芝一族は、途中で何かあったものか、来着が遅い。

ピタリと小屋の戸が、閉じられた。

「伊太！」

と桶熊が、ふと懸念を感じて声をかけた。

「なんだ」

と戸が再び隙間をつくり、伊太郎の顔の一部分を細く見せた。

「てめえ、もう駄目だと思ってやしねえか」

「なあに、そんなことを思うものか」

「確かだな」

「念には及ばねえ――が、なぜだ」

「咽喉でも突くかと思ってよ。もう敵わねえと悲しがってなあ」

「ハハハハ。名草の伊太郎はまだある寿命を勝手に縮めるほどコケじゃねえ」

ガラリと小屋の戸を三尺開けて、全身をまともに見せた伊太郎。

「そんなことをおめえは思っているのか、じゃあ俺は出てやるよ」

それッと子分たちが色めき立った。これを見て寺男は、這うようにして逃げ去った。

「桶熊、子分の奴ら、どうにでもして見ろ」

と伊太郎は嶮《けわ》しい顔を少し歪めた。顔の色はさすがに蒼く、唇だけが毒々しく酒の酔いの名残りで赤い。

「てめえと斬り合う役は俺じゃねえ」

と桶熊が、油断なく身構えて答えた。

「横芝一太郎とかの親類の奴がお相手を申しますというのか。ヘン、そんな者をいつまで待っていられるかい」

「なにッ」

と子分たちが、勢い立った。

「俺が逃げ出したらてめえたちはどうする」

「どうするものか、叩ッ斬る！」

と、桶熊が咬みつき調子でいった。

「それもよかろう。だが、叩ッ斬るのは俺の方だ」

と、いい切らぬうちに伊太郎は、寺の門に眼を向けて叫んだ。

「あいつらが大間々で斬った奴の親類どもか」

という叫びに釣りこまれ、子分たちが、門前へ目を移した隙に乗じた伊太郎、ひらり飛鳥《ひちよう》のごとくに、庫裡《くり》のある方へ颯《さつ》！

そんなことだろうと、油断なく眼をつけていた桶熊が、

「野郎ッ」

と追いついて、張りこむ太刀の下を、すばやく逃げて伊太郎は、見るみる走る。

子分たちも騙されたと知って伊太郎を追った。が、諸国を流れ歩いて脚の達者な伊太郎と、江戸の地付《じつ》きの連中とでは、足のはこびの位が違った。見るみる双方の間がぐいぐいと開いた。

「野郎ッ、この野郎ッ」

と子分たちは石を投げた。その二つ三つは体にあたったが、伊太郎は怯《ひる》みもせず、立木をくぐり、路地を抜け、いつの間にか裏店小店の、溝《どぶ》臭い細い路を右往左往した。

「しまった！」

気がついてみるとそこは、正面が竹垣で仕切ってあった、竹垣の向うは墓場、新仏に供えた白張《しらはり》提燈が、口を開いてダラリとしているのが直ぐ眼についた。

左を見ると高板塀、この辺での物持と見える。右を見ると長屋の一棟だ。伊太郎が突ッ立ったのは、その長屋の一番奥だ。耳を澄ますと桶熊などの人声が聞える。どうせここへ逃げこんだのは知れてるだろうから、間もなくここへやってくるだろう、とすると、竹垣を破るか乗り越すかして、向うの墓場へ抜け出るより助かる途はない。

が、跫音は、直ぐ一棟前の溝板《どぶいた》の上をごった返して起っているのが、手にとるようだ。伊太郎の体に、火はだんだんと迫っている。こっちでは桶熊は、逃げて行く伊太郎を追い廻し、とうとう追いこんだいろは長屋の中、左右から追いつめて、確かにここだとやって来て見たところには、伊太郎

の姿が、もう見えなかった。竹垣の向うの墓場へ逃げた様子はなし、どこへ姿を隠したかと、怪しみながら探し廻り、近所の者に聞いて見たが、長屋の衆は拘《かか》り合いを怖れて、

「いっこうに気がつきませんでした」

とのみで、手懸りがない。

それから以後、諸方を探して桶熊は、二度まで竹垣のところへ来たが、とうとう匙《さじ》を投げた。

「あの野郎にかかっては敵わねえ、また、逃げられてしまった」

と吐息をついた。子分たちもすっかり士気を落した。

「あにい、これというのも佐竹様のご家中の人が、あんまり気が長いからだ。俺たちといっしょにくればいいのだ、それをその方たちと同行は何とやらだと、遅く来ることにしたのが悪いのだ」

と子分の一人は、しきりに憤慨した。

「てめえがいうとおりだ。しかしなあ、武士という奴は妙に格式がって始末が悪いものよ。親分も俺も、なにがなんでも伊太郎を、横芝様のご連中に、首にさせなければ男が立たねえというわけでもねえ。頼まれたからしたことで、伊太の奴の逃げ終せたのは、あいつに寿命があるからだろうよ」

「だといって、家の者が二人まで、伊太の奴にゃ、ひどい目に会ってますぜ」

「それだけは俺たちも癪にさわっているんだ」

引きあげつつ桶熊は、みんなにいった。

「伊太という野郎は、底の知れねえ変な奴だ。あんな奴こそ、悪党だったら生え抜きの悪党だろうぜ。あの畜生どことなく、ヒヤリとするところのある人間だ——うぬの親分の首を掻くというのは、ああいう人間が多分するのだろう」

いろは長屋から桶熊の一統は、みんな出てしまった。

九

その日の暮方。

「おかみさん、ありがとう、いま帰ってきました」

と隣りの家へ声をかけたのは、やくざの足を洗って、天秤を肩にする堅気の世渡りを楽しむ魚屋の七三郎だ。七三の家はいろは長屋のどん詰り、墓場と竹垣一重の奥の外れだった。

「どうおしだえ七三さん」

と隣りの女房が、姿は見せずに声だけする。

「きょうも一日探し歩いたが、皆《かい》くれ行方が知れないのさ、弱ってしまった」

「それは困ったねえ。して、男の方もかえ」

「やっぱり二人いっしょらしい」

「短気なことをしないでいてくれるといいがねえ」

「もう、死んでしまったのじゃねえかと思うよ」

「まだおまえさん、そうきめるのは早いよ」

「どうも生きているとは思えない」

「あたしはそうは思わないねえ。なにしろ金に詰っているわけの男ではないからねえ」

「さあ。金なんて物は、我々どものところでこそ、たいした物だが、腐るほど持っている人のところでは、金のあるなしと、生き死の騒ぎをすることとは、別《べっ》ッ個《こ》らしいからねえ」

「そうかねえ、あたしなぞは金さえあれば、足腰がきかなくなっても、天下泰平だと思ってるがねえ」

「貧乏人と金持では、苦労する筋が全く別ッ個のものらしいよ。ご免なさいよ」

「あい。七三さん力を落しちゃいけないよ、うちでも帰ってきたら、役に立つまいが、話相手にやるからねえ」

「ああ、ありがとう」

男臭い一人世帯の家の中へ、七三郎は力なくはいったが、溜息をつきながらとも角も行燈《あんどん》へ灯を入れかけた。

「おや、風が――どこから入るのかしら」

開けひろげてもない家の中へ、闇から吹いてくる風に、付け木の硫黄が二度まで消えた。三度目には七三郎も、もとのやくざ時代の名残り、きかぬ気がぐッとこみあげ、

「だれだ！」

と一喝、さッと退いて、獲物に鉄の火箸《ひばし》を握った。

「俺だ」

と闇を這って、入口の土間へ近づいた男が振り向いた。

「なんだと」

「伊太郎だよ。おめえの家はここかあ」

「伊太郎？　とは、名草の伊太郎か、そうらしい声だな」

「行燈へ灯を入れるのはよせ」

「どうして――おめえここを俺の家と知らずに入っていたらしいな、なんだとて入ったんだ」

「知れたことを。苦しまぎれよ」

「ふうむ。じゃあ東昌寺《とうしょうじ》の中で何かあったと話していたが、おめえか」

「逃げ廻って一時凌ぎに、おめえの家とは知らずに入ったんだが、さて考えてみると、喧嘩の相手は大勢だから、迂闊に外へは出られねえから、いままで温和《おとな》しく隠れていたんだ。もうそろそろい時分だ、七三、俺が出て行くまで燈火《あかり》をつけてくれるな」

「なぜだね」

「狭いおめえの家だ、外から覗かれれば、俺のいるのが丸見えだ」

「戸が閉っているよ」

「節穴だらけの雨戸では、覗かれるからなあ。さッき俺はその手で一度、すッかり隠れているところを見られちゃったんだ」

「その心配なら入らねえことだ。俺は疳性《かんしょう》で節穴にはすッかり目貼《めば》りがしてある」

「燈火をつけるなッ」

「変なことをいうなあ——おめえ、血だらけにでもなってるのか」

「泥はついてるか知れねえが、血なぞは一滴もついてはいねえ」

「それでは構わねえだろうが、たとえ血だらけだろうと、元を洗えば、いっしょに旅にんをして歩いた仲だ、俺にならいゝ気を許してもいいだろうじゃねえか」

「そういわれると、文句が出ねえ。仕方がねえ、好きにするさ」

「眼あきという奴は、古い文句だが夜になると、燈火がねえとカラ駄目さ」

行燈に灯がはいった、と、伊太郎はツイと横を向いた。

「おや、伊太さん、なんだって横を向いてるのだ」

「横を向きもする、縦に向きもする、俺は、好き勝手な性分だ」

「今夜泊って行く気はねえか、幸い、妹が遊びに来て、楽寝をするために、拵《こしら》えた蒲団がある」

「なあに、直に俺は出て行く」

「伊太さん――おめえ、急がしいのか」

「おめえをかかり合いにしても仕方がねえからな」

「ご深切だなあ」

「それにおめえも、楽ではねえらしいからなあ」

「楽ではねえが苦しくもねえ。俺あそこの壁にかけてある妹のお陰で、」

「小金《こがね》ができたか」

「そうじゃねえ、堅気になったんだ。や、く、ざと違って、堅気は気楽だ、のうのうするよ」

「俺はおめえと逆さだ」

「おめえ――あいかわらずだとみえるね」

「何が」

「人を斬るのが好きだろう、ということさ」

「だれが好きで斬るものか」

「だっておめえは」

「一度、人を斬ったから、それが病みつきで、斬らずにはいられねえなぞというが、あれは嘘よ、嘘でなくそういう人もあるだろうが俺はそうでねえ」

「へええ――おめえは違うのか」

「大違いだ、俺は、一度、人を斬ったから、そのために又人を斬るのだ」

十

「え?」

「はやい話が、一ッ穴を掘ったら、その穴を埋めるのにまた一つ新しい穴を掘るんだ。俺は、そういうふうに、つぎからつぎへと一つずつ、穴を掘って掘って、掘り抜いているらしいな。いまとなっては、いやでも新らしい穴を掘らなくちゃいられねえようになっている」

「以前にも、そんなことをいっていたなあ」

「一生、俺あ、人の穴を掘りつづける奴よ」

おまえの穴もそうして結局は自分で掘るのだと、口まで出かかったのを、七三郎はぐッと咬み殺し、

「そういうおめえでは、泊って行けと勧めもされめえ」

「七三、別れるぜ」

「伊太さん待ちな。おめえさっきから、妙にこの壁にかけてある妹の衣物を避けているなあ」

「どうしたと」

ぐいと伊太郎は眼を、はじめて七三郎に注いだ。その眼の中に、嶮しさが湧き返っている。

「俺あ妹が行方知れずになっているので、血迷ってるのか知れねえが、おめえの様子が俺には変だと思える」

「どういうわけあいだ」

「まともに見てもよさそうな妹の衣物を、変に避けているおめえだ」

「どうしたよ、それが」

「え？」

「七三、それがなんだというのだ」

凄味をおびた伊太郎の声だ。

「もしやおめえは妹に逢やしねえか」

「知らねえ」

「じゃあなぜ、この衣物を避けたがる」

「俺の勝手だ」

「勝手とだけでは得心《とくしん》がいかねえ」

「ウフン」

と伊太郎は軽く鼻を鳴らせ、「こ、だ、わ、り、をつけるなよ七三」といった。

「こだわりではねえが、訊くだけは訊いておきてえ」

「てめえは俺を疑うというのか」

「そんなわけがあるかどうか知らねえ、が、妹の生き死を必死に探している俺は眼が眩んでいるから、手当りしだいに訊きたがるのだ」

「そうかよ――七三」

と伊太郎は静かに、土間からあがりかけた、行燈の灯が、伊太郎の影法師を大きく、入口の雨戸に映して動いている。

七三郎は、からだいっぱい、ぴりッと走る神経が、危険の迫ったのを知らせに高脈を打った。その以前、二人で旅から旅を歩いたころ、おうおうにして伊太郎は、こういう手法で、人斬りの直前、殺気凄気にみちた態度をみせた。それをよく知っている七三郎だ。

いる。

「おう伊太さん」

相手の眼に注目を怠らぬ七三郎は、ジリジリと後へ退りながら、ひそかにあぶら汗をかいた。たとえ獲物が手にあって、五分五分に抜き合せても、勝ち身は論なく伊太郎にあるのだ。

伊太郎は、ジリジリと静かに迫ってきた。

「おめえ、俺を、やる気か」

と、七三郎の唸るような叫びを、よそごとのように聞いて、伊太郎はジリジリとまた迫って来ている。

「人の穴をまた一つ掘るかも知れねえ」

「誼《よし》みのある俺でも――か」

「俺の眼中に、そんなことはねえも同じだ」

「そうか」

七三郎は、絶体絶命に陥っているいま、なすべきことがたッた一つしかないのに気がついた。やれるだけは心を紊《みだ》さずにやってみろ、ましてや、勝負は時の運、ものの拍子だ。

受け身でいままでいた弱さが、はね返って強くなった七三郎は、冷たい眼で睨み据えている伊太郎に、燃えるような眼を向けた。

伊太郎はその眼の色を読みとるがいなや、匕首《あいくち》のある懐中へ手を入れた。トタンに七三郎は、ありあわせた湯呑を発止《はっし》！　叩きつけた。

「やるかッ」

と伊太郎はヒラリと避けた、湯呑は壁に当って砕けた。

ばッ。伊太郎が向き直る出鼻へ、つかんで投げた火鉢の灰がむらむらと煙りと立った。

ときに、表と裏の雨戸をこじ開け、どッとあげた多勢《おおぜい》の人声に、さすがの伊太郎も度を失って、壁にぴたりとついて見廻した。

「七さん。ビクビクするな、長屋中総出でやって来た。その野郎はブチ殺してやるからおめえヒケをとるな」

しまった！　戸外《そと》に注意を怠ったので、いろは長屋の住人残らずを敵に廻したに心づかなかったか、と伊太郎は顔色を変えた。

七三郎は、もとのやくざの名残りをとどめた唯一の品、長脇差をどこからか出して腰にさしかけたが、急に投げ棄てた。

「みなさん、ご心配をかけてすみませんでした、じつは友達喧嘩でしてね」

ととりなして伊太郎を、ことなくここから去らせようとする七三郎の心を、汲みとった伊太郎は、顔をしかめてニコリと笑った。

七三の奴め、俺が怖いので、あんなことをいやがる、と、こう思うのだった。

十一

深川の浜を出た小舟が、星の輝く空の下で、凪《なぎ》の海を品川さして漕いでいた。一挺櫓であしが遅い。

「船頭さん、あすこの灯のチラチラするところが品川か」

という乗っている客は名草の伊太郎だ。

「品川は方角違いでさあ。ずッとこっちだ」

船頭が指で示すのは、ずッと南寄りだ。

「おや、とうとう一雨くるのか」

と伊太郎は空を仰いだ。船頭は当り前だという調子で、

「通り雨ですよ」

と軽く考えていた。

「そうかなあ、星がだいぶ隠れてしまった」

「もう上総澪《かずさみお》のあたりはバラバラ降ってましょうねえ」

「上総澪とは」

「この先の方だ——そら来た。向うの方で降ってる音がしてるでしょう。じきにこっちも降りますぜ、ちょうど、降ってる方へ漕いで行くのですからねえ」

ザアという海面におちる雨の音が、しだいまさりに聞えてきた。

ポツリポツリ、とうとう雨がきた。まもなくザッと降りそそぐ大雨に、ちょうどありあわせた苫《とま》を頭から巻きつけて、伊太郎は下からはねつく飛沫《しぶき》を食らい、足許をびッしょり濡らした。

まだかまだかと思う間の長々しい通り雨が、降りしきっているうちは、何者にも気がつかずにいた伊太郎、やがて小降りになったので、苫を開いて空を仰いだ。

南と北とに、少しばかり星が見え出した。

「もう雨はこれ切りか」

と訊いたが、船頭は答えなかった。

「船頭さん。雨はもう大丈夫か」

再び声をかけたが船頭は、やはり答えない。

「おお船頭さんおめえ、何をしてるんだ」

「かまわねえでいてください」

「だっておめえ、変だからよ」

「船に乗ってるうちは船頭まかせがよございますよ」

「え？」

「岩見重太郎《いわみじゆうたろう》でも荒木又右衛門《あらきまたえもん》でも、船の中では船頭まかせにするものです」

「おつなことをいう男だ」

「怒ってはいけません、理窟がまあそうでしょう、私がいま何をしていたか、聞きたがらねえ方がいいというのです」

「どうして！」

「縁起のいい話ではありませんからですよ」

「気になるなあ」

「まあ、黙っていなさるがいい。ほう、空はすッかり霽《は》れた」

「うむ、霽れた――だが」

「気になりますか。そんなら話しましょう、だが、驚いてはいけませんぜ」

「驚くものか。俺あそんなんじゃねえ」

「陸と海とは違うからねえ。じつは死人がこの船にへばりついていて離れねえのです」

「げッ」

「それ、驚いたでしょう、だから聞くのはおよしなさいといったんだ」

「へばりついていて離れねえというが、それは何時《いつ》からだ」

「雨が降り出すとすぐです、はじめはともの方に浮いていたのを、水棹《みさお》で突ッぱなしたところが、どういう物だったか、ぺッたり食らいついてしまって離れません」

「食らいついたと?」

「ええ、死びとはこの船の底に、へばりついているんですよ」

「むッ」

といったばかり、名草の伊太郎ほどの男も、死びとの上に位置する船に、乗っているのは、いい気持ではなかった。

「して――男か」

「さあ」

「女か」

「さあ」

「まさか、男と女、二人ではあるめえなあ」

「それがね。どうも二人らしいのですよ」

伊太郎は久しく黙っていたが、やがて、

「で、死びとをどうするんだ」

「連れて行きますよ離れませんもの、いたしかたがありませんや」

ギイギイと艪の音だけが、暗い海の上で聞えている。

「そうか、では俺が三両出そう、もし身許が知れねえようだったらそれで葬ってやるがいい」

「そうしてくだされば、亡者が浮びあがるでしょう――いい功徳《くどく》だ」

と、船頭は尾を引いて嘆賞した。

十二

二年経った春まだときどき寒いころ、旅なりの名草の伊太郎が東海道下り旅で、品川へはいった。宿外れの渡世友だちを訪ね、旅なりを脱いで、地の者らしい風俗で、遊びに足を向けた品川宿の飲めや唄えの巷《ちまた》。

友だちの八百鉄《やおてつ》が馴染だという、はし屋の、蹴《け》つけ草履をつッかけた伊太郎、ふと見るともなしに見た鴇母《やりて》の顔が、不愛想なのに気がついた。

大間へ通った伊太郎は、八百鉄に耳打ちをして、今夜はいっさい、俺にまかせろといった。

「何か気に入らねえことがあるのか」

と八百鉄がいうのを、笑い消して伊太郎、

「そうじゃねえ、出て来た敵娼《あいかた》が気に入ったらお大尽《だいじん》をきめこむし、気に入らなかったら、乞食遊びをしようというのだ」

「大尽遊びはわかってるが、乞食遊びというのが俺にはわからねえ」

「乞食はどうする、人からもらう一方だろう」

「まさか乞食が当り前の人に銭をくれやしねえ」

「だから、俺のいう乞食遊びとは、ここの家から銭をもらって帰ろうという、それが乞食遊びよ」

「そうか、そんなら女だけは大尽で、勘定は乞食にしてもらいてえ」

「虫のいいことをいってやがらあ」

やがて出てきた遊女二人のうち、一人は八百鉄の馴染の女、もう一人の容色《きりよう》しだいだ。大尽か乞食か、今夜の遊びの別れ目だと、八百鉄が気にして見ている伊太郎は、ニコリと笑って、懐中《ふところ》から、一両出してポンと投げた。

「いっさいがっさいこれで仕切ってくれ」

八百鉄が、思わず手を拍《う》って喜んだ。

「はあ大尽だ、フフフフフ」

金一両の効能で、日ごろ喜ばれない八百鉄も、わりにチヤホヤされるので、悦に入っているその一方では、金があると見てとった女たち、なんのかのと伊太郎を手厚くする。

が——さて、夜が更けると、いままでとは打って変って、八百鉄は冷遇を嘆じている。ご多分に漏れず伊太郎も男前はいいが、どこかにヒヤリとしたところがあり、ともすると骨を刺すようなのを嫌う敵娼《あいかた》のおたきが、巧い言葉で背負投げを食わした。で、久しい時刻を空しく温める枕はただ一つの伊太郎だった。

時廻りの拍子木の音が、遠く消えてしばらく経った。遊びの街でも深夜は静寂だ、わずかな物音も、耳立って大きく聞えがちのころ。

ぱたりぱたりと、跫音が廊下にした、一人ではなく二人らしい。

伊太郎は諸国の旅先で、理窟不理窟にかかわらず、人を斬った数知れずの男だけにはッと思うより先に、手がいつものとおり、寝床の下の匕首にかかる、いまもそれで跫音が二人だと気がつくと、匕首を手にとった。

跫音はやんだ。

伊太郎は蒲団の中で、膝をぐいとあげて、すわといえば起つ準備をした。

すうッ、障子が開く音。

伊太郎は黙って眼を向けた、もう半身を起している。

衣ずれの音がした。

伊太郎の耳が鋭敏になっている。

畳を踏む跫音と、衣ずれの音だ。

「エヘン」

と伊太郎がから咳をしたトタン、仲仕切の障子が開いた音がした。伊太郎は片手で、屏風の端をぐいと折った。その眼の前の開けられた障子の向うの三畳の間に、ぴったりと坐った男と女と二人、頭を深くたれているのだ、まるで平伏しているかに見えた。

ぷんとかおる髪の香、白粉の香。はて、どこかで嗅いだ憶えのある芳《かん》ばしさだがと、そんな時にかかわらず、伊太郎は思った。

見知らぬ男女二人は、頭をあげずにいる、有明の細い灯の色で、よくは見えないが二人とも、まだ年若だとはすぐ知れた。

伊太郎も、黙って眼を放さずにいる、二人の方も黙っている。

有明の灯皿《ひざら》の心《しん》がジッジッと燃えて、音を立てているそのほかには、なんの音も響き聞こえない。

十三

たまりかねて伊太郎、

「おまえさん方はなんだ」

二人の頭が、また一段と下った。

「おまえさん方は、ここの家の衆か」

男も女も垂れた頭を、弱々しく左右に振った。

「他家《よそ》の人か、何しにきた。俺に、用があるのか、それとも」

といいも終らぬうちに、二人の頭がまた一段と下った。

「なに？　俺に用がある、はて――俺がだれだか知っているのか」

二人の頭が、今度も弱々しく首肯《うなず》いた。

「だれだおめえたちは」

いつのまにか、伊太郎は、蒲団から少し膝を乗り出している。

二人は、答えない。

「なんの用だかいってみな。え、え――もッと大きな声でいってくれ」

男か女か、どちらかが答える声があまりかすかで、伊太郎の耳には聞きとれなかった。

「はッきりいってくれ」

と鋭くいう言下に、男の声が細々と、しかし、透き通って聞えた。

「お礼に参りました」

「え？　お礼だと」

なんのことやら思い出せない伊太郎が眼をパチリとさせたその刹那に、女のかん高い声が、どこから聞えるのかと疑わしいばかりに、

「お怨みにも参りました」

と響いた。

「え？」

伊太郎は、我が耳を疑った。

「礼だ？　怨みだ。よしッ、どっちでも受けてやる――がいったいだれだ、顔を見せろ」

「はい」

という声は男女二人、同時だった。

「見せろ」

と蒲団から半分近く乗り出した伊太郎は、びッしょり汗の掌《てのひら》で匕首の柄を握っている。

「私どもでございます」

ひょいとあげた男の顔、それをひと目みると伊太郎は、思わず、

「あッ」

といった。

その男は、眼鼻も何もない、のッぺらぼうの青白い顔だった。

伊太郎の愕きの眼に、つづいて映ったのは女が、すッとあげた顔だった。さッと滝のように乱れ落ちる黒い髪とは反対に、雪のように白い顔が、鼻も口も何もない。

伊太郎は低く唸った。びッしり握った匕首の柄に、あぶらの汗がとろとろと走っている。

男と女とは、すッくと起った。トントンと跫音が二つ三つしたかと思うと、一足飛びに遠くの方で跫音がした。

吐息をついた伊太郎は、やがて、生唾をゴクリと呑みこみ、

「なんの、くそ！」

と、勇気を振って床をはなれ、廊下境の障子を開いて見た。だれもいなかった。で、屏風の裏へ引返しかけて、足に触れたのは、畳の湿りだ。

「おやッ」

手で探ってみると、いまし二人がいたあたりは、ぐッしょり濡れて、壁も人形《ひとがた》が薄くつくほど濡

れていた。

寝床に戻って伊太郎は、二年前にいろは長屋で、七三を殺す気になった以来の長屋の者に取り巻かれたこと、七三が急に好意を寄せて、危うきを助けてくれたこと、浜の船頭に頼み、通り雨をついて、品川まで乗っ切ったことなどを思い返した。

では、あの時、船の底へひッついた心中者を、三両出して葬らせた、その亡者が礼にきたのかと、思い当ってみれば合点が行った。

「――が、女の奴が確かに、お怨みにも参りましたといったが」

伊太郎の思い返す糸巻《いとまき》は、くるくると以前に遡って、水戸家石置場河岸の、心中者を突き落した一件におよんだ。

「あれだッ」

思わず口走った時、目にぬッと起った女があった。髪の香、白粉の香、まさしくたったいま、思い出していた心中者の女の匂いだ、と思うと、伊太郎は目を据えてその女を見た。

女は赤いづくめの姿だったが、伊太郎の顔を見ると、

「きゃッ」

と叫んで緋牡丹《ひぼたん》を叩き落したように、ぱッと倒れ、どたばたと動いて消えた。

「ええ。なんて大きな声だ」

我に返った気がして、伊太郎は廊下境の開け放たれた障子内から、薄暗い廊下の方を見た。

廊下の遠くに、半ば倒れながら動いている赤いものは、伊太郎の敵娼《あいかた》おたきだった。

「だ、だれか――だれか来て」

「おうおう。俺あ寝呆けたんだ。おめえが座敷へ入ったのを、ちっとも知らなかったんだ。堪忍し

る。

てくれ堪忍してくれ」

伊太郎は口だけではおたきにいたわりの言葉をかけてやった。しかし自分を深くセセラ笑ってい

十四

はじめと変ってこの二、三日、ぐッと下手《したで》になった八百鉄は、伊太郎をあがめて、あにき、あにきといっている。

遅咲きの八重梅も、散り果てたころの麗《うらら》かな朝、八百鉄は伊太郎に勧めた。

「ゆうべも話したとおり、二年前にあにきが三両投げ出して、立派に葬らせた心中者の墓へきょう行ってみようじゃねえか」

「うむ」

とばかりで、伊太郎は気が浮かぬ気色《けしき》だ。

「いいことをするのだから行ってみよう、あにき、どのくらい、墓の下で奴らが喜ぶかしれやしねえ」

何も知らぬ八百鉄はそういうが、心中墓のぬしは、喜ぶどころか、かえって伊太郎の手向《たむけ》を悲しむだろう。

「鉄。おめえもしやしゃべりやしねえか」

「何を。このことかいあにきが心中者の墓まで建立するようにしてやった話かい」

「うむ」

「いいじゃねえか。立派な行いなんだから、人の噂にぱッとなる方が、あにきの男があがるわけだ

からね」

「しゃべったなあ」

「いけねえのかい。善根《ぜんこん》を施したことを、黙っている奴があるものか、俺あほうぼうでしゃべった、聞いた奴はみんな感心して、伊太さんという人はえらい者だといわねえ者はねえ」

伊太郎は、ジロリと鉄を見た。

「いけなかったかね」

さすがに鉄も、少し心配そうな顔をした。

「いけねえな。が、しかたがねえ」

「どうしてだね。功徳をした話か」

「墓参りをしよう、いっしょに行け」

「なんだ。いやだといっておいて、急に行くのか」

「黙ってこい。そう遠いところでもねえ」

「南の、ずッと奥だから近くはねえ」

「十万億土へ行くと思えばいいさ」

「え？　いやなことをいうぜ」

品川を横断して台地へ入ってかなり行く、その途中は人家が稀だ。空を嬉しげに飛びかう小鳥を面白そうに仰ぐのは八百鉄、伊太郎は黙念として歩いている。

「鉄、この森の中へ入ろう」

「え？　笑談《じょうだん》いってはいやだ。なんのために森の中へ入るのだ」

「なんでもいいから入れ」

「俺あいやだ」

「きっとか」

「おや。あにき、そんな怖い顔して、ど、どうしたんだ」

「どうもしねえ。てめえが怪しいからだ」

すばやく内懐《うちぶところ》中から、縦に引き出した長脇差。

「げッ」

鉄の顔は、一度に青くなり、ものもいわずに逃げ出しかけた。

「野郎ッ」

長脇差を抜く、追いつく、たったひと打ち、その早わざ眼にもとまらぬ。

「ぎゃッ」

と叫んで倒れる鉄を二度とは見ずに伊太郎は、森の中へ駈けこんで、刃についた血を拭った。

やがて、森を縦断して伊太郎は、何事もなかったごとく、悠然として、湿っぽい木の下から、麗かな日の下に出た。

日を仰いで方角を定め、馴染のない土地ながら、白金《しろかね》をさして行く。

とほどなく、前から来た旅人が一人、すれ違うほど近くなった。一方は雑木林、一方は黒土の畑だ。

「伊太さん」

「だれだ。やあ——七三か」

「また逢ったね」

笠をとり、振り分けとともに手にさげて、妙に笑顔をつくっている七三郎だ。

「二年目だなあ、その後ずッとボテ振りか」

「あいかわらず堅気だよ。おめえはその後ずッと旅にんか、あいかわらずだなあ」

「人真似をしてやがらあ。七三、わずかの間にすれたな」

「そういうおめえもよ。だが、これからどこへ行くのだ」

「江戸へよ」

「冥土じゃねえのかい」

「なんだとッ」

と伊太郎がいった時、七三郎はすでに横ッ飛びに退いていた。

いつのまにか、雑木林のうしろに、五人の武士が佇《たたず》んでいた。その五人、そろって旅装をして、襷をかけ、手に手に白刃を光らせていた。

「野郎ッ」

と伊太郎は、七三らに険悪な一瞥をくれた。訊くまでもなく、鉄のおしゃべりが原因で、深川の魚屋七三郎と、秋田の横芝一族が、ここに網を張っていたのだ。そう思えば、かすかに見憶えのある横芝一太郎が、五人の先頭につッ立っている。

十五

「旦那方、ではお願いいたします」

と七三郎が、やや遠くからいった。

「おう！」

と五人の武士は答え、たちまちさっと左右に展開し、伊太郎を包囲した。

「なんでございます。旦那方は何をなさる」

と伊太郎は、四方に眼を配っていった。悪い地形で、身を護るに、物なきところであるのが、伊太郎の気を悪くさせた。

横芝一太郎が、先頭に出ていった。

「ならず者伊太郎。わしは横芝一太郎だ。ただいまその方をこのところで討ち果す」

「それは、それはなんのためでござんす」

「尋ねるな答えはせぬ。たって尋ねたくば自分の胸に問え」

「聞いて見たが、わかりません」

「そういう奴だ」

一太郎は軽蔑の一笑とともに、正面から攻めかかった。いきおい、やむをえず、伊太郎も長脇差を抜いた。と、四方から四人の武士が抜刀をいっせいに、さッと伊太郎に突きつけた。

伊太郎は、刀剣地獄に堕ちてしまったも同然だ。

「あッ」

やがて伊太郎は吸いこむ息ばかり、吐き出す息はごく短い。数知れず人を斬ったいままでの経験は、迫って行って斬った。でなくば横合から不意を斬った。正面から向って斬ったことも少数あれど、それはたいてい何かで圧倒しておいてから斬った。ゆえに、いまのごとく正面左右、背後から迫られたこともなし、迫ったこともない。いまの、伊太郎は勝利に慣れて、敗北を味わったことのない者が、はじめて知る苦しみだった。

「うむ、うむむ」

伊太郎の呟《うな》りが、激しくなって行く。

一太郎ら五人は、ジリジリと肉薄し、白刃がいまや皮肉を刺すかと思うばかりになると、いっせいにさッと退いた、退いたと思うと再びジリジリと迫ってくる。蓮華の開き閉ずるがごとく、緊《し》めつ弛《ゆる》めつ、自在のさながら、拷問ならぬ拷問だ。

あぶらの汗を滴々《てきてき》と顔に湧かせた伊太郎は、一太郎らの白刃の開閉に、眼も眩めき、呼吸を紊《みだ》し、抜刀を持つ手に力の抜けて行くのがありありと見えた。

ついに伊太郎は、大地に膝をついて叫んだ。

「殺すなら、早く殺せ、殺せ」

一太郎はそれを見ると、愉快そうに哄笑した。

あとの四人の武士も、笑った。

と、脱兎のごとく伊太郎は逃げた。

「野郎ッ、逃げるなッ」

と旋風のごとく、駈け出したのは魚屋七三郎だ。一太郎は後悔の色を顔に見せ七三郎につづいて走った。四人はそれよりも遅れて走った。

石反坂《いしだんざか》のほとりで、伊太郎に追いついたのは、七三郎だけだ。

「野郎ッ待てッ」

「ベラ棒め、いちいち敵だ敵だと名乗って出られては、からだが百あっても間にあわねえ」

と伊太郎は、懐中の匕首へ手をかけた。その肘に、ピシリとあたった石礫《いしつぶて》。投げたのは横芝一太郎だ、それほどの名人でもないが、偶然の奇効だったのである。

「あッ痛え」

怯《ひる》むところに乗じて、七三郎は相手の髷をつかんでぐいと引いた。

「何をしやがる」

いまの石礫で、右手《めて》は十分にきかぬながら、喧嘩巧者の伊太郎は、七三郎だけなら自分の勝身を確信した。

二人の格闘が、そこらじゅうに土煙りをぼッ立てているところへ駆けつけて来た一太郎、両者の手腕を、すぐ観破した。伊太郎はいまの刀剣蓮華の地獄責めで、最後の気力を少しばかり残すだけだ。みるみる七三郎の優勢さがわかった。

ついに伊太郎は大地に倒された。もう這い起きる気力もつきたらしく、じっとしている。

「伊太。おめえはひどい人間だ。俺の妹と田中屋の息子の清三郎さんとが、弥太五郎源七とかいう親分に、非道な邪魔をされて添えなくなり、心中をする途中、一度は助けて、金を巻きあげ、川の中へ叩きこんだそうだな」

むックり起きた伊太郎は、両手を懐中へ入れて、不貞腐《ふてくさ》れた。横顔は、ベットリ黒血染めだ。

「うむ。そのとおりだ。だがなあ、その死骸はこの品川へ葬ってやった——旦那方はあッしをとどのつまりは討ち取るのかい。ヘン、そうはいかねえ」

「なにッ」

というまも与えず、伊太郎は、懐中で匕首のさきを腹へあてて、大地にどンと伏した。

七三郎は、引き起し、死の近づいた伊太郎へいった。

「旦那方はなあ、おめえを斬るほど安ッぽい刀を持たねえそうだ。それから俺の妹と清三郎さんはなあ、助かって夫婦になり、今年一月、子が生れた。おめえが葬ったのは、知らねえ人たちよ」

長谷川伸と流れ者ヒーロー

北上次郎

股旅小説は昭和六年の子母沢寛「紋三郎の秀」がその嚆矢とされているが、実際には昭和三年の長谷川伸の戯曲『沓掛時次郎』が股旅もの流行の先駆である。新国劇の沢田正二郎によって同年初演された『沓掛時次郎』は大変な好評を博したという。その股旅という名称が初めて使われたのも昭和四年、長谷川伸の戯曲『股旅草鞋』で、さらには翌年、渡世人の番場の忠太郎が生別した母を探す戯曲の名作『瞼の母』も書かれている。

もっとも股旅ものの開幕に関しては諸説があり、大正八年、行友李風『国定忠治』を股旅ものの濫觴《らんしよう》とする説や、さらには伊達と任侠の世界に生きる男を描いた村上浪六の撥鬢《ばちびん》小説をその始まりとする見方もある。誰がいちばん早く書いたのかというのはさして問題ではないが、長谷川伸といえば股旅小説と言われるくらいに、この作家がその一翼を担ったのはまぎれもない事実と言えるだろう。しかし、この分野を開拓した作家の一人という栄光はあったにしても、長谷川伸が四十年間に書いた短編の数は五百数十編で（村上元三、『長谷川伸全集』解説）、その内訳も、敵討ちもの、史伝もの、世話ものと多彩である。股旅ものはその何分の一かにすぎない。渡世人を主人公にした戯曲や小説では流行作家となった（昭和四年から十年にかけては一年に十冊以上の単行本が出ていたという）ものの、昭和十年以降は歴史小説『荒木又右衛門』、記録文学『相楽総三とその同志』『足尾九兵衛の懺悔』などを書いた作家で、けっして股旅専門作家ではない。にもかかわらず、長谷川伸の股旅小説が今なお語りかけてくるのはなぜか。

それは特異な小説だからである。どのように特異かはたとえば『股旅新八景』（昭和十年）を繙けばいい。まず目につくのは会話の絶妙さで、まったく唸るほどうまい。この中の一編「三ッ角段平」は年寄りの親分が若い芸者・花吉を身請けしたいと言い出して子分の段平がその使者となるのだが、別の親分も花吉に気があるから話は簡単にまとまらない。一番むずかしいのは、当の芸者が段平にひそかな思いを寄せていることで、それを知った親分は怒り狂って段平を旅に出し、花吉を折檻しているうちに殺してしまう。花吉の本当の気持ちを旅先で知った段平はせめて死骸と祝言しようと花吉の死体を貰い受ける、という話でこのあとにオチがつくが、長谷川伸の短編としては上出来の作品とは言いがたいものの、会話の絶妙さで読ませるこの作者の特徴がよく現れている。冒頭は親分が腰巾着の子分ブキ竹と話している場面で、使者を命じられた段平の顔付きをいぶかった親分に「そりゃね親分、あの人は身内でも指折りの親分孝行だから、年甲斐もなく親分が」とブキ竹が言い出すところから、

「なんだとこの野郎。もう一度はッきり言ってみろ」

「えッ。言うよ、あのね、あの人は身内でも指折りの親分孝行だから、感心なものだ」

「終いの方が違ってらあ、感心だなんてていわなかった。この野郎め馬鹿にしやがって」

「そうだったか知ら、俺は考え考えものをいうのじゃねえから、まれには胴忘れもする」

「余計なことをぬかすな。さあきッぱり言ってみろ、ごまかすと承知しねえ」

「じゃ、もう一ぺん、はじめから言ってみらあ。あの人は身内でも指折りの」

「そこは間違ってやしねえ、その先だ」

「指折りの親分孝行だから感心だ、何度いってもひとッことだよ親分」

「ごまかしやがって太え奴だ。そうじゃねえてめえが最初いったのは、感心だなんて文句はねえ、年甲斐もなく親分がといやがった、何が年甲斐もなくだ、ブキ竹、その先をありていにいってみろ」


と、この二人の会話は、延々三十八行も続いていく。さらにこのあと地の文を三行挟んで、また会話が二十三行も続くから、全編が会話で成り立っているような錯覚にも陥ってしまう。これはこの短編だけのことではなく、長谷川伸の作品に共通して見られる特徴で、会話だけで登場人物の性格を表現してしまう力技がとにかく群を抜いている。この会話のリズムの良さは、同じ『股旅新八景』に収録されている短編「旅の馬鹿安」も同様で、こちらは旅から帰った安兵衛が江戸で芸者を助けるだけの話だが、単純で粗野で口から先に生まれてきたような男を、巧みな会話によって絶妙に活写している。「頼まれ多九蔵」も、喧嘩早い黒塚の多九蔵と羽斗《はばかり》の紋次郎が辻堂で喧嘩する場面がケッサク。周囲ではやくざ同士が立ち回りしているというのに、この二人はそういう状況と関係なく喧嘩して、そのあげくに仲良くなるという相当にヘンな関係を、絶妙な会話で浮き彫りにするのである。この会話のうまさは『股旅新八景』にとどまらず、他の作品にも見られ、たとえば長編『殴られた石松』では、兄貴を殺された男に仇討ちしろと石松がしつこく言い寄る件りが面白い。「他人のことだ、打棄《うっちゃ》っとけ」という相手に「やい覚えておけ、森の石松はな、他人々々という奴と、とろろ汁と、青梅が、大嫌いだ」と言って呆れられたりする。半世紀前に書かれた作品とは思えないほどの躍動感に満ちているが、戯曲の名作を数多く書いた作家だけに、こういう会話の妙は得意とするところだったのかもしれない。

次に、いつも不思議な冒頭から始まることも特徴だろう。これは『続股旅新八景』（昭和十年）の一編「旅鴉苫の蒲団」が好例。束間の藤五郎が旅の途中で裸男と会う場面からいきなり始まるのである。腰に締めた荒縄に長脇差を一本差した裸男がじっと立っている。藤五郎はその男を見て立ち止まる。これが冒頭だ。ここからいったい何が始まるのか、読者は思わず引き込まれてしまう。藤五郎が旅の連れに話すかたちで、その事情が少しずつ説明される。その裸男は山彦の音次郎。十年前から口をきかなくなった藤五郎の兄弟分で、なぜそんな姿になってしまったのか、久し振りに再会した藤五郎にはわからない。やがて音次郎は仇討ちの最中であることがわかり……というように、裸男と藤五郎のドラマが少しずつ読者に提示される。仇討ちが本筋かと思うとそうでもなく、なぜ二人が口をきかなくなったのか、どうやらその理由に核心がある。物語はこのように思わぬ方向にどんどん進んでいく。読者の目を引く場面から説明抜きにいきなり入るのは、芝居の人らしい小説作法なのかもしれないが、裸男がじっと立っている冒頭の場面が印象深いので、そこから予想外のラストまでの疾走感が気持ちよく残り続ける。

絶妙な会話と冒頭場面のうまさ、というこの二つの特徴は小説作法上の特色で、長谷川伸の特異な点を指し示しているが、いちばん重要なのは三番目の特徴である。それは、長谷川伸の股旅小説がけっしてカッコよくないことだ。これは子母沢寛と比較すればいい。子母沢寛のデビュー短編「紋三郎の秀」や、大前田栄五郎の生涯を描く「男の肚」、さらには『国定忠治』や『弥太郎笠』など、子母沢寛の股旅小説には法の外に生きる無宿者の厳しい生き方が描かれている。すなわち、取材話や資料を引用して、当時の渡世人の想像以上に厳しい実態をリアルに描いたのが子母沢寛だった。その実証主義は結果として、厳しい現実を生きた渡世人の賛美に近づき、ニヒルな旅人の世界を浮き彫りにすることになるが、長谷川伸の場合は少し趣きが異なる。佐藤忠男はその秀逸な『長谷川伸論』（中央公論社〔のちに岩波現代文庫〕）のなかで、次のように書いている。

「長谷川伸がまず書きたかったことは、おそらくは明治末期から大正時代における、土工その他の渡り職人の世界の生活とモラルであり、結果としてそれは、日本の近代化の過程において急激に発生した無組織の流れ者の労働者たち、すなわちルンペン・プロレタリアートの生活とモラルを語るものとなった」

このことは長谷川伸の略歴を見ればいい。横浜の土木請負業の家に生まれた長谷川伸は、家業が傾いたため小学校を二年で中退し、その後、横浜のドック工事の現場小僧からさまざまな職業を経て新聞記者になり、やがて都新聞で山野芋作、長谷川芋生などの筆名を使って小説を書き始め、大正十一年「天正殺人鬼」が菊池寛の目にとまって世に出る。新講談に飽き足らず〈読物文芸〉を提唱していた菊池寛は長谷川伸のなかに新講談にはないものを見たと推察されるが、それはともかく、明治風物誌としても興味深い長谷川伸の自伝『ある市井の徒』を読むと、当時の土木工事の現場には全国を渡り歩く職人がいて、そういうなかで作者が育ったことが書かれている（明治末期の土木工の世界を描いた長谷川伸の戯曲「飛びッちょ」の冒頭に、渡り職人が現場で仁義を切る場面があるように、流れ者の世界は長谷川伸には馴染み深いものだった）。

長谷川伸の股旅ものは、そういう下層社会の男たちのモラルを無宿者の世界に託して書いたもので、封建的な義理人情の世界をけっして礼讃するものではない。やくざものの本質がそうであったとしても、長谷川伸の作品で描かれる流れ者ヒーローたちは、微妙に異なっている。世の中からはみ出して無宿の世界に生きる者ではあるけれど、義理人情に生きる颯爽とした渡世人ではなく、はみ出したことをどこかで恥じている男たちである。

佐藤忠男が「長谷川伸の股旅もののヒーローたちがさっそうとして見えるのは、たんに、腕っぷしが強くて、いなせないい男であるというためだけではない。むしろそれ以上に、自分は、女一人すら仕合わせにできないほどに、やくざな男である、ということに、強烈な責任感と自責の念を持っている男だからである」と書いているように、いつも女や子供、時には母を仕合わせにできないことを、恥じている男たちでもある（その実質的な出世作『沓掛時次郎』を見よ）。

前述の「旅の馬鹿安」のラスト、「――俺あ、本物の馬鹿だ」という嘆きにその自責の念を見ることができるし、『股旅新八景』の一編「髯題目の政」でも、身売りから助けた娘に「郷里に帰っても仕方がない」と言われる政五郎の苦渋が、「――これでいいのかなあ俺は」という冒頭の嘆息にだぶっている。喧伝されているほどカッコよくはないのだ。長谷川伸が描いたのは、ダメ男の系譜なのである。日本のヒーロー・シーンが初めて持ち得た〈負のヒーロー〉と言ってもいい。長谷川伸の意味はここにこそある。

昭和初年代のニヒリスト・ヒーローが、貧困と不景気と不安の時代に、大衆の鬱屈感を吹き払う代行者として喝采を浴びたのに比べ、この流れ者ヒーローはその鬱屈感の裏側にひそむ大衆の暗い感情に直結していた、と言えるかもしれない。長谷川伸の股旅小説がもっとも多く書かれたのは昭和五～十三年にかけてで、その後作者の興味が史伝ものや記録文学に移行したとはいえ、戦時中は時局にふさわしくないと敬遠されたのも、その時代がダメ男ヒーローという、ある意味では現代的で、画期的なヒーローが生きる時代ではなかったからだろう。

（『冒険小説論　近代ヒーロー像一〇〇年の変遷』〔早川書房、一九九三年〕収録文章に加筆修正）

『股旅新八景』「富士」昭和九年十月号～昭和十年五月号連載
単行本　昭和十年　新時代社刊
「人斬り伊太郎」「週刊朝日」昭和五年新年特別号掲載

一、本書は『長谷川伸全集』第三巻（昭和四十六年、朝日新聞社）を底本とし、適宜初出誌、単行本を参照した。
一、今日の人権意識に照らしあわせて不適当と思われる語句・表現については、時代的背景をかんがみ、また文学作品の原文を尊重する立場からそのままとした。

長谷川伸傑作選

股《また》旅《たび》新《しん》八《はっ》景《けい》

二〇〇八年七月十五日　初版第一刷発行

著　者　長谷川伸

発行者　佐藤今朝夫

発行所　株式会社国書刊行会
東京都板橋区志村一-十三-十五　郵便番号一七四-〇〇五六
電話〇三-五九七〇-七四二一　http://www.kokusho.co.jp

印刷所　明和印刷株式会社

製本所　合資会社村上製本所

ISBN978-4-336-05024-3